U0044387

蒼天行盜

第二輯

大結局

卷16

穿越孤寂

石章魚 著

在巨大的利益面前
幾乎沒有人能夠把持住原則和底線
如果有，那就只能說明那利益還不夠大

目錄

CONTENTS

第一章

黑人的體味

安妮是能夠忍受洋人身上的那種體臭的，
但對黑人身上的那種體臭卻是無法適應，
一來是因為那味道確實難聞，二來則是存在歧視的心理，
認為嗅到黑人的體臭是對自己的一種侮辱。
而不幸的是，羅獵身上散發出來的，
恰恰是黑人身上那種類型的體臭。

夜間獨立於窗前思考對策的時候，羅獵便想到了這一問題。哈里斯將軍能坐到如此高位，必然有過人之處，當時在辦公室交談的時候，自己的表現一定會讓哈里斯看出來自己並不喜歡安妮，如果冒然接受建議，恐怕只會引起哈里斯的懷疑，說不定便不是先交往一下的要求了，再進一步直接強行送入洞房也不是沒有可能。

因而，才會有了剛才跟威廉之間的一大通胡謅八扯，為的就是在循序漸進的狀態下，讓威廉完全相信了自己的假話。而身為哈里斯將軍最為嫡系部下的威廉勢必會將整個過程彙報給哈里斯，羅獵相信，只要成功的騙過了威廉，那麼，哈里斯的懷疑程度便會降低到最低限度。

如此這般之後，再實施自己的真正計畫，才能取得最為滿意的結果。

對威廉而言，在車上跟羅獵的這番對話確實符合正常邏輯，羅獵表現出的對金錢和地位的渴望很是正常，同時也沒有掩蓋他不喜歡安妮的事實，且經過了一番痛苦的抉擇，最終做出來的決定還能不是真的嗎？

威廉對此持有百分之百的肯定態度。

景點很優美，遊玩很愉快，最關鍵的是，威廉做為東道主得到了自己想得到的結果，而羅獵做為客人一方的核心也達到了自己想要達到的目的。

中午在外面簡單對付了一餐，午飯後，羅獵建議把計畫中下午要去遊玩的景點安排到明天，而下午可以用來逛逛街，購買一些當地的特產或是自己喜歡的商品。

男人就沒有喜歡逛街的，對此，不單是威廉不能理解，就連趙大明也皺起眉頭。

「這就不懂了吧？所以，你們成不了一個成功的商人。」羅獵拍了拍羅布特的肩，道：「羅布特，告訴他們，想成為一名成功的商人，是不是應該每時每刻都要善於捕捉商機？」

羅布特自然點頭稱是。

羅獵接道：「那商機在哪兒呢？當然是商品！那商品在哪兒呢？當然是街上！一個優秀的商人，每到一個地方，必須要充分瞭解當地的各種特色商品，並能從中捕捉到合適自己的商機，羅布特，你來評價一下，我說的道理對還是不對呢？」

羅布特只經營雪茄，當然沒有這種習慣，但他卻有另一種習慣，那就是每到一個地方，總要買些當地的煙葉和雪茄來品嘗味道。這兩種行為實際上是相通，因而，羅布特毫無掩飾自己對羅獵的信服而點了點頭，道：「我非常認同你說的道理。」

這番解釋不光得到了威廉的理解，還獲得了他的讚賞，而同行的另三個男人也被點燃了逛街的興趣，都想檢驗一下自己的眼光，看看能不能找得到所謂的商機。

不過，威廉做為一名軍人，對什麼發現商機並不感興趣，於是道：「你們去逛吧，我去趟粉紅公主酒吧，順便辦點事，你們逛完之後，到那兒找我好了。」

威廉駕車離去後，羅獵立刻將另外四人召集到了身邊。

「給你們說一件要命的事情啊！」羅獵神情嚴峻，顯然不像是玩笑，使得另外四人趕緊集中了精神。「哈里斯將軍逼迫我跟安妮交男女朋友，如果我不答應他的話，羅布特的雪茄便再也出不了哈瓦那海關，而我們答應亨利總督還有史密斯他們的事情也就算泡了湯，所以，咱們必須要想辦法讓哈里斯將軍收回他的命令。」

趙大明已經於昨晚知曉了此事，因而反應還算平靜，但另外三人卻立刻緊張了起來。此事攸關羅布特的生意，自然引起了他的高度緊張，而顧霆最反感的便是安妮，因而緊張程度並不亞於羅布特，秦剛同樣緊張，但天生一副粗獷的臉龐，不太容易能看出他內心中的緊張。

羅獵接道：「我已經想好辦法了，把威廉支開，就是要開始做準備工作。咱們五個人分兵五路，去找那些汗臭味最重的非洲黑人，買他們的汗液。」羅獵說著，從背包中掏出了大小不等的五支玻璃瓶，自己留下一支，將另外四支分給了另外四人。

那四人登時暈了。

趙大明忍不住問道：「你收集那玩意幹嘛呀？臭不哄哄的，噁不噁心呢？」

羅獵道：「你別問那麼多了，只管去收集就好了，記住，越是讓人噁心的臭味，對我的計畫便越是有作用。」

威廉來到了粉紅公主酒吧，處理了一些公務，然後便坐在酒吧的角落中等著羅獵他們。有了車上羅獵的承諾，威廉算是完成了哈里斯將軍交給他的任務，因而心情顯得特別輕鬆，喝了一杯咖啡似乎不怎麼滿足，又要了一杯低度的雞尾酒。

太陽剛剛落山之時，羅獵一行拎著大包小包地出現在了酒吧門口。

威廉連忙起身，將羅獵一行請到了酒吧中。

「喝點什麼吧，我們還有些時間。」威廉熱情地招呼著眾人。

羅獵回應道：「不喝了，已經在街上喝了不少的當地飲品。咱們還是抓緊回去吧，哈里斯將軍還等著你的覆命呢。」

威廉會心一笑，沒再多說什麼，轉身去把車子開了過來。

出於言多必失的考慮，羅獵原本不想再坐進駕駛室中，但又考慮到萬一威廉邀請了別人，恐怕說漏嘴的可能性只會更大，因而，不等威廉開口，便主動上了駕駛室。一路上，羅獵扯東扯西，就是不提安妮。

在來時的路上，羅獵雖然答應了威廉，但同時也表示了他仍有猶豫。威廉只當羅獵是因為避免煩惱而故意避開安妮，因而頗為配合地陪著羅獵扯東扯西。

回到了基地總部，在招待所中稍作了休息，威廉將眾人帶去了高級軍官餐廳享用了晚餐，晚餐中，羅獵提到了昨晚喝到的英國茶，威廉隨即表示道：「等我們用完了晚餐，我安排個地方陪諸位喝茶。」

羅獵笑道：「你誤會我的意思了，威廉，你不用耽誤時間陪我們喝茶，你該做的事情還沒做呢，當心哈里斯將軍會責備你。我的意思只是你可以讓人多送些英國茶給我，等我回到了紐約，再慢慢品嘗。」

威廉以會心的微笑向羅獵表示了感謝，並道：「這沒問題，今天晚上，我一定將茶送過去。」

晚餐後，威廉去向哈里斯彙報最重要的事情，而羅獵一行則漫步回到了招待所。路上，趙大明頗為神秘地湊在羅獵的耳邊問道：「你的那個辦法能奏效嗎？」

羅獵聳了聳肩，回道：「誰知道呢！」

趙大明點上了一支煙，憂心忡忡道：「要是不奏效的話，那該怎麼辦呢？」

羅獵再聳了下肩，撇嘴道：「那能怎麼辦？再想其他的辦法唄！」

另一旁的小顧霆插話道：「羅獵哥哥的計策一定能成功！」

趙大明隔著羅獵，從身後撩起了一腳，踢在了小顧霆的屁股上，喝斥道：「你個小屁孩懂什麼？今天下午，就你的瓶子沒滿。」

顧霆委屈道：「你怎麼不說羅獵哥哥給我的瓶子是最大的一支呢！」

羅獵摩挲著小顧霆的小光頭，安撫道：「小霆兒收來的汗液雖然少了些，但味道卻是最臭的，要是羅獵哥哥的計策成功了，一定給咱們小霆兒記頭功。」

小顧霆先是歡喜了一下，隨即歪著頭問道：「羅獵哥哥，我到現在都沒想明白，那些臭汗到底能起到什麼作用呢？」

羅獵捏了下小顧霆的鼻子，道：「天機不可洩露，小霆兒，你可得給羅獵哥哥記清楚了，即便你想明白了，也只能悶在肚子裡，千萬不能告訴你大明哥。」

另一邊，威廉見到了哈里斯將軍，將早上跟羅獵的那番對話向哈里斯將軍做了詳細的彙報。

哈里斯將軍聽完，沉思了片刻，問道：「威廉，你認為諾力說實話的可能性究竟有多大？」

威廉回道：「正如將軍所指示，沒有哪個男人能真正經受得住金錢和權力的誘惑，對諾力而言，權力或許不是他所能追求的，但地位卻替換了權力。事實上，他對這點毫無忌諱，完全說出了自己的心聲，而且，也沒有掩蓋他不喜歡安妮的現實。整個過程，他一直處在糾結當中，做出最後的決定也是相當的艱難，所以，我認為，他的話是誠實的，是完全可以被相信的。」

哈里斯點了點頭，哼笑道：「這個諾力……他終究還是個普通人啊！」

威廉附和道：「是的，將軍，這一點，和您的判斷完全相同。」

安妮從哈里斯的口中得知了羅獵願意和她交男女朋友的消息，高興地立時蹦跳了起來，抱住了哈里斯，在他臉頰兩側狠狠地各親了一口，然後，轉身就往門外跑去。

哈里斯在其身後叫道：「安妮，你去哪兒？」

安妮已經拉開了房門，甩下了一句話：「我去找諾力。」

哈里斯阻攔不住，只能是微笑著搖了搖頭。

年輕人，就是沉不住氣，容易衝動。不過，自己不也是從年輕過來的嗎？哈里斯不由回憶起了自己的年輕時代。哈里斯對年輕時代的回憶必然從軍營開始，軍旅生涯中記憶最為深刻的便是各場慘烈的戰爭，而戰爭的場面一旦浮現在眼前，亞當・布雷森的身影也就清晰了起來，在那場決定了美利堅合眾國走向的戰爭中，他和亞當都是倖存者，相互之間說不清楚究竟是誰救了誰的性命，但彼此都很清楚，誰離開了誰都將無法生存下來。

這可是過命的交情！

因而，當得知安妮出事的消息後，哈里斯表現得比亞當更為著急焦慮，他恨不得立刻派出他的部隊救出安妮，並將文森特島從地圖上永遠抹去。當然，已過了花甲之年的哈里斯絕不可能做出如此衝動的事情來。

當羅獵出現在哈里斯面前的時候，哈里斯對這位年輕人並不怎麼看好，但這卻是解決問題的唯一辦法，哈里斯也只能是捏著鼻子對羅獵抱有了不得不抱有的希望。只是沒想到，羅獵居然順利地將安妮毫髮無損地帶了回來。

從情感上講，哈里斯對羅獵還是抱有感激之情的，只是這份感激之情，根本比不過他對安妮的那份舔犢之情。雖然，安妮並非他哈里斯所生所養，但出於對老友的那份過命交情，哈里斯還是將安妮視為己出。女兒是父親上輩子的情人，這輩子前來討債，做父親的自然是百般疼愛，生怕那上輩子欠下的債在這輩子沒能還清。將安妮視為己出的哈里斯也難逃這個宿命，自然是對安妮百依百順。

至於羅獵的委屈，那並不重要。

只要安妮能夠忘記了文森特島帶給她的傷害，能夠真正開心起來，那肯定比什麼都強。

看著安妮消失在門口的身影，聽到安妮迫不及待並逐漸遠去的腳步聲，哈里斯的臉上露出了欣慰的笑容。

基地總部招待所的值班衛兵是個聰明人，早就聽說了安妮和哈里斯將軍的關係，而當一個身著高檔便裝氣質高貴的女孩奔跑而來的時候，那衛兵立刻就判斷出來，此女孩必是安妮·布雷森。因而，那安妮在招待所中自然是綠燈長明暢通無阻，順利地找到了羅獵的房間。

「諾力……」房間門剛打開，安妮便張開了雙臂，擁抱了過去。

羅獵稍顯木訥，但還是接受了安妮的擁抱。

只是，那安妮卻突然皺起了眉頭，鬆開了羅獵後，嗅了兩下，疑問道：「這是什麼氣味？」

羅獵稍顯慚愧，道：「可能是我今天出去遊玩，出了一身的汗，還沒來得洗澡，安妮，你先坐一會，我去洗個澡，換身衣服再來跟你說話。」

對熱戀中的人來說，洗澡可是個令人充滿了遐想的詞彙，對洗澡前，可以去考慮一下為什麼要洗澡這個問題，對洗澡的過程，可以想像一下洗澡的景象及動作，至於洗澡之後，那想像空間則更是大了去了。

羅獵說了聲要去洗澡，那安妮登時充滿了遐想，只是，限於女孩子家最基本的矜持，安妮才沒說出我們一起洗之類的話出來。

等了十來分鐘，羅獵終於洗完了澡，換了一身乾淨衣服，來到了安妮的身邊。

可是，那安妮的眉頭比先前一次皺得更重更緊。

「諾力，你以前是沒有體味的，可為什麼你洗過澡了之後，這體味不見減輕，反而更重了呢？」安妮根本不懂得該如何給人留面子，總是心中想到了什麼，嘴巴裡便會說出什麼來。

羅獵顯得有些緊張侷促，且有些自卑，道：「以前……以前也有女孩說我有體味，但平時的時候，卻沒有人說起過。可能是我在激動的狀態下就會出現體味吧……哦，我說的激動是男人和女人在一起的那種激動……」羅獵一邊說著話，一邊將手插進了褲兜，把事先藏在褲兜裡的小瓶子裡的臭汗全都倒了出來。

那體味，無疑是更加濃烈。

洋人也有不輕的體味，但洋人身上的那種體臭跟黑人身上的體臭卻有著類別上的不同。洋人的體臭在洗過澡後再噴上香水是完全可以掩蓋住的，但黑人的體臭卻有著極強的穿透力，市面上尚無那款香水可以掩蓋的了。

再有，安妮是能夠忍受洋人身上的那種體臭的，但對黑人身上的那種體臭卻是無法適應，一來是因為那味道確實難聞，二來則是存在歧視的心理，認為嗅到黑人的體臭是對自己的一種侮辱。

而不幸的是，羅獵身上散發出來的，恰恰是黑人身上那種類型的體臭。

這種嗅覺上的作嘔刺激，直接使得安妮對羅獵的崇拜愛慕之心大大了折扣。隨即再稍作深一層的思考，那羅獵平時還好，可一旦到了需要的時候，便會散發出這種味道出來，豈不是大煞風景麼？如此這般，莫說長期，便是一時，也無法用享受一詞，只能說是忍受而已。

「安妮，哈里斯將軍跟我說了……」但見安妮仍在猶豫，羅獵換了隻手插進了另外一個褲兜，將藏在裡面的另一支小瓶子裡的臭汗也都倒了出來。「我想，你長得很漂亮，身材也相當不錯，我想……」

你還想個毛啊！

又是一股濃濃的體臭飄進了安妮的鼻孔中，噁心得快要吐了的安妮慘叫了一聲，站起身來，一言不發，奪門而出。

房間中，那羅獵忍啊忍，忍啊忍，忍到了終於可以確定安妮已經奔出了招待所再也不會回來的時候，羅獵終於不再強忍，乾嘔了一聲後，衝進了盥洗間。

不容易啊！

那四位弟兄果然敬業，找到的黑人兄弟全都是一等一的可以殺人於體味的絕頂高手，就連羅獵這麼強大的忍受力也是難以承受。

那身沾了黑人兄弟汗液的衣服顯然是不能要了，羅獵甚至產生了連自己身上的皮膚都不能要了的念頭，重洗了一遍又一遍後，嗅了嗅，卻還是感覺有些臭。

至於那房間的氣味，更是難以消散。

因而，從那間房間中落荒而逃的絕非是安妮一人，半個小時後，羅獵追尋著先烈的腳步，也逃出了那間房間。

逃出生天的羅獵敲響了小顧霆的房門，小顧霆聽出了外面的應聲乃是他最敬愛的羅獵哥哥，立馬歡天喜地的跑過來開了門。

「小霆兒，快聞聞羅獵哥哥身上還有沒有臭味？」羅獵進了門立刻展開雙臂，第一次洗過澡後，他為了演得逼真，特意將收集來的臭汗塗抹在了自己的兩側腋下。

小顧霆湊過來，嗅了嗅，搖頭道：「不臭啊，還挺香的呢！」

羅獵鬆了口氣，往小顧霆的床上一躺，道：「今晚羅獵哥哥跟你擠一張床了。」

小顧霆的臉刷的一下紅透了，並問道：「為什麼呀？」

羅獵苦笑道：「羅獵哥哥的房間實在是太臭了。」

小顧霆道：「羅獵哥哥是打翻那些裝著臭汗的瓶子了，是麼？」

羅獵歎道：「可不是嘛！你們找來的那些臭汗，實在是太臭太臭了，尤其是你小霆兒。我估計啊，那臭味沒有個一夜兩夜的，根本就散不盡。」

小顧霆撇嘴道：「羅獵哥哥，那你睡床，我睡地板好了。」

哈里斯仍舊沉陷於對年輕時代的種種美好的追憶當中，卻見到房間門猛然被推開，正想發火，定睛一瞧原來是小侄女安妮。

安妮氣鼓鼓地坐到了沙發上，不自覺的用手搓著鼻子，似乎想把記憶中的嗅覺從鼻腔中趕走。

哈里斯不明就裡，關切問道：「安妮，怎麼那麼快就回來了？是那個諾力……」

安妮極為失望道：「哈里斯叔叔，就別再提那個諾力了，從今天開始，我再也不想聽到這個名字。」

哈里斯登時嚴肅起來，道：「是他對你說了過分的話了麼？」

安妮對羅獵雖然是失望透頂，但也沒多少恨意，於是如實回答道：「不是啦，哈里斯叔叔，我是受不了他身上的體臭味，而且他只要一激動，那體臭味就會更加濃烈。哈里斯叔叔，我想他根本不適合跟女孩子談戀愛，所以，我決定了，今後再也不會去碰他。」

哈里斯長出了口氣，道：「這並沒有什麼大不了的，安妮，我的孩子，以你的條件，將來一定能夠找到更加優秀的小夥子。」

「可惜，真的是可惜！」威廉於次日早餐後將羅獵約到了他的辦公室，對於哈里斯將軍突然間便反悔的決定，威廉也只能是執行。當羅獵向他說出了真實原因後，威廉頗為惋惜道：「諾力，我真的為你感到惋惜，你說，你明知道你有這個毛病，為什麼不早做一些準備呢？」

羅獵哭喪著臉，回道：「威廉，時間允許我做準備嗎？我說過，我需要時間，我還在猶豫，我自己的毛病當然是自己最清楚，沒錯，我是不應該向你隱瞞這個毛病，可是……我以為我不會激動，可鬼知道是什麼原因，我居然激動了。」

威廉歎道：「現在說什麼都晚了，安妮說，她對你已經完全失去了興趣。不過，將軍對你還是充滿了感激的，諾力，振作點，別太難過了。」

羅獵極為失落，黯然歎道：「可憐我的那些商業構想啊，一夜之間，全都化作了泡影！」

威廉笑了笑，道：「那倒也未必！」

羅獵陡然間來了精神，急切問道：「怎麼說？」

威廉點了根雪茄，噴著煙，道：「這件事並不怪你，將軍他也能理解到你的失望，另外，我剛才說過，將軍他對你還是充滿了感激之情的，並且對你頗有些欣賞之意。我跟他提起過你的商業構想，他表示出了濃厚的興趣，不過，諾力，你要做好心理準備，你若是娶了安妮，將軍對你自然是無條件的支持，但現在安妮拋棄了你，將軍對你的支持就要有相應的附加條件了。」

羅獵按捺不住喜悅之情，道：「我懂，我明白，哈里斯將軍對我提出附加條件是完全應該的。」

威廉點了點頭，道：「一般情況下，將軍看中的商業專案需要占四成的乾股，不過念在你幫助過他，而且他對你還頗有欣賞之意，將軍表示，願意把所占乾股比例降低一半。」

羅獵稍顯激動道：「特種玻璃廠和其他構思可能都需要一段時間的籌畫，更需要時間做資金籌集，但羅布特的雪茄生意卻可以隨時開展，我想，我們不如從羅布特的雪茄生意開始合作，好麼？」

威廉笑道：「不，諾力，正如你所說，羅布特先生的雪茄生意看似誘人，但往上卻有明顯的瓶頸，所以這個專案就權當是送給你的感謝禮物好了，將軍最為看重的還

是西海岸的土地生意，以及你所說的特種玻璃製品廠項目。只是，你沒有了議員先生女婿的身分，我很擔心你能籌集到足夠的資金來同時展開這兩項商業，如果有困難的話，我建議你暫時放掉玻璃製品廠，因為將軍更為看中的是西海岸的土地生意。」

羅獵點頭應道：「謝謝你，威廉，謝謝你的指點。」

威廉抽了口雪茄，沉吟了片刻，接道：「另外還有件事情要拜託你。」

羅獵道：「請說，只要我能做得到，就一定會不遺餘力。」

威廉道：「這件事並非將軍委託，而是我個人的意思，我知道你來自於金山安良堂，我也知道，你們安良堂在華人中有著無可比擬的威望，而布雷森先生在加州選舉的處境並不樂觀，我希望你能藉助安良堂的勢力，幫助布雷森先生贏得州長選舉。」

羅獵為難道：「威廉，你是知道的，華人在美利堅合眾國是沒有選舉權的。」

威廉淡淡一笑，道：「我當然知道！但我還知道，你一定能想到辦法幫得到布雷森先生，對嗎？」

羅獵怔了下，隨即笑道：「我知道該怎麼做了，華人沒有選舉權，顯然無法成事，但卻可以壞事。」

威廉流露出了讚賞的目光，道：「你只用了一秒鐘的時間便想出了正確的答案，我只能說，若不是膚色上的問題，你諾力一定能成為美利堅合眾國第一流的人物。」

羅獵笑道：「能不能成為一流人物對我不重要，重要的是我能不能成為你第一流的朋友。」

威廉大笑，道：「當然可以，事實上，我和你之間，除了交往的時間尚且短暫之外，在其他因素上，我們已經成了最親密的朋友。」

羅獵欣慰應道：「威廉，聽到了你的這句話，我剛才的失落感好多了。這趟文森特島並沒有白去一趟，能交到你這樣的朋友，我只有一句話，值了！」

真是值了嗎？

鬼才知道！

不過，在跟威廉交往的過程中，羅獵對他的感覺還算不錯，至少，在化解安妮製造出來的危機時，威廉起到了很大的作用，因而，奉承他一下，並不為過。

跟威廉進行完這場談話，羅獵意識到應該是向哈里斯將軍說再見的時候了。

哈里斯並沒有做出挽留之意，並表示說安妮將由他送回華盛頓的家中，接下來就不再麻煩羅獵他們了。不過，哈里斯還是做了一件令羅獵頗為感動的事情，他親筆簽署了聖地牙哥軍事基地的公函，證明羅布特是基地的供應商，其商號所有商品在古巴各個海關必須給予免檢通行。

也算是完美了！

威廉送了羅獵一大箱英國紅茶，只可惜，羅布特開過來的車子太小，而行李又很多，羅獵想盡了辦法，將能拋下的物品全都拋下了，卻也無法將那一大箱英國紅茶裝上車，無奈之下，只能打開了紙箱，取出了一部分，權當是一份朋友之間的心意而帶回紐約。

返回的路上自然是一路歡聲笑語，尤其是羅獵說起了以四瓶黑人兄弟的臭汗解決了安妮的糾纏時，眾人更是開心得不行。

笑聲中，小顧霆卻突然找茬，道：「羅獵哥哥，不是應該有五瓶臭汗嗎？」

羅獵剛想編個理由糊弄過去，卻被趙大明戳穿了老底：「你小子就是幼稚，你羅獵哥哥那種懶貨，會挨個地去找老黑們收集臭汗嗎？」

羅獵尷尬道：「大明哥，俗話說，看破不說破，方為君子所為。」

趙大明哼笑道：「別拿君子來套我，你大明哥從來就沒把自己當君子過。」

小顧霆突然冒出了一句：「大明哥，你不是君子，那就是小人嘍？」

趙大明作勢要打，小顧霆連忙一頭扎進了羅獵的懷中。趙大明揚起的巴掌終究沒能落下，另一隻手卻偷偷地在小顧霆的屁股上狠狠地掐了一把。小顧霆慘叫了一聲，登時漲紅了臉，原本是坐在後排座上羅獵和趙大明的中間，卻非要跟羅獵調換座位，說再也不會搭理大明哥了。

羅獵看著小顧霆可憐楚楚的模樣，心疼他有可能再次遭到趙大明的「毒手」，於是便笑著將小顧霆抱了過來。小顧霆的個頭並不算小，站直了也能到羅獵的下嘴唇處，若是用米尺測量，至少也有個一米五八五九的樣子，但小顧霆的體重卻很輕，羅獵抱起來，感覺最多也就是個三十多公斤。

總堂主交代的任務算是圓滿完成，安良堂三位弟兄包括小顧霆均是非常放鬆，而羅布特得到了聖地牙哥軍事基地哈里斯親自簽發的公函更是興奮開心，一路上總是主動買單，包下了眾人所有的開銷不說，還主動要帶著大夥四處遊玩。

原本最多兩天半的路程走了足足五天，羅獵一行終於回到了哈瓦那。

哈瓦那有著羅布特的辦事機構，算是羅布特在古巴的主場，因而，羅布特不由分說，為眾人定下了最豪華的酒店，說什麼也得將羅獵等人多留兩天，以便他充分展示出自己的感激之情。

「羅布特，說實話，真沒這個必要，哈瓦那並不是你的老巢，咱們等回到了紐約再來見面不好嗎？」出來已經有不少日子了，眼看著再有個十七八天就要過耶誕節了，羅獵知道，這時正是紐約堂口最為忙碌的時候，因而替趙大明所考慮，不想在哈瓦那做過多時間的停留。

羅布特誠懇回道：「諾力，我可能一時半會回不去紐約，文森特島的煙葉種植還等著我去安排。」

羅獵笑道：「那又怎樣呢？你遲早都要回紐約，不是嗎？」

羅布特道：「你說得很對，諾力，我遲早都會回紐約的，但是，我要留下你們卻還有一個目的，在我的雪茄加工廠中，存有一箱絕版的雪茄，雖然數量不多，但卻是市面上花多少錢都買不來的，我已經派人去取了，估計明天下午就能送過來，諾力，稍安勿躁好麼，如果我不能將這箱雪茄交到你的手上，我會寢食難安的！」

為彪哥準備了五瓶存放了四十年的好酒，若是不能為濱哥準備點禮物的話，總是有些說不過去，而濱哥對酒不怎麼嗜好，對雪茄卻是情有獨鍾，羅布特的禮，剛好戳中了羅獵的軟肋。不消多說，必然會接受羅布特的建議，多住兩天，直到將那箱絕版雪茄拿到手上。

如此，等羅獵回到了安良堂紐約堂口的時候，距離董彪發來電報的那一天，整整過去了半個月。

董彪發過電報後沒多會，便接到了紐約堂口的回電，告知了金山這邊，羅獵和趙大明以及秦剛三人去了加勒比海域的文森特島。

那三人去鬼什麼島幹嘛去了？旅遊嗎？

董彪暗自咒罵了一句，接著又發去了一封電報。

紐約堂口的回覆極為簡單：不知道。

董彪被氣得直想罵娘。

想罵姥姥也沒用，董彪連那個鬼什麼島的名字都沒聽說過，更不知道它的位置在哪裡，不得已，只能去找曹濱。

曹濱看過了電報，卻是一點緊張的情緒都沒有，輕鬆道：「文森特島在加勒比海的東部，屬於大英帝國的殖民地，放心吧，不管他們是去做什麼，以羅獵和大明二人的身手和腦子，吃不了什麼虧。」

董彪疑道：「你就這麼看不上英國佬？」

曹濱笑道：「不是我看不上英國佬，而是看不上那些殖民地的英國佬。」

董彪更是迷惑，倒吸了口氣，道：「什麼意思？」

曹濱道：「按理說，殖民地應該是冒險家的樂園，但加勒比海的那些個海島，卻根本成為不了什麼樂園，那裡只適合種植甘蔗和香蕉，屬於純農業的小海島，去那兒根本賺不到多少錢。」

董彪恍然大悟，道：「所以，願意到那海島上的，都是混得不咋地的，對不？」

曹濱道：「差不多就是這個意思吧，就算有個別強悍點的人，卻也強不到哪兒去，對他們來說，一個趙大明就夠嗆能對付得了了，再加上一個羅獵，保管被耍得團團轉。」

董彪點了點頭，道：「有你這麼說，我就放心了。可是，濱哥，那咱們的事情，還等羅獵回來嗎？」

曹濱堅定道：「等！當然得等！尤其是你已經發過了電報。」

董彪笑道：「我就怕濱哥你等不及。」

據說，熱戀中的男女，其智商都會遭致不同程度的損傷，那曹濱看上去智商倒沒有損傷什麼，可反應速度卻有了明顯下降，聽了董彪的這句話，曹濱楞了一下，才反應過來。

「你小子皮又癢癢了是吧？」曹濱冷冷地甩出了一句恐嚇：「風停了，雪也歇了，要不，咱們出去練練？」

視說話的神情不同，曹濱說要練練有兩個含義，一是哥倆活動活動腿腳，僅以切磋為目的，二則是曹濱要教訓教訓不聽話的兄弟。

那董彪也不知道是沒看出曹濱的神情還是真的皮癢癢了想挨頓揍，居然歪著嘴角冷笑相對：「練練就練練，誰怕誰啊？」

那就沒啥好說的了，曹濱立刻換下了腳上的一雙棉拖鞋，先董彪一步，出了樓道口，站到了雪地中。那董彪隨後趕到，兄弟倆二話不說，立刻開打。

堂口的弟兄們聽到了動靜，顧不上外面天氣寒冷，立刻圍了上來，絕不肯浪費掉這難得一見的看熱鬧機會。

董彪腰圓膀闊，論力氣，顯然比曹濱大，但要說到搏擊技能，他卻差了曹濱一個檔次，只是，在厚厚的積雪上廝打，搏擊技能顯然要大打折扣，因而，兄弟倆戰了三十來個回合，卻堪堪打成了一個平手。

「濱哥，沒想到吧，今天可是兄弟報仇雪恨的最佳機會哦！」趁著招數使盡，二人暫時分開之際，董彪不無得意地哼笑道。

董彪的得意還是有他的道理的。

雪地上對戰，速度技能根本使不出來，而在絕對力量上，董彪卻占了上風，並且，雖然只年輕了兩歲，但年輕就是資本，董彪在耐力上也要優於曹濱。在前三十個回合上，董彪沒落敗，那麼，在後三十個回合中，董彪還真有獲勝的可能。

可是，董彪的得意還是有些早了。

曹濱街頭野戰霸王的名號絕非浪得虛名，那是從一場又一場的殊死搏鬥中拚搏而來，對戰鬥環境的適應能力超乎常人想像，其應變能力更是強大到了令人咋舌。

最要命的是，曹濱在搏擊中根本沒有路數可言。

對峙中，董彪躍躍欲試，而曹濱忽地動了下腳，似乎是想揚起地上的積雪去遮掩董彪的視線。董彪急急收住正要撲將上去的身形，單手遮在了面前，誰曾想，那不過是曹濱的一個騙招，而實招則在他的兩隻手上。

在前三十招的廝打告一段落，二人招數用老，堪堪分開身形之際，曹濱已然偷偷地在手掌中各團了一個雪團。但見董彪被自己腳上的騙招所騙，曹濱雙手同時揚起，喝了一聲：「看刀！」

兩團雪球激射而出。

其手法技能，跟羅獵的飛刀絕學如出一轍。

若不是在雪地中，董彪只需一個後空翻便可躲過那兩團雪團，同時還可以防得住曹濱同時發起的偷襲，或是將身形向兩側飛起，同樣能做到躲守兼備。可是，現實情況卻是腳下踩著厚厚的積雪，根本用不上力氣，無論是後翻還是側飛，都將是一個拖泥帶水的招數，笨拙且毫無美感。

董彪當然不會選擇。

那就只能是徒手接暗器。

兩隻腳踩在雪地中用不上力氣，兩隻手去抓激射而來的雪團，那董彪在這一瞬間的防禦力頓時歸了零。曹濱這時一腳踢出，揚起了一片雪霧，朦朧中飛身而起，半空中遞出一拳，直奔董彪的面門。

剛把激射而來的兩隻雪團抓在手中的董彪只能順勢架起雙臂，硬生擋下曹濱的這一拳，但失去了先機的董彪防得住上三路卻忽視了下三路，被曹濱一個鎖絆，放倒在了雪地中。

曹濱順勢撲上，死死地掐住了董彪的脖頸，將董彪的整顆腦袋全悶在了積雪中。

「還不求饒？」曹濱一招得手，盡顯痛快。

董彪的嘴臉被積雪封堵，只能發出「嗚嗚」聲以作應對。

「還敢嘴硬？」曹濱反手一掌，打在了董彪的屁股上。

董彪動彈不得，只能繼續「嗚嗚」。

曹濱鬆開手來，從董彪的背上翻滾下來順勢躺在了雪地中，不由歎道：「真的是老了，才這麼幾下，就沒了力氣。」

董彪將頭從雪窩裡拔了出來，滿頭滿臉，掛滿了白雪，顧不上抹把臉，卻要先把面子找回來：「濱哥，你耍賴！」

圍觀的堂口弟兄們有人接話喊道：「彪哥，輸就輸了，輸給濱哥不丟人！」

董彪嚷道：「關你大爺個屁事？說好了徒手相搏的，濱哥用了暗器，那不是耍賴又是什麼？」

曹濱躺在雪地中，呵呵笑道：「你說我用了暗器，暗器呢？」

董彪攤開了雙手，那兩團雪團已經被攥得粉碎，跟地上的積雪別無二樣。

圍觀的堂口弟兄們真是看熱鬧不嫌事大，不少弟兄跟著嚷道：「就是嘛，彪哥，暗器呢？」

董彪怔了下，噗嗤，笑出了聲來。

「你們這幫人……」董彪坐在雪地中，手指兩側圍觀弟兄，斥道：「你們買票了嗎？沒買票就來看熱鬧了？」

圍觀弟兄中，有一大字輩兄弟湊熱鬧，走到了董彪的身邊，從口袋裡掏出了一枚十美分的硬幣，丟在了董彪的面前，歎道：「賣藝不容易啊！」

這弟兄純粹就是腦子抽風。

在堂口中，弟兄們可以跟董彪任意玩笑，但絕不敢跟曹濱說笑，能跟曹濱頂嘴說笑的只有董彪，就算是曹濱最為喜愛的羅獵，在曹濱面前也只能是規規矩矩。

可那兄弟一句「賣藝不容易」，卻將曹濱也刮扯了進去。

這可是犯了堂口的忌諱。

圍觀的堂口弟兄們陡然緊張起來，一顆心提到了嗓子眼，不知道接下來濱哥會發多大的脾氣。

就連董彪也是下意識地瞄了眼曹濱。

那腦子抽風的大字輩弟兄扔出了那句話之後，自己也意識到了問題，留也不是，走也不是，登時僵在原地。

曹濱翻身坐起，冷冷地看了眼那大字輩兄弟，臉上忽地閃現出一絲詭異的笑容，同時，身形一彈，側身飛起，撲向了那弟兄的落腳點，雙手抓住那弟兄的腳踝，往前一拉，那弟兄應聲仰面倒下。

「搶了他！」曹濱大喝一聲，再次撲上，卡住了那弟兄的脖子，另一隻手便要向那弟兄的口袋掏去：「才給這麼點賞錢，太摳門了！」

董彪響應號召，配合曹濱，卻沒去掏那兄弟的口袋，而是將手直往那兄弟的衣服裡探摸：「說，錢都藏在哪兒了？」

曹濱的反應大大出乎弟兄們的意料，但同時也使得弟兄不由興奮起來，這幫弟兄進到堂口的時間長的有個十幾年，短的也有個三五年，卻都是第一次看到濱哥跟弟兄如此打鬧。上樑不正下樑歪，堂口的兩位大哥都亂成了這般模樣，堂口的弟兄又怎麼肯冷眼旁觀呢？於是，眾弟兄立刻分成了多個陣營，在雪地中，相互廝打起來。你摔了我一個狗啃雪，我灌了他一脖子的雪，他再搬起一個大雪球來砸中了你的腦門……

這是童年般的快樂，是少兒時的玩耍，而對每一個人來說，少兒童年時，才是最為快樂的時光。

樓上，海倫立在窗前，笑吟吟透過窗戶，看著樓下這一切，呢喃道：「真好！」熱戀中的曹濱像是換了個人，沒有了往日的不苟言笑，也沒有了往日不可觸犯的堂主尊嚴。

雪地中，就屬他鬧得最為歡騰。

「只可惜羅獵那小子不在，不然的話會更開心。」鬧騰過後，曹濱同董彪一同回到二樓書房，擦拭過身上的汗漬後，兄弟倆喝著茶，抽著煙，面對面坐到了沙發上。

董彪附和道：「那小子要是在的話，估摸著會被我給弄脫氣。」

曹濱白了眼董彪，道：「誰把誰給弄脫氣還不好說呢。」

董彪訕笑道：「你倆合夥把我弄脫氣，行了唄？」

曹濱端起茶杯，喝了口茶水，感慨道：「我從十五歲那年來到金山，到今天已經二十八年了，卻從來沒有像今天這麼開心過。」

董彪壞笑道：「等你入洞房的那一天，會比今天更開心。」擱在之前，董彪若是跟曹濱這般玩笑，必然會遭來曹濱的厲聲訓斥，至少也要做出一個要打人的架勢出來。

但此時的曹濱已非往日的曹濱，他居然淡淡一笑，正經回道：「你說得很對，我也盼著那一天呢！」

董彪臉上的笑意先是迅速濃集，看得出來，他是在強忍著不笑出聲來，可僅僅是一瞬間，那笑容卻突然僵住了，而兩隻眼眶卻紅了起來。「濱哥……」董彪的聲音居然有些哽咽：「這二十多年來，您辛苦了。」

從三人組成團夥，偷盜海港貨輪中洋人們的商品算起，至今已有二十五年。這二十五年中，曹濱吃的沒有弟兄們多，喝的沒有弟兄們痛快，但肩上扛著的重量，卻是所有弟兄加在一塊也無法相比的。堂口遇到了麻煩的時候，曹濱總是衝在了最前面，把弟兄們擋在了身後，麻煩解決了，弟兄們都能鬆口氣了，而曹濱卻仍要殫精竭慮未雨綢繆，只為了堂口能得到更好的發展。

這一切，董彪全都看在了眼裡，感恩在了心中。

前一個大嫂遭遇不幸之後，曹濱便封鎖了自己的感情，他變得不苟言笑，變得愈發嚴肅，甚至會給弟兄們一種冷漠的感覺。董彪心疼曹濱，二十餘年中，他想盡了一切辦法想讓他的濱哥能重新打開男女情感方面的心扉，然而，卻屢屢招致慘敗。就在董彪感覺到了「山窮水盡疑無路」的絕望之時，不曾想也不敢想的「柳暗花明又一村」居然出現在了眼前。

董彪怎能不激動？又怎能不感動？

「喲，瞧瞧，是被我打疼了是嗎？」曹濱叼著雪茄，掏出了手帕，丟給了董彪。董彪接過手帕，擦拭著即將滲出眼眶的熱淚，卻噗哧一聲笑開了。他想起了二十五年前剛認識曹濱時，不服氣曹濱，結果被打得嗷嗷直哭的場景來。那一年，他才十六歲，正是年少最為美好的年代。而如今，卻是年過不惑四十有一的半拉老頭。

「你別哪壺不開拎哪壺，行不啦？濱哥，我不就是只哭了那一回嘛，這之後，你見過我流淚嗎？」董彪憤然丟下了手帕，想跟曹濱爭辯一番，可剛把氣勢拿捏出來，卻又是一聲噗嗤，「好吧，我認輸，後面有一次你裝死，也是把我給嚇哭了。」

董彪的話讓曹濱同樣回憶起過去，尤其是那次裝死將董彪嚇得嚎啕大哭的場景，更是歷歷在目。

曹濱不禁感慨道：「時間過得真快啊！一晃眼，僅僅是一晃眼，我們便老了。」

董彪笑著反駁道：「是你老了！濱哥，我還年輕著哩，不服氣？你也找三個相好的試試看，看你能不能把她們伺候滿足了？」

曹濱苦笑應道：「好吧，恭喜你扳回一局。」

董彪站起身來，輕車熟路地去到了櫃檯那邊拎出了一瓶酒，拔去了瓶塞，倒了兩杯，先端起其中一杯來了個一飲而盡，然後重新倒上了，再端回來遞給了曹濱一杯。「濱哥，看到現在的你，做兄弟的打心眼裡為你高興，來，乾一杯！」

曹濱舉起酒杯，跟董彪碰了一下，卻只飲啜了一小口。放下了酒杯，曹濱道：「這場暴風雪還讓我想明白了一個道理，阿彪，你說，一個人在自然規律的面前有多麼的渺小啊！」

董彪歎道：「可不是嘛！任你有多強大，也改變不了春夏秋冬的順序，阻止不得風雷雨雪的到來，更是避免不了生老病死。」

曹濱搖晃著酒杯中琥珀色的酒水，微微頷首，道：「還有大清朝的必然滅亡！」提到了大清朝，董彪難免想起了那枚玉璽來，道：「大清朝的那枚玉璽被咱們給毀了，也不知孫先生他們的境況有沒有了改觀。」

曹濱笑道：「你當那枚玉璽還真附帶了大清朝的國運龍脈了？」

董彪道：「我自然不信，可偏偏對它還抱著希望，你說奇不奇怪？就拿昨晚來說，在暴風雪中走了一圈，原本是累得不行，應該倒在床便沉睡過去才對，可我偏就朦朦朧朧地睡不踏實，還夢到了大清朝紫禁城裡的那個老女人。老女人聽說那玉璽被毀了，登時就翻了白眼翹了辮子。」

曹濱啜了口酒，笑道：「你見過那個老女人？」

董彪哼道：「我哪有那個福分？哦，不，我哪有那副倒楣勁？」

曹濱蔑笑道：「那你又是怎麼夢到那個老女人呢？莫非，你是把她當成了你的哪個老相好的了？」

董彪認真地回憶了一下，搖頭道：「沒有，我夢見的那個老女人醜得很，根本不配做我的相好。」

曹濱歎了一聲，道：「這些天我一直在想一個問題，咱們如果沒把耿漢攔在金山，而是放任他實現了自己的陰謀計畫，你說，會不會加快大清朝的滅亡呢？」

董彪吸了口氣，道：「你還別說，這真是一個值得思考的問題呢！要不，咱們就放過埃斯頓那一夥，讓他們順利地將剩下的兩百噸鴉片運去大清朝？」

曹濱再是一聲長歎，道：「長痛不如短痛，大清朝已經腐爛成了這般模樣，早已是病入膏肓再無起死回生的可能，若是那兩百噸鴉片能令它早一點歸西，倒也不失為一個辦法。可是啊，那兩百噸鴉片估計是沒可能運往大清朝了，說不定它此刻已經被運出金山了。」

董彪道：「不可能！濱哥，你想啊，咱們燒了那剩下的一千八百噸貨，卻沒能等來他們絲毫的報復行為，這說明什麼？他們不想也不敢節外生枝，為的就是能保全住手中掌握的那兩百噸鴉片，以免到頭來落了個雞飛蛋打竹籃子打水一場空的結果。」

曹濱沉思了片刻，道：「你說的不無道理！我原本想著，既然他們已經把鴉片運出去了，咱們也就無法再收集到足夠的證據，這件事忍一忍，就當不知情扔到一邊也就算完了，但經你這麼一提醒，好像我的分析並不能站住腳。阿彪，如果那批貨仍舊存放在金山，你有什麼想法呢？」

董彪道：「說真心話，那批貨只要不運往大清朝，我就五個字，關咱們屁事！」

曹濱端著酒杯站起身來，來回踱了兩圈，站定了，將杯中酒一飲而盡，然後坐回來，再點了根雪茄，道：「我懂你的意思。那批貨只要不運往大清朝，禍害的便只是美利堅的洋人，咱們安良堂的堂訓，卻只是針對咱們自己，沒招惹到咱們的惡，咱們不必懲，沒招惹到咱們的暴，咱們不必除。只是，要委屈小鞍子了！」

董彪道：「不委屈了小鞍子，恐怕會委屈了更多的弟兄。濱哥，咱們在江湖上搏了那麼多年，不能是只賺便宜不吃虧啊！」

曹濱不急表態，書房的房門突然被人推開，曹濱下意識地皺起了眉頭，他雖然像是變了個人，但該有的規矩還得有，無論是誰，進入他的書房，就必須事先敲門。

但是，有那麼一個人必須是例外。

第二章

人質

康利並不蠢。
他之所以要留在金山，就是想打消對方所有的疑慮，
讓他們儘快將貨物運抵紐約，為了這個目的，
他寧願在金山當做人質直到交易完成。
康利明白那兩百噸鴉片對於他們父子的事業意味著什麼，
康利在小事上或許有些愚鈍，但在大事上卻絕不糊塗。

「海倫，你怎麼過來了？」曹濱看到推門而入的原來是海倫的時候，眉頭立刻舒展開來，臉上的不快神情一掃而空，替換而來的則是春天般的笑容。「你的身子還很虛弱，還要靜養哦！」

海倫偎依在了迎上來的曹濱身旁，道：「我悶得慌，就想走走，聽到你們說話的聲音，就情不自禁地走來了。對了，你們在討論什麼呢？」

沙發上，董彪一臉壞笑搶著回應道：「我在跟濱哥商討你們兩個的婚期呢！」

海倫並無羞惱，微笑著仰臉向曹濱道：「湯姆，我不想進教堂，也不想讓神父主持，我想經歷一次純正的中華婚禮，做一個真正的中華媳婦。好麼？」

曹濱正想回應，卻又被董彪將話搶了過去：「你可拉倒吧，海倫，要說做一個真正的中華媳婦，當知道自己的男人正在跟她的小叔子討論自己的婚禮時，一定會害臊得不行，至少也要一頭扎進自己男人的懷中。」

海倫果然聽話，一頭扎進了曹濱的懷中，道：「傑克，是這樣嗎？」

當康利趕到金山的時候，庫柏已經通過本團軍需官調集了車隊，以軍需物資的名義，將那兩百噸的鴉片運出了金山，並裝上了駛往紐約的貨運火車。

做完了這些，庫柏通過斯坦德跟紐約的鮑爾默先生打通了電話，電話中，鮑爾默再次重申了他的承諾，等到貨物抵達紐約，驗過貨後，便會以每盎司十二美分的交易價格支付全部貨款。並一再叮囑庫柏及斯坦德，無論他的代表，親兒子康利提出了怎樣的建議，他都會堅持之前的承諾，幹掉曹濱和董彪，他將追加每盎司六美分的額外報酬。

知子莫若父，老鮑爾默深知兒子康利的沉穩個性。康利對他提出的交易方案的建議固然很好，但同時，老鮑爾默也讀懂了兒子康利內心中的真實想法。

沉穩是個優點，但沉穩到了怕事，那便是個缺點了。

再有，事業是自己的，兒子再怎麼親也只能算是一個最可靠的合夥人，老鮑爾默決然不肯將自己的命運放在兒子康利的手上，因而，他利用康利滯留在火車上資訊交流受限的機會，越過了康利，和金山這邊直接聯繫，確定了最終的交易方案。

至於康利的金山之行，也就變成了走走過場。

而康利卻並不知情。

「能一口吞下這麼大一批貨的商家並不多，我不敢說我們是唯一的一家，但在美利堅合眾國，你們也很難找得到比我們實力更強的第二家了。」在庫柏軍營中的那間秘密包房中，不知情的康利向埃斯頓、斯坦德及庫柏三人展開了他強大的談判能力。

庫柏做為三人的核心，點頭回應道：「我承認，你說的都是實情。」

康利面帶微笑，接道：「我父親為各位開出了一盎司十五美分的交易價格，同時附帶了一個附加條件。我想，各位應該已經清楚了，是嗎？」

庫柏代表了他們三人，應道：「是的，康利，事實上我們也已經向你父親表達了我們的意見，我們願意接受你父親開出的交易價格和附加條件。」

康利一聲哼笑，略帶少許不屑神情，道：「但我並不認為那是一個很好的交易方案。我認為，想談成一項好的交易，必須從實際出發，我們需要那批貨，也有足夠的實力吃下那批貨，而你們，手上剛好有這批貨，而且很迫切地想把這批貨兌換成美元，那麼我們就直接交易好了，無需要再談什麼附加條件。各位，你們認為呢？」

庫柏道：「取消附加條件確實可以提前我們之間的交易時間，因此，我們樂意接受你的建議。」

斯坦德補充道：「我們並不是對你父親提出的附加條件有所擔心，事實上，我們非常有把握滿足你父親提出的附加條件，只是，那樣做的話，我們之間的交易將會延長到耶誕節之後，而時間就是金錢，我們並不想浪費時間。」

康利點頭應道：「謝謝你們的理解。不過，一盎司十五美分的交易價格是建立在帶有附加條件的基礎上，現在取消了附加條件，那麼，交易價格理應有所下調，我跟我父親商量過了，給你們開出的最終交易價格為一盎司十二美分。這個價格不算低了，我敢保證，你們再也找不到第二家。當然，不包括零售。」

埃斯頓、斯坦德以及庫柏三人接頭接耳商量了幾句，然後由庫柏代表道：「我們並不打算零售，康利，你懂得，分批零售對我們只有弊端沒有好處，我們願意接受你開出的交易價格，一次性將這批貨全部脫手。但我們需要你的一個承諾，我們希望能現款結算，而且必須是全款支付。」

康利眼看著談判順利，臉上的笑容更加坦然，面對庫柏提出的條件，他呵呵笑道：「這不是問題，我現在就可以向各位做出承諾，只要在紐約驗貨通過，我們立刻以現款支付全部款項。」

談判至此，庫柏等三人已經完全明白了老鮑爾默為什麼會在電話中反覆叮囑，原來，在是否需要幹掉曹濱、董彪的問題上，他們父子之間的意見並不統一。事實上，在這個問題上，庫柏他們三人的意見也沒有完全統一，想幹掉曹濱、董彪的是埃斯頓和斯坦德二人，而庫柏則很不情願。不過，在巨大利益的引誘下，庫柏還是接受了那二人的意見，再一次推出了拉爾森這張王牌，而且，一萬美元的預付款已經支付給了拉爾森，若是現在後悔取消任務的話，拉爾森是決計不會將這筆預付款退還回來的。

為了錢，為了更多的錢，庫柏也只能壓制住內心中的不情願，陪著埃斯頓和斯坦德二人繼續往前走。

擁有交易方案決定權的是老鮑爾默，既然跟老鮑爾默已經達成了交易方案，那麼，面對康利的時候，庫柏三人也不過是應付而已。不過，為了不引起人家父子間的矛盾，庫柏三人決定還是要應付得逼真一些。

庫柏三人相視一笑，均露出了滿意的神情。

接著，埃斯頓提出了一個新問題：「貨物交易我們達成了一致意見，這是一件非常值得慶祝的事，不過在慶祝之前，我們是不是該再討論一下附加條件的交易呢？」

斯坦德跟道：「是啊，我剛才說過，我們對這項附加條件還是有相當把握完成的，如果這是一個對雙方均有利可圖的交易的話，我想我們不該將它放置一邊。」

康利淡然笑道：「附加條件是我父親主動提出來的，當然有利於我們，而你們完成了附加條件，自然會得到相應的報酬，這很明顯，它對雙方來說，肯定是都有利可圖。但是，**路要一步步走，事情也要一步步去做**，我的建議是我們先完成貨物的交易，然後以一個更加愉快的心情來商討第二項交易，先生們，你們認為呢？」

洋人也懂得言多必失的道理，庫柏見到己方三人的表現已經完全蒙住了庫柏，便想著還是就此結束談判為最佳選擇，於是便總結道：「我完全同意你的建議，康利，我們確實應該分兩步走，這樣的話，我相信我們之間的交易才能圓滿完成。現在，我只需要確認一件事，我們的第一筆交易是否可以啟動了呢？」

康利也不願意節外生枝，於是便痛快應道：「當然，庫柏先生，我認為從現在開始，我們已經進入到了交易時間。」

庫柏的軍人俱樂部的條件設施還算不錯，不光有各項玩樂項目，可以吃吃喝喝舉辦個派對什麼的，樓上還設置了幾間客房。而康利是一個將安全視作高於一切的年輕人，住在軍營中，總比住在城市酒店裡來得安全，於是便接受了庫柏的建議，住進了樓上的客房。

距離晚餐的時間還有一些，而康利已經上樓去休息了，那間包房中便剩下了庫柏三人。

沒有了外人，庫柏也不用再遮遮掩掩，直接說出了他的心理感受：「我能想像得到，鮑爾默先生之所以會調整了他的交易方案，應該是接受了康利的建議。說實話，我很喜歡這個年輕人，他很沉穩，很有口才，若不是事先跟鮑爾默先生有過溝通的話，我想，我是很有可能被他說服的。」

斯坦德笑道：「可是，他並不能做得了鮑爾默先生的主，我們的交易對象是鮑爾默先生，付給我們錢款的也是鮑爾默先生。」

埃斯頓顯示出了他做為一名資深員警的素質出來，道：「二位先生，不管你們對康利持有怎樣的觀點，我都要提出一項建議，我們應該想盡辦法將康利先生留在金山，或者五天，也或者六天。」

斯坦德和庫柏二人立刻明白了埃斯頓的用意。防人之心不可無，萬一鮑爾默先生收到了貨不願意付款的話，康利好歹也可以作為他們手中掌握的一張底牌。

庫柏道：「我同意你的建議，但困難是我們不能讓康利還有他的父親感覺到康利是作為人質被我們留在了金山。」

埃斯頓道：「這一點不必擔心，二位先生，我已經想好了辦法。」

斯坦德笑道：「埃斯頓先生，既然你已經想好了辦法，為什麼不拿出來跟我們分享呢？」

埃斯頓站起身來，邊踱步邊陳述道：「我可以給康利先生製造一起小小的麻煩，比如一場微不足道的交通意外，但對方卻有些蠻不講理，堅持要將康利先生拖上法庭，我可以出面將康利先生保釋出來，確保他在金山玩得開心，但就是不能離開金山半步。二位先生，你們意下如何呢？」

斯坦德看了眼沉思中的庫柏，自己先表了態：「我贊同你的想法。」

庫柏沉吟片刻，道：「這個想法聽起來很不錯，但實施起來卻是有些難度，不過，如果做得好，倒也不失為一個很棒的計畫，埃斯頓，要辛苦你了，尤其是製造意外的人選，一定要謹慎挑選。」

康利雖然沉穩，但缺了一些狡猾。說白了，也就是有些單純，書生氣太重。對埃斯頓設下的詭計毫無防範，且在埃斯頓僅僅讓他在警局中只待了半個小時便將他保釋出來的時候，還對埃斯頓充滿了感激之情。

「康利，實在抱歉，你知道的，西海岸比不上東海岸，這邊窮人太多，遇見了你們這些從東海岸過來的有錢人，總是要想方設法地訛上一筆。」埃斯頓假惺惺地向康利做著解釋，同時亦向康利做出了保證：「不過，請你放心，有我在，沒有人能訛到你。只是限於法律流程，這些天你不可以離開金山，不然的話，我會很被動的。」

康利道：「非常感謝埃斯頓先生的幫助，其實，被訛上一筆錢倒是沒什麼，不過，我很想等到你們將貨物發往了紐約之後再返回紐約，因而，我想我應該有時間陪對方走完所有的法律程序。」

聽了康利的回答，埃斯頓真想擼起袖子來揍人，不單要將康利揍一頓，也要將自己揍一頓。想揍康利的理由很簡單，你有這樣的想法幹嘛不早說？還得老子找人設計坑害你，費錢費力還費了一大把的腦細胞。揍自己的理由同樣簡單，為什麼不能事先溝通一下聊一聊之後再做決定呢？不然的話，只需要在發貨時間上扯個謊不就可以將康利留下來了麼？

心中再怎麼苦也要咬牙忍著，決不能顯露絲毫出來。

埃斯頓坦然自若道：「不管怎樣，這都是個意外，康利，要不要跟你父親通個電話做個解釋呢？」

康利笑道：「埃斯頓先生，我必須提醒你，我已經快三十歲了，應該算得上是個成年人了，可以為自己的行為負責，對嗎？」

埃斯頓心忖，你是個成年人沒錯，但你卻是個愚蠢的成年人！

但凡看別人愚蠢的人，自己也聰明不到哪兒去。埃斯頓當年於戰爭前期以故意受傷的小伎倆逃避了戰爭，從而耽誤了自己的前程，後來依靠兩位老同學的提攜，勉強爬到了警察局局長的寶座上，但此年代員警的活並不好幹，社會混亂會被百姓痛罵，若是擼起胳臂下決心治理，說不定哪天就會被某個幫派送去見了上帝。尤其是局長的活，更是艱辛，權力基本上都被各個警司警長給分走了，但挨罵卻要讓他一個人擔著，所以，對廣大同行來說，除非是快到了退休的年紀，否則的話，很少人願意出來做這個出力不討好的警察局局長。

事實上，康利並不蠢。

他之所以要主動留在金山，就是想打消了對方所有的疑慮，讓他們儘快將貨物運抵紐約，為了這個目的，他寧願在金山當做人質直到交易完成。康利看得明白透徹，他知道那兩百噸鴉片對於他們父子的事業意味著什麼，換句話說，康利在小事上或許有些愚鈍，但在大事上卻絕不糊塗。

另外，康利願意留下來，還有他第二個目的，只是，這個目的他不能對任何人說起，包括他的父親，只能是深埋在自己的心底而等待時機的出現。

暴風雪後，金山始終保持著晴朗的天氣，氣溫回升得很快，短短三天就恢復到最高溫零上三四度最低溫零下七八度的正常水準，而近兩天，天氣更加晴朗，氣溫進一步回升，最高溫達到了零上七八度的樣子。

這個溫度，還是很適合四處走走逛逛的。

斯坦德和庫柏瑣事繁多，抽不出空來，因而，陪康利四處遊玩的任務便交到了埃斯頓的頭上。第一天，一切順利，第二天，一切正常，第三天……

埃斯頓和康利居然走散了。

董彪每天都要給紐約堂口發去一封電報，詢問羅獵及趙大明有沒有回來。紐約堂口的回覆很簡單，只有三個字：還沒有。

過了兩天，連三個字都不願意回了，削減成了兩個字：沒有。

再過兩天，乾脆變成了一個字：沒。

面對這種態度，董彪真想立刻買張火車票趕去紐約，將回電報的小子狠剋一頓。

和董彪的焦急等待截然不同，曹濱這些天過得是悠閒自得，他將堂口的大小事務全都推給了董彪，自己只顧著陪海倫曬曬太陽說說話，並做一些恢復性的運動鍛煉。

海倫的身體狀況實際上已經恢復了健康，卻絕口不提回報社上班的事情。

這一天，距離暴風雪襲來已經過去了整整十天，曹濱依照慣例，陪著海倫在堂口院子裡曬太陽，海倫突然驚呼道：「湯姆，你有沒有幫我向報社請假呢？」

曹濱猛然一怔，稍顯慌亂地搖了搖頭道：「啊？我把這事給忽略了。」

海倫撇著嘴，做出了一副很可憐的樣子，道：「那怎麼辦啊？報社的制度是曠工超過一周半的時間就要自動除名，今天剛好過了期限。」

曹濱安慰道：「你這麼優秀，金山郵報一定會對你網開一面的。」

海倫卻搖頭道：「可是，我不想被人照顧，不想讓報社為我一個人打破制度。」

曹濱泛起了難為，道：「那還有什麼其他辦法呢？海倫，請原諒，我從來沒有上班的經驗，所以……」

海倫哀歎道：「我沒有了工作，就失去了收入，我將來怎麼生活呢？」

這個問題好回答，曹濱立刻露出了笑容，道：「我可以聘請你啊，我以雙倍的價錢聘請你……哦，不，海倫，我以我全部的身家聘請你做我的老闆，這樣可以麼？」

海倫張開了雙臂，抱住了曹濱，並附在曹濱耳邊悄聲道：「湯姆，其實我是故意將曠工日期拖到第十天的，我不想再做記著了，我只想每天陪在你身邊。」

曹濱心中不禁泛起了一陣感動的漣漪，緊緊地抱住了海倫。

正在耳鬢廝磨卿卿我我之際，不識時務的董彪卻橫插了一腳進來，「濱哥，海倫，打攪一下哈。」待那二人結束了擁抱後，董彪接道：「堂口來了個陌生人，點名要見你，說是有重要的事情跟你單獨相談。」

曹濱蹙眉問道：「什麼人？從哪兒來的？」

董彪應道：「一個洋人，說是從紐約而來。」

曹濱愣了下，然後對海倫道：「你先自己待一會，我去去就來。」轉而再對董彪道：「把他帶去我的書房吧。」

五分鐘後，曹濱在二樓書房中見到了來人，那人文文靜靜，身著一身深色西裝，外面罩了一件棉風衣，鼻樑上架著一副金絲邊眼鏡，從外形上看，很像是一名律師。

「我叫康利，康利・鮑爾默，來自於紐約。」康利大方上前，跟曹濱握了下手，接著介紹自己道：「你雖然不認識我，但你一定認識我父親的一位合作夥伴，比爾・萊恩先生。」

曹濱暗自一怔，心忖，這是個什麼套路呢？想為比爾・萊恩報仇的話，也沒必要事先下戰書吧！

「比爾・萊恩先生？是的，我跟他雖然只有一面之緣，但相互之間卻很不融洽，可以說，我們相互將對方視作了敵人。」曹濱的口吻平淡中帶著輕鬆，輕鬆之餘，尚有些戲謔。

康利感覺到了曹濱潛在的敵意，連忙解釋道：「湯姆，我想你誤會我了，之所以提到比爾・萊恩先生，只是想向你表明我的真實身分，這麼說吧，你聯手金山警局的卡爾斯托克頓警司破獲了一起鴉片案，查獲了兩百噸的鴉片，我並不想跟你討論具體的案情，我只想告訴你，那兩百噸的鴉片被我買走了。」

曹濱的笑容更加輕鬆，但口吻之間的敵意則更加明顯，他哼笑了一聲，道：「康

利，你這是在向我展示你的能力是嗎？」

康利淡淡一笑，道：「我隻身前來你的安良堂，只敢帶著誠意而來，怎麼敢向你發出挑釁呢？湯姆，你應該能看得出來，我還不到三十歲，我並不想那麼早就被你活埋在了某個地方，或是被你的一顆子彈穿透了心臟。我想，湯姆你雖是個江湖幫派的首領，但同樣也是一個生意人，所以，我很想跟你做筆交易，不知你是否有興趣？」

曹濱笑道：「有沒有興趣，要看你的交易內容，你說對嗎？」

康利點了點頭，道：「那兩百噸鴉片已於昨日裝上了駛往紐約的貨運火車，我不敢說木已成舟的話，但我的確有這種想法，我的意思是說，湯姆，我相信你有這個能力截下這批貨，甚至，就算貨已經到了我們的手上，你依舊有能力將這批貨給毀了，但我想，這對你來說，並不是一件易如反掌的事情，與其是給自己找勞苦，倒不如拿出來跟我做個交易，你放過那批貨，我透露給你一個秘密。」

曹濱呵呵笑道：「你要透露給我的秘密應該是有人想幹掉我，對嗎？而且，我還能說出那些人的名字，其中一人便是金山警察局的局長埃斯頓，對嗎？」

康利猛然一驚，失口道：「你全都知道了？」

短短幾句話，曹濱已經弄明白了康利的意圖。「你是個明白人，康利，你應該是看出來了，埃斯頓和他的那兩個軍界朋友沒那個能力可以置我於死地，所以很擔心自己被牽連進去。而你又捨不得放棄那批貨，這才想出了這個辦法來，既能得到那批貨，又可以避免了得罪我，對嗎？」

曹濱的三個「對嗎？」將康利的信心擊了個粉碎。但同時，更加堅定了他的理念，面前的湯姆曹確實是一個碰不得的煞星，更不能得罪他，否則的話，必將跌入萬劫不復之境界。

「湯姆，面對你的反問，我無法說出一個不字來，沒錯，我承認你說的都是對的。」康利下意識地吞咽了一口唾液，靜了下心，鼓起了些許勇氣，接道：「是我自作聰明了，也是我低估了你，我原本想著可以跟你達成交易的，但沒想到，我根本沒資格和你交易。湯姆，你說吧，如果你不同意我收購那批貨的話，我一定會想辦法說服我的父親，取消和埃斯頓等人的交易。」

曹濱笑瞇瞇盯著康利，直到盯得他顯露出了不安的情緒，這才道：「你錯了，康利，你是有資格和我達成交易的。」

康利怔道：「我有資格？湯姆，我沒有聽錯吧？」

曹濱笑道：「你當然沒有聽錯，不過，在我開出交易條件前，你必須將實情告知於我。埃斯頓他們只管賣貨收錢，雖然很想幹掉我，但很難下定決心。康利，你做為這批貨的買方，跟埃斯頓他們想不想幹掉我原本沒多大關係，可你卻主動找到了我，急於擺脫關聯，這只能說明，你或者你的父親，和埃斯頓一夥應該是達成了某種程度上的共識。如果你願意說出實情，我會考慮和你達成交易，如果你不願意，那也簡單，從哪兒來回哪兒去。」

開弓沒有回頭箭。走到了這一步，也只有擰著頭繼續走下去，半途而廢，自己這邊必然會遭受牽連。

「好吧，那我就將我所知道的全都告訴你。」康利言簡意賅地將整個過程向曹濱講述了一遍，最後道：「我雖然延後了附加條件的交易，但我不敢確定我的父親有沒有越過我和他們達成了約定，如果，我的擔心是存在的話，我想，那批貨差不多已經運抵了紐約，也就是說，便是接下來的幾天，那附加條件的交易隨時將會啟動。」

從表情上看，康利沒有欺騙說謊的痕跡，從道理上講，康利亦無欺騙說謊的可能，再從邏輯上想，康利所言經得起推敲。

因而，曹濱選擇了相信。

「謝謝你對我說了實話，你父親若是能通過埃斯頓他們之手除掉了我，必然會得到極大的收益，這筆錢，對他來說，花的是物超所值。」曹濱淡淡一笑，話鋒斗轉：「但若是沒能成功，那很可惜，他連那兩百噸貨帶來的收益都享受不到。不過，他老人家幸虧有著你這麼一個能保持清醒頭腦的兒子。」

康利道：「湯姆，我乞求你能給我一些時間，我爭取以最短的時間說服我父親取消這筆交易。」

曹濱緩緩搖頭，道：「不必了！你父親開出的條件可是不低，一盎司六美分，兩百噸便是四十二萬美元，這筆鉅款會刺激了埃斯頓等人著急對我動手，這反而是有利於我。康利，你是知道的，我們安良堂從來不觸碰鴉片生意，所以，那兩百噸的鴉片對我而言分文不值，既然你喜歡你需要，那你就拿去好了，但有一個條件，不得在唐人街售賣。至於你父親那邊，看在你的面子上，我答應你一定不會去找他的麻煩。」

康利半喜半疑，道：「那你需要我做些什麼呢？」

曹濱道：「裝作什麼都不知道，什麼都沒發生，儘早返回紐約，免得留在金山受到牽連。」

康利不相信會有這等好事，臉上不免堆滿疑雲，道：「湯姆，我本不該懷疑你，可是，我總覺得這並不是一場公平的交易，我得到的太多，付出的太少，以至於我……」康利卡頓了一下，搖著頭，說出了最後幾個字：「我總覺得你是在逗我。」

曹濱點了點頭，露出了欣慰的笑容，道：「不，康利，事實上你的付出並不少，做為比爾·萊恩的老部下，你敢孤身一人踏進我安良堂，你付出了你的勇氣，在面對我的提問和要求的時候，你坦誠相認如實作答，你付出了你的誠實，尤其是最後一點，你能為你父親的安危所考慮，這令我很感動，康利，在我的祖國，有這麼一句話，百善孝為先，一個人能孝敬自己的父母，為了父母的安危寧願自己受委屈，就說明你不是個壞人。所以，我說你付出的並不少，這場交易，對你是完全公平的。」

康利感動道：「湯姆，謝謝你，但我想，如果我能再為你多做些什麼的話，我的

心理會更加平衡一些。」

曹濱哼笑道：「我說過了，我對你唯一的要求便是儘快離開金山。」

康利道：「我會的，湯姆，當他們拿到貨款的時候，我就會離開金山，在我離開之前，一定會想辦法通知你。」

曹濱笑道：「你有這想法我很欣慰，但你不必努力了，你離開金山的時候，我一定會知道的，除非是你變成了一隻鳥兒，從天上飛走了。」

康利又是一怔，卻沒說什麼，默默地轉身離開了書房。

只是片刻，董彪便閃身而入。

「是先去陪大嫂呢？還是……」董彪想起了自己忘記了敲門，趕緊退了出去，意思了一下，再次進到了房間。「還是咱們先聊聊？」

曹濱道：「你都聽清楚了嗎？」

董彪點了下頭，然後先去倒了杯酒，並道：「大嫂還在外面等著你呢！」

曹濱苦笑道：「你以為我會給你留下話柄麼？給我也倒一杯來，這話說得我嗓子都要冒煙了。」

董彪再倒了一杯，端給了曹濱，並順勢坐在了曹濱的側對面，道：「四天前的中午，便是這個康利找到斯坦德，斯坦德隨即帶著他去了庫柏的軍營，半個小時後，埃斯頓隨後趕到。當晚八點一刻左右，埃斯頓和斯坦德先後駕車離開了庫柏的軍營，但康利卻留了下來。第二天，埃斯頓耍了小計謀，將康利帶進了警察局，隨後又將他保釋出來。接下來的三天，埃斯頓帶著康利四處遊玩，咱們的人始終跟著，卻沒發現有什麼端倪，但今天上午，康利故意跟埃斯頓走散，其目的便是前來跟你會面。」

曹濱啜了一小口酒，道：「現在最關鍵的是那個穿黑色皮夾克的男人，有他的消息嗎？」

董彪搖了搖頭，道：「沒有，咱們的人進不去斯坦德所在的軍港和庫柏的軍營，只能從週邊進行監視，這麼多天來，那個黑夾克像是蒸發了一般，始終未能見到他的身影。」

曹濱道：「這個人很關鍵，越是找不到，越是說明他應該是埃斯頓一夥手中的一張王牌。」

董彪道：「我再多派些弟兄，加強對軍港和庫柏軍營的監視。」

曹濱放下了酒杯，點上了雪茄，道：「不，現在應該做的是把弟兄們全都撤回來。康利提供的資訊還是準確的，如此看來，六天前從庫柏軍營中開去軍港的車隊，所運送的物資顯然是那批貨了，如果不出什麼意外的話，今明兩天便是他們交貨驗貨的時間，這個時候，再對他們進行監視的話，只怕會打草驚蛇。」

嗅到了雪茄的氣味，董彪上來了煙癮，可摸遍了全身，卻沒能摸出煙盒來，悻悻地端起酒杯，灌了一口。

曹濱含笑不語，指了指自己的書桌。

董彪驚喜之餘，連忙奔去，在書桌的抽屜中找到了兩包萬寶路。

抽上了煙，董彪的臉上有了滿足的笑容，道：「如果他們在短期內會有所行動的話，是不是讓羅獵那小子晚兩天回來呢？」

曹濱瞇著眼想了片刻，微微搖了下頭，道：「恐怕已經來不及了，紐約堂口可以瞞過羅獵，但絕不會瞞著趙大明，而趙大明知道了，也就等於羅獵知道了，大明這個兄弟還是稍微嫩了點，心思倒是蠻縝密，可就是心裡藏不住，一定會被羅獵覺察到。與其如此，那還不如痛痛快快地讓他回來好了。」

做為二十多年的兄弟，董彪將曹濱的這句話理解成了埃斯頓一夥已經有了明顯的破綻，對咱們構成不了多大威脅了，那就讓羅獵回來好了，順便也能得到一些錘煉。

接受到了這樣的資訊，董彪興奮了起來，連著猛抽了兩口香煙，問道：「濱哥，接下來咱們該怎麼安排呢？」

曹濱端起了酒杯，喝盡了杯中的酒水，然後抽了口雪茄，站起身出了個懶腰，邪魅一笑，道：「接下來的安排就是……我去陪你大嫂，你去找你的相好。」

軍警兩界也是江湖，只不過，這種江湖和安良堂所處的江湖卻是兩個概念。

庫柏、斯坦德二人在軍界江湖中混的算是如魚得水，而埃斯頓在警界江湖中混的也不算差，這使得他們錯誤的認為，以他們三人聯手，無論是智慧還是實力，完全可以戰勝一個毫無背景且是低等民族組成的江湖幫派。

也是，那曹濱、董彪的祖國，堂堂一大清朝，不是被洋人七八個國家臨時拼湊起來的三萬來人的軍隊打了個稀哩嘩啦嗎？這樣軟弱無能的國家走出來的人，又能強大到哪裡去呢？

更何況，那三人從紐約鮑爾默那邊拿到了貨款之後，更是膨脹，認為在這場較量中他們已經立於了不敗之地。如果，拉爾森的刺殺計畫能夠奏效，那麼一了百了，將多賺來的四十幾萬鉅款分了之後，該當警察局局長的去做他局長的工作，該當准將大校的去當他的准將大校，觀察一段時間若是風平浪靜的話，那麼就各自辭掉自己的工作，去盡享人生的榮華富貴。如果，拉爾森不幸失手了，那也沒有關係，庫柏已經制定好了第二套方案，大不了幹掉曹濱、董彪後，他們拿到了那筆額外的報酬後便立刻做鳥獸散，世界之大，豈能容不下他們三個有錢人呢？

拉爾森在拿到了一萬美元的預付款後只出了一次軍營，沒有誰知道他出去的時候做了些什麼，事實上，拉爾森也無需再做些怎樣的準備。對唐人街以及安良堂一帶的地形地貌他已經了然於胸，對曹濱、董彪的行為習慣也是做過深刻研究，對他來說，需要做的便是等那說好了的十萬美元拿到手中，然後去尋覓機會。

鮑爾默如約將八十四萬美元的鉅款打入了庫柏等三人指定的帳戶中，庫柏隨後便提出了九萬美元支付給了拉爾森。拉爾森收下了鉅款，一言不發，拎上了他的步槍，跳上了他的車，駛出了軍營。

出了軍營，拉爾森卻沒有駛向唐人街的方向，而是向市區駛去，到了市區，找了一家銀行，進去了整整兩個小時。隨後，拉爾森去了一家商鋪，買了兩大包食品和飲用水，這才驅車駛向了唐人街的方向。

拉爾森對庫柏做出了十天的承諾，這是基於他對曹濱、董彪二人行為習慣的研究，曹濱是一個在堂口中待得住的人，但董彪不行。正常情況下，董彪每天下午總會到唐人街上轉悠一圈，他大概有三個落腳點，進去後，會待上個把小時，然後再返回安良堂。

這對拉爾森來說絕對是個機會。

此時已近黃昏，拉爾森開著車圍著唐人街緩慢轉了兩圈，直到天色擦黑，他才將車子停在了那段坑坑窪窪的道路邊上，拎著兩袋食物飲用水以及他那杆包裹起來的步槍，走進了唐人街。

安良堂堂口的四周有三四個地方適合潛伏或是當做狙擊點，但拉爾森一概未予考慮，因為，只要是自己能看出來的事，相信曹濱、董彪一樣能看得出來，經過了上次交手，他們對這些地點肯定做了重點防範。唐人街當然也是安良堂重點防範的目標，但唐人街地方大行人多，街道兩側的商鋪店家更是不少，隱藏起來還是相對簡單。

拉爾森的裝扮就像是一名外地來的遊客，他肯定要放棄他的黑色皮夾克，髮型也變了，剪去了一頭不算短的卷毛，只留了半個指甲蓋長的露著頭皮的短髮，他的那杆步槍被包裹成了行李的模樣，手中拎著的食品及飲用水剛好符合了一名徒步旅遊者的模樣。

走在唐人街上，拉爾森做出了一副遊客的樣子來，這兒看看，那兒瞧瞧，似乎對任何一個商鋪一幢建築都抱有極大的興趣。一條唐人街穿行了快一個小時，天色完全黑下來的時候，拉爾森才從唐人街的一頭走到了另一頭，他並沒有折返回來，而是頭也不回地向前繼續跋涉。

這一趟，不過是拉爾森對唐人街的試探，用盜門行話說，叫踩盤子。

走完了這一趟，拉爾森心中有了數，安良堂在唐人街的防範措施雖然嚴密，但和往常相比並無兩樣。這對拉爾森來說猶如吃下了一顆定心丸，安良堂一定尚不得知他已經展開了行動。如果，他的判斷是對的話，那麼，明天下午時分，那董彪還會像往常一樣來唐人街逛逛，在三個落腳點中的其中一個逗留上個把小時。

三選一似乎有些困難。

通過上次的交手，拉爾森知道那董彪是個反跟蹤的高手。唐人街是人家的地盤，拉爾森肯定不會選擇去跟蹤董彪，而在街上直接動手的成功率不會很高，一槍打不中的話，便很難有打出第二槍的機會。拉爾森只能在董彪的三個落腳點中選擇一個，事先蟄伏於其中，等到董彪登門的時候，打他一個措手不及。

至於選擇哪一個落腳點，拉爾森也只能是聽天由命，不過，一天等不來董彪，那就等兩天，兩天董彪未到，那就等到第三天。拉爾森堅信，只要是那曹濱、董彪尚不知曉自己已然展開了第二次的刺殺行動，那麼，三日之內，必定能等得到董彪。

唐人街正中有一家茶館，白天的時候，這家茶館的生意好到了不行，但過了晚飯時間，基本上就該打烊了。這一天，茶館和往常一樣，到了該吃晚飯的時候，客人驟減，等天色擦黑之時，茶館中的客人便幾乎走了個精光。既然是幾乎，就說明還有個別客人，但茶館老闆似乎沒將二樓上的客人當回事，仍舊喝令夥計們照常打烊。夥計們也不生疑，因為都知道茶館還有道後門，雖然要繞個百十來步才能回到街上，卻也不算是太麻煩。

關好了店門，上好了窗板，茶館老闆拎著一壺滾水上了樓，二樓最南頭的那間最大的雅間中，還有幾位重要的客人在裡面甩著撲克。撲克是洋人們發明的玩意，但是在洋人的手上傳了幾百年，玩法卻依舊單調。五十年多前，大量的華人勞工湧入了美利堅合眾國，接觸到了撲克，並迅速將撲克的玩法擴大到了十好幾種。

其中，炸金花便是當地華人們最喜歡的一種玩法。

「不就是兩塊錢嗎？你嚇唬誰呀？老子跟了，死也要死個明白不是？」坐在南邊靠窗位子上的彪形大漢拍出了兩張一美元的紙鈔，同時亮出了自己的底牌，手指對面的弟兄，喝道：「老子是帶尖的金花，就不信你小子比老子的牌還大！」

對面那弟兄呵呵笑道：「多謝彪哥賞錢，兄弟也是金花，卻比你多了個小對。」

那彪形大漢正是董彪。

茶館老闆笑呵呵為眾人添上了滾水，並對董彪道：「咋了，小彪子，看你的臉色就知道，輸錢了是不？」

董彪斜著眼瞥了茶館老闆一眼，略帶著怒火道：「我說老孫頭，你能不能改改口呢？叫什麼小彪子呀，聽起來跟罵人似的。」老孫頭的家鄉口音頗重，說出來的小彪子三個字，聽上去卻是有些像小婊子。

老孫頭白了董彪一眼，道：「難不成讓我叫你彪哥麼？」

董彪撓了撓頭，不耐煩道：「隨你吧，大不了下次不來你這兒了。」

老孫頭呵呵笑道：「你輸了錢可不能往老孫頭身上撒氣啊，你也不看看你做的位置，坐南朝北，輸到天黑啊！」

董彪冷笑道：「你當我信這個邪嗎？老子偏不信這個邪，再來！」

正要準備洗牌，有一個弟兄從外面進到了雅間中來，徑直來到了董彪面前，附耳道：「有情況，彪哥。」

董彪照著屁股給了那兄弟一巴掌，喝道：「這屋裡又沒外人，搞神秘幹嘛？」那兄弟訕笑著站直了身，道：「你要找的那個人出現了，在街上蹓躂了一圈，剛剛離去。」

董彪點了點頭，道：「是誰報上來的？」

那兄弟道：「是甲川兄弟那一組。」

董彪完全沒有了剛才輸錢時的那種惱怒，點了支煙，瞇著眼抽了兩口，呵呵笑道：「濱哥果然是料事如神啊！」

前天下午，康利從堂口離去之後，董彪跟曹濱交談了幾句，最後，董彪問曹濱接下來該怎麼安排。曹濱邪魅一笑，只交代了一句，我去陪你大嫂，你去找你的相好。

濱哥會說出這種膚淺的玩笑話麼？

或許可以，因為有了海倫，濱哥已經不再是以前那個濱哥了。

可是，那意味深長的邪魅一笑又代表了什麼呢？

董彪苦思冥想，終於想通了曹濱那句話的深意。

自己隔三差五甚至在某段時間幾乎天天要去找相好的習慣，是那個黑皮夾克的機會，但同時也是安良堂的機會。

讚歎之後，董彪命令道：「傳話下去，街上的弟兄們可以稍微放鬆一下了，那三個點上的弟兄趕緊打起精神來，要是在誰的手上壞了事，老子打斷他兩條腿！」

那兄弟領命而去。

「彪哥，還打算再送點錢給弟兄們不？」剛贏了董彪一把的那兄弟不無得意地挑逗著董彪。

董彪笑道：「那老子得換個位子了。」

坐在一旁抽著旱煙袋的老孫頭聽到了，噗嗤一聲笑後再吥上了一聲。

老孫頭的這間茶館可以說是唐人街最古老的一間店鋪了，五十年前，唐人街還僅僅是五六十米長二十家店鋪都不到的規模時，這家茶館便已經存在了。對金山的華人勞工來說，這家茶館便是家鄉，累了或是受委屈了，就可以來到這兒喝一壺家鄉的茶，聽一段家鄉的書，或是看一齣家鄉的戲曲，舒緩了自己的心情後，方能鼓足勇氣，繼續流血流汗為了生存而繼續拚命。

那時候，老孫頭還是個十二三歲的小屁孩。

二十八年前，十五歲的曹濱跟著父親來到了金山，此時，年過而立已有四五年的老孫頭從父親手上接下了這間茶館。那時的曹濱可是沒少給老孫頭找過麻煩，單是在他的茶館中，曹濱和別人至少打過十幾次的架。但說來也奇怪，老孫頭卻從來沒有抱怨過曹濱，或許是看到這個剛來到金山才一年就死了父親的少年實在是可憐，老孫頭不光從未讓曹濱賠過因打架而損害的座椅板凳錢，反而還會時不早晚地接濟曹濱。

待到曹濱、董彪以及呂堯三人結成了團體，老孫頭的這間茶館便成了他們仨的落腳點和分贓點。二十多年來，眼看著曹濱一步步做強做大，老孫頭卻從未向曹濱開過口，依舊守著他這間茶館。只是十年前，在曹濱的逼迫下，老孫頭勉強答應了曹濱為他將茶館翻新一下的要求。

有著這樣的淵源，老孫頭當然有資格衝著董彪呸上一口。

「老孫頭，你什麼意思？是鄙視我阿彪嗎？」董彪切牙撇嘴怒目圓瞪。

老孫頭磕去了煙鍋裡的煙灰，一邊重新裝著煙葉，一邊笑道：「這都被你看出來了，不簡單哦，小彪子，長本事了啊！」

那董彪天生就是一副正經不起來的個性，除了曹濱之外，他跟任何人都忘不了要調侃戲謔插科打諢，剛好這老孫頭打小就是聽著說書先生說的書長大的，也是一個能說會道且愛開玩笑的人，只要跟董彪見了面，這爺倆的嘴巴裡便沒一句正經話。

跟董彪有一搭沒一搭地鬥了幾句嘴，老孫頭再抽了一鍋煙，然後拎著水壺下了樓。「老孫頭老嘍，陪不了你們這幫小子了。」

老孫頭剛離開，董彪便贏了一把大的，樂得合不攏嘴，道：「我說我怎麼一直輸呢，原來是被老孫頭給克住了。」

玩到了深夜，弟兄們不禁哈欠連連，董彪受到了傳染，也跟著連打了幾個哈欠。「他姥姥的，那夥計怎麼那麼能沉住氣呢？到現在還沒動靜哩？」董彪扔掉了手中的撲克，起身來到了窗前，將厚厚的窗簾掀開了一角，往街上望去。

外面是漆黑一片，什麼也看不到。

董彪輕歎一聲，放下了窗簾，回到了剛才的座位上，點了支煙，道：「你倆贏的錢最多，是不是應該去樓下搗鼓點吃的上來呢？」

熬夜的時候，接近零點時是最睏的一段時間，用撲克賭錢的方法固然能熬過去這段最難熬的時段，但也容易讓人產生注意力上的遲鈍。換成吃東西來打發掉這段時間，顯然是個更好的主意，被董彪點了名的弟兄笑呵呵應下了，就要往樓下而去。

便在這時，傳話的弟兄上來了。

「彪哥，那人進窩了。」

董彪陡然間來了精神，道：「哪個窩？」

那兄弟應道：「春嫂的。」

董彪捏著煙，放在嘴邊愣了下，冷笑道：「他姥姥的還真會挑！」

屋裡的弟兄，包括剛才要去樓下搗鼓點吃的的弟兄，抄起了傢伙，就要往外去。

董彪冷冷道：「幹嘛呀？讓他在窩裡待一會唄！那夥計又不是去劫色，你們著急個毛呀？安安心心坐下來，等填飽了肚子再過去也不遲。」

第三章

江湖人

曹濱終究還是一個江湖人。

江湖好漢當以氣節為重，寧願站著死，不求跪著生。

守在堂口，即便戰死，但安良堂的氣節卻可以保全，

待羅獵歸來，仍舊能夠將安良堂的大旗重新豎起。

但若是為生而逃，那麼金山安良堂必將是聲名掃地再無出頭之日。

拉爾森在唐人街外的一個荒僻地方吃了些東西喝了點水，然後將剩下的兩塊麵包和一瓶水揣在了懷中，然後背上了他的那杆步槍，摸著黑回到了唐人街，沿著事先早就規劃好了的路線潛伏到了董彪最常去的一個落腳點。翻牆入院，沒發出一點響動。

唐人街富人不多窮人卻不少，絕大多數的院落都住著幾家人，但拉爾森打探到的董彪的那三個落腳點卻是個例外，院落雖不算大，但住的人卻很少。唐人街還有一個特點，養狗的人家特別少，這個特點也好理解，人都吃不太飽的情況下，哪裡還有餘糧去養狗呢？也正是這兩點，使得拉爾森對自己的藏匿蟄伏極有信心。

落進了院落中，拉爾森貼著牆根沿著院落轉了一圈，終於被他找到了一個極佳的藏身地點。

正屋的後面，是個茅廁，而茅廁的一側和圍牆之間，則堆滿了雜物，這地方雖然氣味有些讓人難以接受，但絕對是這戶人家最容易忽視的地點，除非運氣差到了極致，否則的話，在其中躲上個三兩天絕不是問題。

董彪不可能夜間來這兒，白天就算來，那也是要到了下午，因而，拉爾森藏身進去之後，很是淡定地喝了口水，然後便安心的休息了。

氣味卻是很難聞。

拉爾森雖然很安詳，雙目輕合，呼吸均勻，內心中卻是怎麼也平靜不下來。

這倒不完全是環境所致，對拉爾森來說，更為惡劣的環境他也待過，對一個殺手來說，只要能完成任務拿到酬金，即便在糞堆裡待上個三兩天，那也絕不是個問題。拉爾森平靜不下來的主要原因還是家庭問題。

拉爾森曾有過一個家，他的妻子還為他生下了一個可愛的小天使，但是，十年前和西班牙帝國的那場戰爭卻拆散了他的家庭。拉爾森執意要到戰場上建功立業，從而給妻子孩子創造更優越的生活條件，但他的妻子卻擔心戰爭會讓她失去丈夫。只是失去倒也不難接受，難以接受的是人還活著，卻成了殘疾。

理念上的無法調和最終只能走上離婚的道路，但戰爭結束後的第五年，拉爾森卻得到了一個令他奔潰的消息，他的小天使，居然患了一種罕見疾病，雖然有治癒的可能，但治療過程卻十分漫長，而且花費巨大。

也正是這個原因，才使得拉爾森在面對庫柏開出的二十萬美元酬金面前，失去了一切抵抗力。雖然，他找到了曹濱、董彪的破綻，但他對這次行動仍舊沒有多大的把握，因而，他才向庫柏提出了先支付一半定金的條件。並將拿到手的這十萬美元，全都匯給了他的前妻。

即便他死在了這次行動中，也算是完成了一個做父親的使命。

吃了碗麵，喝了瓶啤酒，董彪甚為滿意地拍了拍肚皮，站起了身來。「出發了，兄弟們，吃飽了，喝好了，到了該幹活的時候了！」董彪拎起了斜靠在牆角處的那杆毛瑟九八步槍，率先出了門，下到了一樓。

從後門溜出茶館，董彪等人隨即分成了數條線路，向阿春的住所方向摸去。

為了不讓那黑皮夾克產生疑心，董彪沒在三個相好的家中做任何佈置安排，只是在其周圍設下了幾個暗哨，密切監視著周邊的風吹草動。而當獵物進入了陷阱之後，董彪本可以直接衝進去將獵物擒獲，怎奈在三個相好的當中，董彪最為喜歡疼愛的便是阿春，而那黑皮夾克絕非等閒之輩，董彪生怕冒然攻擊會發生意外，二十二年前發生在曹濱身上的事情若是重演了一遍的話，董彪真不知道自己會不會像曹濱那樣傷心地將自己封閉起來。

「彪哥，弟兄都準備好了，隨時可發起攻擊。」手下弟兄過來向董彪做了稟報。

董彪遲疑著未作回應。

又一兄弟過來道：「彪哥，夜間進攻的風險實在是太大了，咱們不知道那貨藏在什麼地方，冒然攻進院子裡恐怕會有不小的傷亡，兄弟們傷就傷了，死就死了，倒也沒什麼，但萬一傷到了春嫂，那可就……不值得啊！」

董彪抬臉看了眼那兄弟，道：「甲川，你春嫂雖然是彪哥我的女人，但也不能說她的命就比弟兄們的命金貴。不過，你說的也有道理，那貨不知道躲在哪個旮旯裡，咱們冒然攻進去，恐怕還真要吃虧。」

那兄弟便是被董彪懷疑過的連甲川。也算是為了彌補當初的無端懷疑，董彪特意讓他參加了這次行動，給他一個立功的機會，從而能有理由提拔他。連甲川也沒讓董彪失望，正是他第一個發現了拉爾森的影蹤。

「彪哥，不如這樣，等天亮了，安排個兄弟把春嫂她們叫出來，然後咱們弟兄們只管往院子裡扔手雷炸彈，就不信不能把那貨給炸出來。」連甲川頗有把握道：「房子炸毀了還能蓋，但人要是死了可就活不過來了。」

董彪長出了口氣，用著讚賞的目光看著連甲川，點了點頭，道：「你小子有點腦子哈，以前怎麼就沒發現你是個人才呢！這辦法不錯，通知弟兄們，各崗各哨輪番休息睡覺，等天亮了咱們再接著幹活。」

深夜零時三十分，庫柏被一陣急促的敲門聲叫醒，敲門的士兵手中抱著一隻信鴿，見到庫柏開了門，先將信鴿交給了庫柏，然後才敬了個軍禮，道：「上校，剛剛收到的。」

庫柏沒有回禮，也沒有說話，默默解下了信鴿腳上捆著的信件，展開後看了一眼，臉上不禁露出了笑容來。「辛苦了，上士，但你還不能休息，立刻去通知你的上尉，讓他把他的C連緊急集合起來。」

那上士領命而去。

庫柏不慌不忙，穿好了軍裝，然後去了辦公室，撥通了埃斯頓辦公室的電話。電話鈴只響了兩聲，那邊便傳來了埃斯頓的聲音：「喂，是庫柏嗎？」

庫柏道：「是我，埃斯頓，能聽到你的聲音我很高興。」

電話傳來埃斯頓的苦笑聲：「庫柏，你向我下達了死命令，我敢不服從嗎？」

庫柏笑道：「你所受到的委屈即將換來豐碩的成果，埃斯頓，我們的第二方案立刻啟動。」

掛上了電話，庫柏倒了杯酒，剛喝了一口，營房中便傳來了緊急集合的哨音。庫柏不急不躁，喝完了杯中的酒水，離開辦公室，緩步走向了營房操場。

C連早已集合完畢，但見庫柏走來，C連連長麥隆上尉上前兩步，啪的一個立正敬禮，高聲彙報道：「報告團長閣下，C連集合完畢，請你訓話！」

庫柏回了禮，然後來到了隊伍面前，沉聲道：「我剛接到金山警察局的求助，他們得到了情報，說有一夥暴徒準備在唐人街製造暴亂。你們都知道，唐人街居住的都是些黃種中華人，或許你們其中有很多人會認為，既然是該死的黃種中華人，那就乾脆讓上帝去收拾他們得了。沒錯，我不認為這種想法有什麼錯誤，但是，先生們，你們必須要想得更為深遠一些。」

庫柏踱到了一名士兵的面前，為他整理了一下軍帽，然後後退了兩步，提高了嗓門，接道：「我們是軍人！我們的神聖任務是保衛偉大的美利堅合眾國不受到任何侵犯，住在唐人街的那些黃種中華人雖然死不足惜，但那塊土地卻屬於偉大的美利堅合眾國，任何勢力想在偉大的美利堅合眾國的國土上製造暴亂，我們軍人都必須以雷霆手段將其消滅！」

麥隆上尉代表全連表態，道：「C連全體官兵聽從長官命令，堅決平息暴亂，消滅一切危害國家安全的暴徒！」

庫柏滿意地點了點頭，揮了揮手，令道：「出發！」

埃斯頓放下了電話，愣了會神，起身去盥洗間洗了個冷水臉，這才打起精神來。

前天中午，埃斯頓和康利走散，埃斯頓找了一大圈卻也沒能找得到康利，心急火燎地趕去了庫柏的軍營，卻見到康利和庫柏在軍人俱樂部中正在閒聊。

見到了埃斯頓，康利頗為抱歉地做了解釋，說他跟埃斯頓走散之後，居然迷路了，不得已只能在景點外攔了一輛計程車先回來了。解釋過後，康利藉口有些疲憊，便上樓休息，埃斯頓也想回去，卻被庫柏給攔下了。

庫柏攔下埃斯頓的目的便是要安排他的第二套方案。

「你不覺得今天康利和你的走散有些蹊蹺嗎？」庫柏攔下埃斯頓之後，劈頭便是這麼一句問話。

埃斯頓當時就愣住了，想了好一會，道：「你是說……」

庫柏點了點頭，道：「他並不贊同他父親提出來的附加條件，而這個附加條件明顯對他們父子更加有利，那麼，他為什麼會不同意呢？原因只有一條，他忧怕安良堂，忧怕湯姆和傑克，他對我們能除掉湯姆和傑克毫無信心，生怕惹惱了湯姆、傑克二人而惹上麻煩。」

埃斯頓道：「所以，他就故意製造了這場人為的走散，目的是想背著我們去給湯姆、傑克通風報信。」

庫柏點頭道：「知子莫若父，鮑爾默先生猜到了他兒子的思想，反過來，知父莫若子，康利也一樣能夠猜到他父親的做為。他趕在我們行動之前去向湯姆和傑克通風報信，為的就是等我們失敗了，不會遭到安良堂的報復。」

埃斯頓頗為緊張道：「那我們是不是要終止拉爾森的行動呢？」

庫柏搖了搖頭，道：「不，埃斯頓，康利的這種行為，恰恰為我們提供了徹底消滅湯姆和傑克甚至包括整個安良堂的絕佳機會。」

埃斯頓攤開了雙手，搖著頭道：「庫柏，我能想到的只有拉爾森的失敗，卻怎麼也想不到絕佳機會在哪裡，拜託你能不能給我講得透徹一些呢？」

庫柏頗為得意地笑了，道：「拉爾森向我透露過他的行動計畫，他說，傑克在唐人街有三個落腳點，每天下午都會去其中一個落腳點待上一會，他準備在夜色的掩護下潛伏進去，等董彪前來的時候，突下殺手。埃斯頓，這便是我們的機會，只要戰鬥打響，我們能及時趕到，那麼就能以平息暴亂的名義將他們一網打盡！」

埃斯頓愣了片刻，道：「庫柏，這個計畫……那拉爾森不就……」

庫柏笑道：「他拿了咱們的十萬美元，獻出他的生命也是值得的。康利將消息傳給了湯姆，那拉爾森尚未行動便已是指望不上了，與其白白死在了湯姆手裡，倒不如讓他再發揮一下最後的餘熱。」

埃斯頓點了點頭，下意識地吞咽了一口唾液，道：「我是想說，這個計畫聽起來很不錯，但其中有一點卻很難實現，庫柏，我們無法得知湯姆和拉爾森發生戰鬥的具體時間，可能是明天，也可能是後天，還有可能是未來的某一天，我們不可能一直等在唐人街附近，而若是沒趕上時間的話，那我們前功盡棄不說，還很有可能被人抓住了把柄，徒添麻煩啊！」

庫柏輕鬆笑道：「這一點你無需擔心，埃斯頓，我只要求你在拉爾森開始行動後的每一分每一秒都守在你辦公室的電話旁，隨時等著我的電話。」

埃斯頓道：「庫柏，不是我不相信你，是我實在忍耐不了自己的好奇，能告訴我你將以什麼方式判斷清楚戰鬥發生的具體時間嗎？」

庫柏拍了拍埃斯頓的肩，道：「埃斯頓，不要忘了，在軍校的時候，我可是你的班長，對長官的命令，你要做的只有執行，而不是探究原因。」

庫柏並非是玩笑，他終究還是沒有告訴埃斯頓他的判斷方法，埃斯頓雖然將信將疑，卻仍然堅守在了他的辦公室中。

埃斯頓怎麼也沒想到，僅僅堅守了第一夜，便接到了庫柏的電話。在電話中，埃斯頓聽得出來那庫柏透露出來的信心。雖然仍舊沒能想明白那庫柏是如何掌握到唐人街那邊的消息的，但埃斯頓還是選擇了信任庫柏，洗過冷水臉後，立刻集合了值班的員警，分成了五輛警車，駛向了唐人街的方向。

從暴風雪過後一直晴朗的天氣卻在當夜有了些要變天的意思，雲很重，星星幾無蹤跡，而月亮也是長隱忽現，風並不大，但透著絲絲的寒意，看樣子，又要有一場寒流即將襲來。

在通往唐人街的三叉路口處，埃斯頓停下了車，他要在這兒等著庫柏的到來，在沒見到庫柏的軍隊時，埃斯頓決然不敢進入唐人街，就憑他那些手下員警的本事，根本不是人家安良堂的對手，單方面行動，不光是壞事，更是找死。

約莫等了二十多分鐘，庫柏率領一個整編連乘坐六輛軍用卡車趕到了三叉路口。見到庫柏率兵趕到，埃斯頓登時有了底氣，就要領著員警車隊向唐人街進發。

「等一下，埃斯頓局長。」當著諸多員警的面，庫柏給足了埃斯頓面子：「局長先生，我們是不是先討論一下行動方案呢？」

埃斯頓一怔，隨即便意識到了自己的莽撞。

庫柏繼續道：「唐人街成南北走向，北側出口朝向了我們所在的位置，但南側出口卻通向了駛往洛杉磯的公路，你知道，那條公路的兩側，有著無數的山包，若是暴徒逃往了這個方向，即便我再追加兩個連，也很難將他們繩之以法。」

埃斯頓道：「我明白了，我們可以兵分兩路，分別從南北兩側攻入唐人街。」

庫柏讚賞道：「埃斯頓局長果然是經驗老到，我建議，由埃斯頓局長率領一半的警力由北向南攻入唐人街，我以兩個排的兵力配合你的行動。另外一半的警力由我親自率領，繞到唐人街南側，自南向北發起攻擊。」

埃斯頓擔憂道：「庫柏團長，你只率領一個排的兵力，是不是有些薄弱呢？」

庫柏笑道：「暴徒無非就是一些烏合之眾，我有一個排的兵力已經足夠了。」

埃斯頓當過兵，對軍隊編制中的那些小九九是瞭若指掌，在一個連隊中，明面上分做了三個排或是四個排，每個排的士兵人數也基本一致，但在火力配置上卻有著不同。也就是說，一個連隊中必然會有某一個排是該連隊的主力排，其戰鬥力要遠大於其他各排。

看破不說破，庫柏當著自己的下屬給足了自己臉面，那麼，他也應該極力維護庫柏團長展示出來的捨我其誰的英雄氣概。

「很好，庫柏團長，我接受你的建議。」埃斯頓說著，向庫柏拋去了一個會心的微笑。

庫柏點了點頭，接道：「我估計暴亂將會在天亮之後發生，埃斯頓局長，你需要將你的部下以及分配給你的部隊安排在距離唐人街稍微遠一些的僻靜處，但也不能太遠了，要保證車輛能在五分鐘之內抵達唐人街。所以，我的建議距離是三到四公里的樣子。」

身為警察局的局長，埃斯頓對金山各處的地形地貌還算有所瞭解，唐人街這塊他來的比較少，但腦海中還算有些印象，故而表現出了極有把握的樣子，帶著一半的警力以及四輛軍用卡車的兵力，向著唐人街的南端繞行而去。

天終於亮了。

連甲川蹲在了阿春住所的院落門口，扯起嗓子喊了起來：「賣豆花哩，又甜又香的豆花哩！」這是董彪想到的主意，阿春最愛吃的便是豆花，只要聽到了豆花的叫賣聲，阿春一定會醒來，而且必須出門買上一碗。

果然，連甲川只叫了兩嗓子，院落的院門便吱嘎一聲打開了。

連甲川急忙上前，悄聲道：「春嫂，彪哥讓我來通知你，院子裡進了壞人，你要不動聲色地通知其他人，陸續撤出院子，記住了，不能慌，更不能亂。」

能成為安良堂第二把交椅大哥級人物的相好，那阿春也絕非是一般女人，聽到了連甲川的叮囑，立刻叫嚷了起來：「哎喲喲，你這豆花怎麼都是冷的呢？不買了，不買了！」嚷過之後，隨即回了院落。

只是三五分鐘，阿春一家以及兩名傭人便陸續逃出了院子。

不遠處的一棵大樹上，董彪騎在了一根樹杈上，微笑點頭，並向樹下的兄弟揮了揮手。

一聲尖銳的哨音響起，院落四周登時湧出十多名弟兄，將一枚又一枚的手雷扔進了院落當中。

董彪迅速架起了他的步槍，邊瞄準邊搜索著院落中的人影。

第一輪手雷炸過之後，董彪並沒有看到黑皮夾克那貨的身影。

「再來！多招呼牆角旮旯！」董彪喝令道。

又是十多枚手雷高高飛起，落進了院落當中。

這一輪，那院牆有多處被炸得轟塌了。

正屋後，忽然現出一人影來，董彪已然捕捉到位，槍口轉向，「砰——」，便是一槍。

那人訇然倒地，但同時也朝著董彪的方向回敬了一槍。

「可以啊！有點意思！」董彪向上攀爬了兩米，撿了個樹杈坐定，再次架起步槍搜索瞄準。

院牆多處轟塌，堂口弟兄迅速補位，每個轟塌處至少有一名槍手補住了空缺，在防止住院內之人趁機突圍的同時，也進一步壓縮了那人的藏匿空間。

第一輪手雷的爆炸並未對拉爾森的身體造成多大的影響，但是，對他心理的震撼卻是無比巨大，那一瞬間，他已經知曉自己在劫難逃，他唯一的希望只能是衝進正屋中劫持一名或幾名人質，以求得一線生機。可就在他準備行動之際，第二輪手雷飛了進來。堪堪躲過第二輪的爆炸，拉爾森剛露出身形，便挨了董彪的一槍。

那一槍並未打中拉爾森的要害，只是將左側肋下剮下了一塊肉，電石火光間，他判斷出子彈飛來的方向，並回敬了一槍，但他清楚，他打出的那一槍，最多也就是起到個威懾的作用。

擺在拉爾森面前的只有兩條路，一是窩在原處等著對手攻過來，或許可以在臨死前拖上一兩個墊背的，二便是尋找機會衝出敵人的包圍。而衝進正屋劫持人質已然不再現實，那樣做，只會成為剛才打中自己的那個人的槍靶子。

猶豫了片刻，拉爾森最終選擇了後者。

他從藏身處一躍而起，飛奔中，端起步槍，連著三槍放倒了最近一處轟塌院牆處的守兵，但也就在這時，董彪扣動了扳機。

子彈飛來，洞穿了拉爾森的胸膛。

拉爾森撲倒在地。

鮮血汩汩地從胸前背後冒出，但拉爾森似乎根本感覺不到疼痛，他伏在地面上的臉頰甚至還露出了幸福的微笑。

「收屍！搶救受傷弟兄，快速撤離現場！」董彪對自己剛才的那一槍極為自信，雖然拉爾森的身軀就在自己的視線中，但董彪堅持沒有補槍，從樹上一躍而下。

可就在這時，唐人街南北兩端同時響起了汽車發動機的轟鳴聲。

唐人街原本汽車就不多，這大清早的更是稀罕，而聽這動靜，可不像是一輛兩輛，會是什麼情況呢？

董彪稍一愣，立刻意識到了危機，連忙大聲吼道：「立刻撤退！向東西方向撤退！」董彪的反應還算迅速，但已然來不及。

一百五十名正規軍士兵，以及近二十名員警，已經將董彪等人團團圍住。

曹濱正處在似醒非醒的朦朧狀態，唐人街的方向便響起了隆隆的爆炸聲。曹濱被驚醒過來，不禁皺起了眉頭，這董彪也忒能作了不是？不就是對付一個殺手麼？值得搞出那麼大的動靜來麼？

那爆炸聲還響了兩輪，隨後便是零星的幾聲槍聲。

曹濱暗自點了下頭，翻身下床，準備洗漱。

當他剛剛往盆裡倒完了熱水，拿起毛巾尚未放進盆中之時，唐人街突然傳來了密集的槍聲。

海倫亦被驚醒，穿著睡衣便奔到了曹濱的臥房，急急敲開了曹濱的房門，驚恐道：「湯姆，出了什麼事了？是在打仗麼？」

曹濱已然意識到了問題的嚴重性，但依舊保持了鎮定，回道：「是盜走那些鴉片的蛀蟲們向我們發起了反擊，海倫，聽我說，立刻回去換衣服，我派人護送你離開堂口，這兒即將發生一場惡戰。」

海倫反倒從驚慌中迅速恢復了平靜，她搖了搖頭，堅定道：「不，湯姆，就算是死，我也要跟你死在一起，沒有人再能將我們分開，包括上帝。」

曹濱極為嚴肅，沉聲喝道：「胡鬧！海倫，你必須立刻離開堂口！」

海倫淡然笑道：「湯姆，你說過的，這一生一世，你再也不會讓我受委屈，湯姆，我說過我不會再離開你，要走，我們一起走！」

曹濱搖了搖頭，道：「我不能走！哪怕是死在這兒。」

海倫伸出雙手，撫摸著曹濱的臉頰，柔聲道：「我理解你，湯姆，但希望你也能理解我。」

曹濱終究還是一個江湖人。

江湖好漢當以氣節為重，寧願站著死，不求跪著生。

守在堂口，即便戰死，但安良堂的氣節卻可以保全，待羅獵歸來，仍舊能夠將安良堂的大旗重新豎起。

但若是為生而逃，那麼今後江湖之中，金山安良堂必將是聲名掃地再無出頭之日，即便是在安良堂其他堂口弟兄的面前，也絕無昂首說話的機會。

只是，預感到一場惡戰即將發生的曹濱可以坦然面對死神的召喚，但他絕不能接受海倫和他同赴黃泉的命運。

「好吧，海倫，我答應你，不把你送走，要生一起生，要死一起死！」曹濱面色凝重，但兩道緊鎖的眉頭卻悄然舒展開來。

唐人街上，一場屠戮僅僅持續了三五分鐘。

「報告團長閣下，共擊斃暴徒一十九人，重傷七人，我方陣亡五人，陣亡人數中有二人為員警，我方重傷八人，重傷人數中有四人為員警，另有十一人輕傷，三人為員警。」麥隆上尉及時向庫柏送上了戰報。

從傷亡總數上看，安良堂弟兄們一共折進去了二十六人，而庫柏和埃斯頓的手下或死或傷也多達二十四人，只是，安良堂弟兄吃了武器比不上人家的虧，傷到的敵人多，但打死的敵人少。

埃斯頓跟著來到了庫柏面前，沒有說話，只是神色黯然地搖了下頭。

庫柏微微一怔，然後蹙起了眉頭，沉思了片刻，手指安良堂堂口的方向，朗聲道：「埃斯頓局長，暴徒於光天化日之下公然向民居投擲大量手雷，其意欲製造暴亂的動機已是證據確鑿，我建議，立刻追查這夥暴徒的背後組織，並給予摧毀性打擊，以維護我神聖的美利堅合眾國法律，保護我們偉大的美利堅合眾國的安全！」

埃斯頓心領神會，回道：「已經查明，這夥暴徒來自於金山安良堂，他們收入低下，對我美利堅合眾國早已是心存不滿，不軌之為隨時都有可能進一步爆發。」

庫柏站到了他座駕的座位上，對著手下士兵鼓動道：「先生們，你們都看到了，這夥暴徒是多麼的兇殘。唐人街是金山的唐人街，是我們偉大的美利堅合眾國的唐人街，如今卻被他們這種暴徒所統治，黃皮膚的中華人不懂得民主自由，他們會被這些暴徒所鼓惑，很有可能對金山，對偉大的美利堅合眾國做出更大程度的危害，所以，我建議，我們必須斬草除根，對這夥暴徒的根源組織予以毀滅性的打擊！請記住，先生們，你們今天的付出和犧牲，將會被載入史冊！」

士兵多年輕，年輕必氣盛。這夥暴徒居然敢對他們還擊，並打死打傷了他們十五六名戰友，一個個早就是義憤填膺，而庫柏的鼓動又是恰到好處，求戰意願不等庫柏說完便已然爆棚。

庫柏見時機成熟，猛然揮手，嘶啞吼道：「進——攻！」

從唐人街到安良堂堂口，也就是一兩公里的距離。

車隊呼嘯而來，僅僅用了三四分鐘。

安良堂的堂口之中異常安靜，偌大的院落見不到一個人影，樓道口向外伸出的遮陽台下，端坐著一身著深青色長袍腳穿黑色布鞋的中年男子，那男子身後，則立著一位面貌姣好氣質脫俗的洋人女性。

面對數十條制式步槍，那男子淡然一笑，道：「埃斯頓，站在你身旁的應該就是庫柏上校吧。你們做得很不錯，我確實沒想到你們居然留了後手，而且，我必須承認，你們尋找到的這個藉口的確可以蒙蔽了大多數人。埃斯頓、庫柏，現在你們可以歡呼勝利了，只要一個簡單的命令，你們的手下便可以將我曹濱打成一隻蜂窩。」

庫柏拔出了配槍，走上前來，指向了曹濱，喝道：「你以為我不敢開槍嗎？」

曹濱身後的那位洋人女性冷笑道：「我是金山郵報的記者，海倫・鮑威爾，庫柏上校，我保證，只要你的槍聲一響，明天就能登上金山各大報紙的頭版頭條。另外，你也用不著暗自琢磨能不能製造一場意外將我滅口，現在的安良堂堂口，除了你們的人，就剩下了我和湯姆，只要我死了，兇手一定是你們。還有，我必須提醒你一句，在你領兵衝進來的時候，我的同事已經拍下了足夠多的照片，當然，如果你感到心虛的話，完全可以派出你的士兵去把他抓回來。」

海倫・鮑威爾的大名對庫柏及埃斯頓來說可謂是如雷貫耳，之前或許沒怎麼注意到這位金山的著名記者，但二十多天前的那篇關於一千八百噸鴉片的報導以及對全體市民號召的文章，卻令庫柏及埃斯頓等人是又心疼又憤怒。不過，庫柏和埃斯頓等人卻沒想著把怒火發洩到海倫・鮑威爾的身上，他們認為，海倫・鮑威爾做為記者，這種行為實屬正常，惡人乃是找她爆料的安良堂湯姆，所有的賬也該算到湯姆頭上。

有了這種思想，庫柏也好，埃斯頓也罷，包括斯坦德，都忽略了海倫‧鮑威爾這名記者，甚至連暗中調查都懶得做，到頭來，只是知道其名，卻不認識真人。當然，這也是他們三人有些托大的表現，更是一種缺乏江湖爭鬥經驗的結果。

海倫冷笑說完了話，從口袋中掏出了記者證，向庫柏丟了過去。是丟，而不是遞。

庫柏下意識地去抓空中飛來的那本記者證，可水準不夠，抓了把空氣，並眼睜睜看著那記者證跌落在自己的腳下。

庫柏遲疑了一下，但還是彎下腰來，撿起了那本記者證。

記者證當然是如假包換。

庫柏極為禮貌地走上前，將記者證交還給了海倫，並解釋道：「我們接到情報，說唐人街有一夥暴徒意欲製造暴亂。海倫記者，想必你剛才也聽到了，那兩輪震耳欲聾的爆炸，便是那夥暴徒所為。我們雖然鎮壓了那夥暴徒，但那批暴徒的幕後指使卻仍舊逍遙法外，我們有充足的證據證明那夥暴徒便屬於金山安良堂這個組織，最終的幕後指使便是你我面前的這位湯姆曹先生。」

海倫面若冰霜，冷冷道：「既然如此，為什麼不讓湯姆曹接受法律的審判呢？庫柏，你是心虛，不敢在法庭上面對律師的質問，對嗎？」

庫柏大笑道：「我為何不敢？我有什麼好懼怕的？我只是協助警察局的行動而

已，平息駐軍當地的暴亂，是符合軍隊條例的，海倫記者。」

海倫冷哼道：「既然只是協助，那麼請問，你為什麼要反客為主呢？不是應該由警察局的埃斯頓局長做主要負責人嗎？」

庫柏啞口無言。

海倫的意外出現，徹底打亂了庫柏的計畫。若沒有這位名記者的摻和，庫柏早就一槍打爆了曹濱的腦袋，然後再扔出幾枚手雷，製造出曹濱負隅頑抗的假象。死無對證，即便同安良堂餘孽對簿公堂，他庫柏也是穩穩地佔據上風。

但，意外卻偏偏發生了。

言語交鋒間，庫柏的腦子轉了成百上千圈，卻也沒能想出萬全之策。記者乃是無冕之王，將其暗殺了都會引發軒然大波，更何況眼下處在面對面的交鋒中，而身後，還有著上百名思想單純難以封口的士兵，若是不顧一切地滅了她的口，恐怕用不著走上法庭，單是市民們憤怒的口水，便可以將他們活活淹死。

「收起你的槍，退到埃斯頓局長的身後吧。」海倫的口吻中充斥著不屑的意味：「庫柏上校，你多遲疑一秒鐘，市民們對你的懷疑就會增加一分，在法庭上，陪審團是不可能不考慮民意的。」

庫柏愣了幾秒鐘，終於向後退了一步。

第一步邁開，後面的步伐也就順理成章了。

庫柏退下之後，埃斯頓被迫上前。「海倫記者，請不要誤會，庫柏團長確實是受我要求前來支援警察局行動的。在行動中，我的部下兩死七傷，損失慘重，庫柏團長只是擔心我心情悲憤，情緒失控，這才替代了我。」埃斯頓哪裡有什麼悲憤心情，此刻，他有的只是在距離成功僅有一步之遙時卻戛然而止的巨大失落。

海倫冷冷道：「你用不著向我解釋什麼，埃斯頓局長，這不是一場人物專訪，我只會記錄事件的客觀過程。」

「我們不擔心你的客觀記錄，我們會按照章程來執行法律賦予我們的職責。」埃斯頓苦澀一笑，轉而向曹濱做了個請的手勢，道：「湯姆，實在抱歉，這是我的職責，請你理解。」

曹濱緩緩起身。

埃斯頓招呼了兩名部下，搜過了曹濱的身，並銬住了曹濱的雙手。

埃斯頓揮了揮手，讓部下將曹濱押走，又對海倫道：「按照規定，我必須對安良堂的堂口展開徹底的搜查。」

海倫冷冷應對道：「沒有人攔著你，但我必須提醒你，埃斯頓局長，我會對此案進行連續報導，直到法庭做出最終審判，在此過程中，我不希望看到湯姆在警局中發生任何意外。」

人若是過於平庸，必將被人鄙視。

反之，人若是過於優秀，必將招人嫉妒。

在金山郵報社中，海倫便屬於那種招人嫉妒的人。

自暴風雪來臨的前一天，到曹濱身陷囹圄的這一天，海倫不打招呼離開報社已經有足足十三天。這對那些嫉妒海倫的人來說，絕對是一個不可多得的機會，他們早已經在三天前就聯合起來向報社主編施加了壓力，要求報社主編決不能因為海倫一個人而改變報社的規章制度。主編自然捨不得放棄像海倫這樣優秀的記者，但終究沒能扛得住這份壓力，於昨日上午簽發了對海倫・鮑威爾實施除名的決定。

「海倫，這些天你都去了哪裡？你為什麼連聲招呼都不打呢？你哪怕是打個電話過來說一聲，我也能找到藉口啊！」面對海倫的登門造訪，報社主編既驚愕又痛惜。

海倫微笑道：「主編先生，實在抱歉，那天，我在採訪的途中遭遇了暴風雪，我差點就死在了那場暴風雪中，是當地的人們將我救了下來，那兒的通訊並不發達，我的身體又一直未能恢復，因而無法和您取得聯繫。」

主編顯露出希望神色，道：「如果你能找來兩名以上的證人，海倫，我可以幫你申訴，恢復你在報社的工作。你知道，金山郵報失去你將會是一項巨大的損失。」

海倫道：「主編先生，我來找你並非是為了這個目的。當然，能重新回到報社來工作，當然是令人高興的事情，但我的身體還沒有完全恢復，我不知道我還能不能適應記者的工作，但我向你保證，除了金山郵報之外，我不會再供職於其他報媒。」

這可能才是主編最為擔心的事情，得到了海倫的承諾，主編的臉色明顯溫柔了許多。「海倫，那你來找我是為了什麼呢？」主編親自起身，為海倫倒了杯水回來，接道：「是生活上出現了困難嗎？」

海倫接過了水杯，搖了搖頭，道：「不，主編先生，我生活上並沒有困難。我來找你，是為了一則新聞。」

主編不免有些驚疑，道：「新聞？海倫，你又掌握了什麼新聞線索呢？」

海倫喝了口水，應道：「今天清晨時分，唐人街發生了一起爆炸案……」

主編打斷了海倫，道：「是的，警察局正在召開新聞發布會，我們也受到了邀請，簡妮和海斯伍德二人應該已經抵達了新聞發布會的現場。」

海倫猛然一怔，手中的水杯晃蕩了一下，灑出了一些水來，主編很體貼地遞過來一塊手帕，海倫擦淨了身上的水漬，苦澀笑道：「主編先生，警察局的新聞發布會只是一面之詞，而我，卻掌握了事件的真相。」

主編聳了下肩，道：「海倫，你是知道的，如果發生在唐人街的這起案件被定性為暴亂的話，那麼，任何一家報媒只能發表官方的聲明，除非，你掌握了足夠的證據來證明它並非是一場暴亂。」

對海倫來說，顯然無法收集到有力的證據。唐人街的現場早已經被庫柏及埃斯頓的部下打掃乾淨，那名殺手的屍體也不知道被扔到了哪裡，有的只是現場的一片狼藉，和安良堂弟兄扔出去的手雷爆炸後的殘片。還能找到哪些有利於湯姆的證據呢？海倫不是沒想過這個問題，而是她根本想不出答案。

真相就掌握在自己的手中，但海倫卻拿不出任何證據來證明她所掌握的真相便是真正的真相，而庫柏、埃斯頓卻可以堂而皇之的將自己和鴉片案割裂開，就事論事，一口咬定發生在唐人街的爆炸就是湯姆指使的暴亂行為。

這起案件若只是一場普通的江湖爭鬥，那麼，海倫尚有希望能說服主編，可埃斯頓卻先發制人，將這起案件定性為暴亂，並以此為名召開了新聞發布會，那麼，但凡參加了這場新聞發布會的報媒，按照規定，便只能發布官方聲明，除非有著足夠的證據來推翻暴亂的定性。

海倫恨自己比埃斯頓慢了一步。

主編深吸了口氣，接道：「海倫，我和你共事近十年，我瞭解你，知道你不會因為個人目的來編撰新聞，但是，制度就是制度，我有心和你探討一下這起案件的幕後真相，但絕無權力將它公之於眾，海倫，我想，你會理解我的，對吧？」

海倫微微一笑，起身跟主編握手告辭，並道：「我當然能理解你，謝謝你，主編先生，等我找到了足夠的證據，再來找你好了。」

海倫輕鬆的微笑背後，卻是淒涼心酸的淚水。

這一刻，她終於完全理解了曹濱，暴風雪來臨之前的那一個禮拜，曹濱的心情一定比自己還要難過，他想愛，卻不敢愛。之所以不敢去愛，並不是他內心中的懦弱，而是他早已經預料到了這一天的發生。

海倫從來沒有感覺到如此的孤立無助。

傑克凶多吉少，應該犧牲在了唐人街的那場戰鬥中。而曹濱下定決定要和她一同面對生死的時候，將堂口的所有弟兄全都解散了，並告訴他們，在諾力歸來之前，任何人不得踏入堂口半步。

諾力，你在哪兒呢？你何時能回來呢？

此刻，羅獵帶著小顧霆正大包小包的往火車上搬運行李。

給彪哥帶的五瓶酒就是一件大包，而給濱哥帶的一箱絕版雪茄的體積重量更是不得了，再加上趙大明送的禮物禮品，可是把火車的臥鋪車廂塞了個滿滿當當。

從董彪一天一封的詢問電報中羅獵便判定出自家堂口一定是遇到了喜事要等著自己回去分享。做出如此判定的理由很簡單，假若不是好事的話，濱哥一定不會讓自己回去，即便是迫不得已，那彪哥也不會有如此閒心，一天一遍的追問。

羅獵是於前日晚返回到紐約堂口的，看過電報後便想著趕緊回火車站去購買明日的火車票，但被趙大明給攔下了。趙大明的理由很是充分，既然是喜事，那麼早一天到和晚一天到沒多大區別，而明天好歹也要去給總堂主打聲招呼，彙報一下這次任務的完成情況。羅獵覺得有理，於是，返回金山的日期便往後拖了一天。

火車旅行是相當枯燥的，一開始，羅獵和小顧霆還有心思去餐車上吃些東西，但隨後，卻懶得連餐車也不去了，一日三餐全都在軟臥車廂中解決。

將小顧霆帶回金山並非是羅獵的主意，而是小顧霆的要求，羅獵是真心喜歡這個古靈精怪的小傢伙，對小顧霆的要求根本說不出一個不字來，只是提出是不是要給他的父親打聲招呼，卻被小顧霆斷然拒絕。「他逼著小霆兒做李西瀘的內應，小霆兒做過了，便已經還清了他的養育之恩，從今往後，小霆兒是生是死，跟他再無瓜葛。」面對小顧霆這般斬釘截鐵的回應，羅獵也只能苦笑搖頭。

五天五夜的旅途實在漫長，當火車終於抵達了金山火車站的時候，那五天五夜又顯得過得飛快。下了火車，羅獵以一美元的代價買通了火車站的管理人員，那哥們親自幫羅獵叫來了一輛計程車。

一邊往車上裝著行李，那計程車司機一邊問道：「先生準備去哪兒？」

羅獵隨口應道：「唐人街，安良堂。」

那司機的臉色突變，道：「安良堂出了大事了，先生還不知道嗎？」

堂口中，偌大一幢樓房卻只住著海倫一人。

她想為曹濱想為安良堂做些什麼，但又不知道她能做些什麼。

五天來，她唯一能做的便是將曹濱的書房清理得整整潔潔，將曹濱的臥房打掃得乾乾淨淨。還能做到的便是坐在窗前看著堂口院落中的枯葉越來越多越來越厚。

埃斯頓不知從什麼管道得知了海倫已被金山郵報除名的消息，對她提出的探視曹濱的要求是充耳不聞，海倫無奈之下只得去求以前的搭檔，可是，那搭檔嘴上答應的很是痛快，但海倫看得出來，他只不過是在敷衍了事。

人一走，茶必涼。

這是這個世界的普遍規律，接受也好，痛恨也罷，卻是無力改變它。

跟曹濱分別的那天清晨，曹濱還交代了海倫，一定要守在堂口等待著羅獵的不日歸來。五天過去了，已經是第六天了，那羅獵怎麼還不見個人影呢？

心思頗為恍惚的海倫感覺到有些累了，便在這時，隱隱地聽到了堂口大鐵門被推開的吱吱嘎嘎的聲音。

一輛計程車駛了進來，穿過了堂口的林蔭道，繞過了那汪水池，停到了樓道門口。一個既熟悉又陌生的年輕人跳下了車來。

海倫急忙推開窗戶，大聲喊道：「諾力！你是諾力嗎？」

羅獵抬頭看了眼海倫，隨即應道：「海倫記者？你怎麼會在這兒呢？」

海倫倔強地堅持了五天五夜，沒讓自己流出一滴淚水，但在這一瞬間，海倫的視線模糊了。「諾力，等著我，我這就下來。」

奔到了樓下，遇見了正在往樓道中搬運行李的羅獵，海倫不由分說，張開了雙臂，抱住了羅獵，將頭靠在了羅獵的肩上，忍不住放聲大哭。

「海倫，堅強些，告訴我究竟發生了什麼？」羅獵不知道該如何安慰海倫，只能是生硬地拍著海倫的後背，說道：「從火車站過來的時候，計程車司機已經告訴我了一個大概，但我需要知道詳細情況，海倫，擦乾眼淚，告訴我好麼？」

海倫終於止住了痛哭，抽噎道：「湯姆被警察局的埃斯頓抓走了，傑克也被他們殺死了，諾力，能拯救安良堂的只有你了。」

羅獵猛然一驚，道：「彪哥他死了？是你親眼所見嗎？」

海倫搖了搖頭，抹了把眼淚，道：「我沒有看到，但庫柏出動了一百多名士兵圍剿了傑克，我想，他們是不會給傑克留下生路的。」

羅獵強迫自己鎮定下來，道：「海倫，我們不能慌亂，來，把事情按照先後順序，一點點一條條告訴我。」

海倫做了下深呼吸，將那場暴風雪前後發生的事情講述了一遍。

羅獵面無表情，仔細地聽完了海倫所說的每一個字。「海倫，你剛才說警察局隨後就舉辦了新聞發布會，那麼，他們有沒有發布現場傷亡的數字呢？」

海倫點了點頭，道：「他們說擊斃了十九人，重傷了七人。」

羅獵的臉上閃現出一絲欣慰之色，道：「那就說明彪哥他沒有死！」

海倫驚疑道：「你怎麼能知道？警察局並沒有公佈傷亡名單。」

羅獵道：「彪哥有個習慣，認整數，每次幹活帶的弟兄不是五便是十，十九加七等於二十六，這不符合彪哥的習慣，他在對付那名殺手的時候，應該帶去了三十名弟兄，也就是說，包括彪哥在內，應該有五個人逃出了庫柏的圍剿。」

海倫驚喜道：「那會有傑克嗎？」

羅獵點了點頭，道：「一定有他！他要是一條魚，那麼唐人街便是一條大河，即便庫柏用最密的網，也難以在唐人街中將彪哥捕獲。」

海倫的驚喜之色卻驟然消失，搖頭疑道：「不對啊，諾力，如果傑克還活著的話，那為什麼都過去了五天五夜，卻一點關於他的消息都沒有呢？」

羅獵道：「他很有可能是受傷了，此刻正貓在唐人街的某個秘密地點養傷呢，海倫，放心吧，不出三天，我一定能找到他。」

海倫稍稍有些寬心，但隨即又緊張起來，道：「那湯姆呢？我們怎麼做才能將湯姆救出來呢？」

羅獵露出了一絲笑容，道：「海倫，請原諒，我忘記恭喜你了。濱哥是個好男人，你能和他相愛，我為你們感到高興。」

海倫不免顯露出一絲幸福的神情，隨即便被滿滿的愁雲所覆蓋，憂心忡忡道：

「諾力，我看得出來，埃斯頓和庫柏一夥，是一定要將湯姆置於死地的，如果我們不能幫他洗脫罪名的話，就算埃斯頓不把湯姆折磨致死，那也會被法庭宣判為絞刑。」

羅獵道：「因為你的勇敢，已經將埃斯頓和庫柏的陰謀挫敗了一半，你放心，埃斯頓不敢在警察局對濱哥下手，等到了看守所，他更沒這個能力。他一定會折磨毆打濱哥，但濱哥也一定能撐到走上法庭的那一天。海倫，相信我，我一定能找到充分的證據幫助濱哥洗脫罪名。」

小顧霆靠了過來，氣喘吁吁道：「羅獵哥哥，我已經按照你的吩咐，將所有行李都送到你的房間了。」

羅獵摸著小顧霆的小光頭，道：「來，叫海倫姐姐。」

小顧霆甜甜的叫了一聲。

海倫有心誇讚一下小顧霆，可張開了嘴，遲疑了一下，卻還是說到了曹濱身上。「諾力，我們能想到什麼辦法見到湯姆嗎？」

羅獵道：「等等吧，埃斯頓不可能將濱哥一直留在警察局中，他早晚都得將濱哥送進看守所，等濱哥到了看守所，我們可能就有機會見到濱哥了。」

海倫忽然想到了曹濱的另一個交代，道：「湯姆把堂口的兄弟全都解散了，並交代他們說除非得到了你的召喚，否則絕不可以回到堂口。」

羅獵點頭應道：「我知道，這是堂口的規矩，是濱哥早就定下來了的。」

海倫道：「那你打算什麼時候將他們召喚回來呢？」

羅獵想了想，道：「等我先找到彪哥吧。」

羅獵的歸來，讓海倫的心裡不再像之前那樣空虛無助，而且，羅獵始終洋溢在臉上的自信神情也大大鼓舞了海倫的信心，心情寬鬆了，精神也就好了，同時，腹中的饑餓感則更加明顯了。「諾力，你一路辛苦，還沒吃飯吧？」

羅獵點了點頭。

海倫擠出了一絲笑容，攏了下額前的髮，道：「你等著，我去給你弄點吃的。」

羅獵攔住了海倫，道：「不用麻煩了，海倫，我們去唐人街上吃吧。」

海倫搖了搖頭，道：「唐人街現在還處在戒嚴狀態中，諾力，我擔心他們會盯上你的。」

羅獵笑了笑，道：「我坐計程車進門的時候，他們便已經盯上了，有什麼大不了的呢？他們是找不到理由抓捕我的。」

雖然五年前曹濱將羅獵交給老鬼的時候便認定了他為安良堂未來的接班人，但羅獵正式加入堂口卻只有半年多一點的時間，而且，做為曹濱的接班人，那也只是內部人知曉的事情，對外既沒有設香堂也沒有公然宣稱，那埃斯頓若是將羅獵抓了過去，必然會成為天大的笑話。

海倫仍有擔憂，道：「那他們要是背後下黑手呢？」

羅獵笑道：「他們沒那麼傻！既然埃斯頓召開了新聞發布會，那麼，接下來他們所做的事情必然是公事公辦，除非是萬不得已，否則必然不敢冒險。」

海倫不解，問道：「若是這樣的話，那他們為什麼還要戒嚴唐人街呢？」

羅獵道：「這更說明了彪哥他還活著！埃斯頓這般做法，無非就是想把彪哥給找出來，唉，他也真是幼稚，在唐人街這塊地界，就算他挖地三尺，也絕難找得到彪哥的一根寒毛。」

第四章

案發地點

穿街走巷，孫大偉帶著羅獵避開街上的值班員警崗哨，

來到了一處毫不起眼的院落後門。

虛虛實實，實實虛虛，以那洋人的智商，

怎麼也想不到董彪居然藏在了案發地點。

帶著海倫和小顧霆，羅獵來到了唐人街。

街上的員警不多，只是在南北兩頭和東西端幾個主要路口處設下了關卡，但街上的便衣卻是不少。羅獵看著這種景象，不禁啞然失笑，這算個毛事啊？那些員警全都是洋人，穿警服和穿便衣，有什麼區別呢？

羅獵沒有選擇餐廳，而是大模大樣地去了老孫頭的茶館，這地方，彪哥帶他來過好多回了，並且告訴他，無論遇到了什麼事，來這兒，總是沒錯，總是能幫助你找到解決問題的辦法。

戒嚴狀態肯定會影響茶館的生意，茶館中不見了往日的那種熱熱鬧鬧一座難求，既沒有說書的，也沒有唱曲的，只有零零散散十來個茶客和閑得沒事抄著手看著街上員警們的夥計。

羅獵進了門，吆喝道：「夥計，樓上有雅間麼？」

茶館夥計撇了下嘴，冷冷回道：「雅間太貴，您那，還是坐樓下吧！」

那夥計是認識羅獵的，如此回話，必然是事出有因，於是，羅獵在樓下的靠樓梯處，隨便挑了張桌子，坐了下來。「夥計，弄點吃的來唄，有啥吃啥，咱不講究。」

那夥計先為羅獵端來了幾盤糕點，並趁機問道：「啥時回來的？」

羅獵捏了塊蛋糕，丟進了口中，回道：「剛到。」

那夥計笑了笑，再道：「稍等啊，我去找掌櫃的給你弄盤醬驢肉過來。」

掌櫃的便是老孫頭，而醬驢肉指的一定是董彪。

因為，老孫頭經常罵董彪是一頭強驢。

不多一會，那夥計端來了三碗麵兩盤肉，邊擺碗盤，邊道：「掌櫃的說，醬驢肉還在鍋裡沒煮好，也不適合女人跟孩子吃，你們就將就著吃點豬下水好了。」

羅獵回道：「那我什麼時候才能吃到醬驢肉呢？」

那夥計煞有介事道：「我估計得等到晚上了，搞不好得等到前半夜才能煮好。」

羅獵輕歎一聲，道：「那就只能先吃點豬下水嘍。」

海倫和小顧霆根本不知道羅獵和那夥計說的是什麼，更插不上嘴，於是便埋頭吃麵。海倫是個洋人，平日子習慣了用刀叉，住到了堂口之後，才開始學習用筷子，短短二十來天的功夫，海倫基本上學會了使用筷子，但功力卻是相當平庸，夾起麵條來甚是艱難，夾多了，吃不下，夾少了，那麵條卻呲溜一下便滑落了。

小顧霆笑道：「海倫姐姐，我來教你。」小顧霆夾了兩根麵條，卻不抬起筷子，在碗中擰了幾個圈，將麵條捲在了筷子上，並笑道：「你看，這樣不就簡單了麼？」

海倫學著小顧霆試了下，果然輕鬆地吃到了麵。「謝謝你啊，忘了問你，你叫什麼名字？」海倫看著小顧霆，忍不住想去摸一下他的小光頭。

小顧霆卻向一邊閃開了，道：「海倫姐姐，我叫顧霆，羅獵哥哥喜歡叫我小霆兒，你也可以叫我小霆兒。」

「小，霆，兒——」海倫的中文發音很是生硬，但基本標準。

羅獵跟那夥計說完了話，轉過頭來吃麵，卻看到海倫和小顧霆只顧著吃麵，卻不去夾盤中的豬下水吃，很是好奇道：「你們怎麼不吃肉呢？不好吃嗎？」那兩盤下水可都是華人的最愛，一盤涼拌豬肝，一盤鹵煮大腸。羅獵各嘗了一口，更加困惑，道：「挺好吃的呀！」

洋人是不吃下水的，而小顧霆的身上雖然流淌著華人的血脈，但這小子生在邁阿密，成長在邁阿密和紐約，一口英文說得比中文還要流利，生活習慣上自然會向洋人們靠攏。意識到這一點的羅獵直接夾了一截豬大腸，遞向了小顧霆，並沉著臉命令道：「把嘴張開！」

小顧霆很是委屈，卻乖乖地張開了嘴巴，接下了那塊豬大腸。

「閉上嘴，不准咽，要嚼，這鹵煮大腸啊，越嚼越香。」羅獵依舊沉著臉，死盯著小顧霆。

小顧霆拉下了嘴角來，像是一副委屈地要哭的樣子，勉強咀嚼了兩下，卻忽地露出了歡喜神色。「真的哦，羅獵哥哥，真的是越嚼越香呢！」小顧霆的這話倒是不違心，拿起筷子，主動地再夾了一塊鹵煮大腸塞進了嘴裡。

搞定了小顧霆之後，羅獵轉向了海倫，道：「五天五夜了，我想，你一定沒吃好喝好，這樣下去可不行，你得吃肉，不能讓身體垮掉，不然的話，你會遺憾的。」

海倫猶豫了片刻，咬著牙夾了一塊涼拌豬肝，放進了口中。

然而，海倫畢竟是純洋人，對豬內臟有著天生的抵觸情緒，雖然覺得味道還算不錯，但吃下去還是頗為艱難。但海倫卻聽進了羅獵的勸告，忍住了心理上的不適感，吃下了三塊豬肝和兩截大腸，並將一碗麵吃了個精光。

吃飽了之後，羅獵又要了壺茶，這期間海倫有兩次開口要說曹濱和董彪的事情，卻全都在剛一開口的時候便被羅獵給堵了回去。海倫也不笨，隨即便意識到了自己不該在這種場合說這些事，於是便乾脆跟小顧霆聊起天來。

說了兩句，海倫不自覺地又想去摸小顧霆的小光頭，卻被小顧霆再次閃開。「海倫姐姐，小霆兒不喜歡被人摸頭，除了羅獵哥哥。」

羅獵聽到了，不由得摸了下小顧霆的小光頭，順便還刮了下他的小鼻子。

海倫尷尬笑道：「我怎麼覺得你長得就像是個女孩子呢？」

小顧霆噘起了嘴來，嘟囔道：「海倫姐姐，你真不會聊天！」

羅獵揪了下小顧霆的耳朵，順便再捏了下小顧霆的臉頰，笑道：「可羅獵哥哥也覺得你細皮嫩肉的像個女孩。」

小顧霆登時紅了臉，一頭扎進了羅獵的懷中，斥道：「羅獵哥哥，你好壞哦！」

喝完了茶，羅獵結了賬，帶著海倫和小顧霆就要離開唐人街。

唐人街的戒嚴很有意思，外面的人可以隨便進入，但裡面的人卻不能隨便出去。

羅獵三人，在關卡處接受了嚴格的盤查。

海倫和羅獵的身分證明都是齊全的，盤查起來當然沒有問題。但小顧霆的身分證明早已經丟在了邁阿密，這很正常，沒聽說過那個小乞丐的身上還能保留著完整的身分證明的。可是，面對那些個陌生員警的時候，卻是說不清楚了。

但羅獵似乎早有準備。

他從口袋中掏出一張照片，交給了員警，道：「有句話說得好，叫人不可貌相，海水不可斗量，你先看看這張照片，然後再考慮一下要不要追查我們的身分。」

那員警聽不懂羅獵翻譯成英文的中華諺語，但瞥了眼照片後卻陡然緊張了起來。

羅獵笑道：「認識上面的將軍嗎？」

那員警搖了搖頭。原本就不是一個系統的，而且，以一名普通員警的地位，是無論如何也夠不上一名海軍中將。這張照片是羅獵在聖地牙哥照的，哈里斯將軍居中，旁邊站著羅獵和小顧霆。照片不可能作假，而身著中將軍裝的哈里斯將軍的渾身上下均透露著將軍的威嚴。

「再給你看樣東西哈。」羅獵收回了照片，從另一個口袋中又掏出了一張信箋出來，遞給了那名員警。

那員警拿過來看了眼，神色間更加緊張，遲疑道：「你，你跟亞當・布雷森先生是什麼關係？」

亞當・布雷森議員在加州大選中雖然遇到了一些困難，但畢竟也是驢黨的代表，但凡關心加州選舉的公民，不可能不認識這位議員先生。

那張信箋是身在洛杉磯的亞當・布雷森寄給總堂主歐志明的，內容則是邀請羅獵去他的競選總部做客。之所以會有這封信箋，起因還在於聖地牙哥的哈里斯將軍。

威廉私下裡請求羅獵能夠相助亞當・布雷森的選舉，但隨後就感覺到自己的行為有問題，於是，將羅獵送離軍事基地後，便向哈里斯將軍坦誠交代了。哈里斯聽了威廉的坦白，非但沒有生氣，反而將威廉誇讚了一番，並隨機給亞當・布雷森打了個電話，在電話中，哈里斯將軍把羅獵狠狠地誇讚了一番，並極力地向亞當・布雷森舉薦了羅獵。

能入哈里斯法眼的人可不多，亞當・布雷森愉快的接受了哈里斯的建議，於電話當日便寫了一封邀請函寄給了歐志明，要歐志明將邀請函轉交給羅獵。

羅獵笑道：「我就是布雷森先生邀請的諾力啊，喏，這是我的證件，諾力是我的英文名。」羅獵要回了那張信箋，並遞上了自己的身分證明。

那位員警驗過羅獵的身分證明後，神色立刻轉了一百八十度的大彎，滿臉堆笑道：「對不起啊，諾力，這都是上面的要求。」

羅獵招了招手，附在趕緊湊過來的那員警耳邊悄聲道：「上面？呵呵，看你跟我頗有緣分，我就透露給你一個秘密吧，等布雷森先生選上州長，金山警察局就要大換血了！」

一朝天子一朝臣。

在大清朝是真理，在美利堅合眾國同樣是真理。局長換了，下面的警司警長不可能保持原狀，而州長換了，下面的各市的各個局長也不可能保持原狀。

那位員警似乎看到似錦前程，連忙跟羅獵套關係。

羅獵卻呵呵一笑，道：「我記住了你，如果有緣，今後一定會跟你再見面的。」

那員警心存期望，自然不敢對羅獵再有阻攔。

回去的路上，眼看著周圍沒有了行人，海倫忍不住問道：「諾力，我們去唐人街只是為了吃頓飯嗎？」

羅獵笑著回道：「當然不是！」

海倫不解，道：「那我們究竟做了些什麼了？」

羅獵摸著小顧霆的小光頭，回道：「我找到了傑克，這還不夠嗎？」

海倫愣住了，連腳步也停了下來，道：「諾力，你知道你都說了些什麼嗎？」

羅獵跟著站住了，輕鬆道：「我當然知道我說了些什麼，海倫，你沒有聽錯，傑克他還活著，我已經找到他了。」

海倫露出了笑容，只是，那笑容中既有欣慰更有無奈。羅獵的神情告訴了她這話並不是玩笑，因而，海倫自然感到欣慰。可是，海倫卻是一頭霧水，根本搞不清楚那羅獵是如何找到傑克的，因而，難免無奈。

「我還是跟你說了吧，海倫，那間茶館的老闆叫老孫頭，老孫頭是看著湯姆和傑克長大的，在湯姆和傑克的心中，老孫頭就像是他們的父親一樣。」羅獵招呼了海倫繼續前行，邊走邊道：「那間茶館估計是被人監視了，而且，監視的人應該能聽得懂中華話，所以，那跑堂的夥計才用了暗語跟我說話。老孫頭經常罵傑克是頭強驢，所以，那個夥計主動要給我們醬驢肉吃，意思就是想帶我們去見傑克。」

海倫欣喜道：「那為什麼他沒有帶我們去見傑克呢？」

小顧霆插話道：「那個跑堂夥計回來跟羅獵哥哥說醬驢肉還沒做好，意思就是說現在不方便去見傑克，對嗎，羅獵哥哥。」

羅獵摸著小顧霆的小光頭，應道：「對是對，但原因卻是你們兩個，跑堂夥計說女人和孩子不適合吃醬驢肉，意思就是讓我單獨去見傑克，老孫頭可能是擔心我們三個一同過去目標太大，容易被員警發現端倪。」

海倫道：「那麼，你打算什麼時候去見傑克呢？」

小顧霆搶道：「小霆兒知道！跑堂夥計說，醬驢肉要到晚上才能做好，就是讓羅獵哥哥等天黑了再去見傑克，對不？」

羅獵彎曲了左手的食指和中指，輕輕地夾了下小顧霆的鼻子，讚道：「小霆兒真聰明！」

小顧霆揉了下鼻子，打了個噴嚏，道：「小霆兒還知道，羅獵哥哥要是去唐人街的話，一定會由密道進入。」

羅獵再次伸出彎曲了食指和中指的左手來，嚇得小顧霆趕緊捂住了鼻子。

待到了夜晚，羅獵安頓好了小顧霆，果然猶如小顧霆所說，羅獵從「密道」進入到了唐人街中。其實，所謂的密道，不過就是繞開那些個關卡而已，只是，過程中少不了要翻牆進院。好在唐人街中養狗的人家極少，羅獵一通折騰，倒也沒引發出什麼動靜來。

茶館的後門虛掩著，羅獵閃身而入，茶館中黑燈瞎火，羅獵憑藉著記憶，摸索到了樓梯，悄無聲息地上了樓，來到了最南頭的那間雅間。雅間的房門同樣虛掩著，羅獵推門而入，便看到了坐在一盆炭火旁的老孫頭。

炭火的邊緣上，散落著幾顆帶殼花生，老孫頭用火鉗將那些已經烤熟的花生一一夾出，然後從身旁的袋子中再抓了一把，轉著圈撒到了火盆的邊上。「吃花生不？」老孫頭看都不看羅獵一眼，只是隨口招呼了一聲，繼續剝著他的花生。

羅獵坐到了老孫頭的身旁，接過了老孫頭遞過來的一把烤熟了的花生，道：「相比花生，小獵子更想吃醬驢肉。」

老孫頭歎息一聲，道：「那頭強驢可是吃了大虧了，一條左腿差點沒能保住。」

聽了老孫頭的這話，羅獵露出了笑來，剝了顆花生，將兩粒花生米扔進了口中。「孫爺爺，我今晚能見到彪哥嗎？」

老孫頭拎起了一隻茶壺，對著嘴喝了兩口茶，道：「能，當然能，只是這會子洋員警們還睜著眼，不太方便，等再晚些，讓大偉帶你去就是了。」

老孫頭說的大偉便是那跑堂夥計，名叫孫大偉，乃是老孫頭的侄孫，名字中雖然有個大字，卻不是安良堂的堂口弟兄。

陪著老孫頭吃了幾把花生，喝了兩杯水，那孫大偉也摸上了樓來，進到了南頭的這間雅間。見到了羅獵後，笑道：「你小子來得挺早的啊！」

羅獵回道：「大偉哥，中午我過來的時候，有必要那麼謹慎嗎？你說，萬一我要是沒聽懂，豈不是要鬧誤會？」

孫大偉笑道：「那是你彪哥的特別交代。」

老孫頭跟道：「堂口出了叛徒，小彪子說，是那個叫連，連什麼玩意的來著？」

孫大偉跟道：「連甲川。」

老孫頭道：「對，是叫連甲川來著，小彪子說，保不齊咱們唐人街中還有被洋人收買了的賤貨，所以讓咱們說話的時候都小心點。」

孫大偉呵呵笑道：「說醬驢肉的主意，可是你彪哥的指示啊，他說你小子只要聽到了強驢二字，就一定知道說的便是他。」

羅獵噗嗤一聲沒能憋住笑，笑過之後，道：「看來，彪哥雖然受了傷，但依舊是風格不變啊！」

老孫頭幽幽歎了一聲，道：「這二十多年來，他跟小濱子可是栽得最慘的一次了，也難得他還能笑得出來。對了，小獵子啊，小濱子那邊怎麼樣了？」

羅獵道：「還好，被抓進警察局了，估計再過幾天就會被轉到看守所，到時候，我就能想辦法見到他。」

老孫頭又是一聲長歎，道：「這些個該死的洋人，真是喪心病狂，騎在咱們華人的頭上作威作福還不夠，還非要把咱們趕盡殺絕麼？」

羅獵苦笑道：「孫爺爺，別動那麼大的肝火，這兒畢竟是洋人的國家，咱們在人家的地盤上討生活，就得做得到能忍的忍，不能忍的也得忍。」

孫大偉搶道：「這話在理啊，可是，咱們在自己的大清朝就得讓著洋人，來到了人家洋人的地盤上更得忍著洋人，你說，這什麼時候是個盡頭呢？咱們中華人啥時候也能揚眉吐氣一把，讓洋人也得忍著咱們呢？」

老孫頭歎道：「我是看不到那一天嘍，就不知道你們這些小輩能不能看得到。」

羅獵道：「留得青山在不愁沒柴燒，即便我們這些小輩看不到，那我們後面還有更小的小輩，遲早有一天，一定能熬到讓洋人看咱們華人的臉色。」

孫大偉哀歎道：「說那話太遠了，咱還是說說眼下吧，唐人街原來有濱哥彪哥罩著，咱們這些華人還算是能活得像個人樣，可現在他們不在了，安良堂也倒了，今後咱們被洋人欺負了，還能找誰為咱們出頭啊？」

羅獵道：「你放心，大偉哥，安良堂不會倒，濱哥彪哥依舊在，我羅獵不單要救出濱哥，還要手刃了那幾個洋人王八蛋。」

孫大偉苦笑兩聲，道：「救？怎麼救？連彪哥都想不出該怎麼扳倒那些洋人，等在法庭上坐實了暴亂的罪名，那彪哥也只能是離開金山啊！」

老孫頭擺了擺手，道：「好了，你們哥倆就不要爭辯了，我看這時間也差不多了，大偉啊，你就帶著小獵子去看看那頭強驢去吧。」

穿街走巷，孫大偉帶著羅獵避開了街上值班員警的崗哨，來到了一處毫不起眼的院落後門，兩扇破舊的門板上掛著一個生滿了鐵銹的鎖，羅獵還以為孫大偉帶了鑰匙，卻沒想到，他卻是直接推開了那兩扇門板。

進到了院中，孫大偉再翻過了一堵院牆，來到了另一個幾乎像廢墟一般的院落。虛虛實實，實實虛虛，以那洋人的智商怎麼也想不到董彪居然藏在了案發地點。

「這兒不是春嫂的家麼？彪哥不就是在這兒悶殺那個殺手麼？」羅獵悄聲問了兩句，卻不等孫大偉有所回應，接著歎道：「彪哥還是有那麼兩把刷子哩！」

院落中的正屋被炸塌了一個角，另一側的臥房卻是安然無恙，董彪便躺在了那間臥房中的一張大床上，床邊安放著一張躺椅，躺椅上躺著了一個中年男人。

「呂堯哥？你在啊！」羅獵進到了屋中，先跟呂堯打了聲招呼。

呂堯坐起身來，指了指董彪，做了個噤聲的手勢：「噓，剛睡著，讓他多睡會，咱們出去說話。」

床上躺著的董彪卻咳了一聲，道：「老呂，你安的是什麼心？不是說好了等著羅獵那小子的嗎？」

羅獵趕緊來到了床邊，將董彪攙扶起來，靠在了床頭上。「彪哥，你還好吧？」

董彪輕鬆笑道：「死是死不了，但瘸卻是躲不掉了。」

呂堯喝道：「你胡說些什麼呀？我去問過安東尼醫生了，他說只要你能按他的辦法進行康復訓練，那條腿的功能還是能夠恢復的。」

董彪咧嘴笑道：「瘸了一條腿也沒多大關係，只要中間那條還能用就夠了，男人嘛，不就是靠著中間那條腿活著的嗎？」

呂堯氣得轉過去了頭，不願再搭理他。

羅獵看到了床頭櫃上擺著的香煙和火柴，立馬抽出了一支，放到了董彪的嘴巴裡，然後又為董彪劃著了火柴點上了煙。

董彪抽著煙，讚道：「還是我兄弟心疼我，死老驢就知道管著我，不讓這，不讓那，我就納悶了，多抽兩支煙能死人嗎？」

呂堯聽著董彪的嘮叨顯得心煩，乾脆走出了房間。

「濱哥被埃斯頓給抓進警察局了？」屋裡就剩下了董彪羅獵二人，那董彪終於收起了笑，說起了正經事。

羅獵點了點頭，道：「海倫說，埃斯頓搶在了她找金山郵報之前開了新聞發布會，既然消息傳開了，我想濱哥暫時應該是安全的。」

董彪點頭歎道：「幸虧有海倫，不然的話，以濱哥的個性，非得帶著弟兄們跟庫柏血拚一場不可。」

羅獵道：「你發電報要我回來，是因為海倫跟濱哥的事情嗎？」

董彪道：「濱哥要藉著向海倫求婚的機會，將各幫各派都請到堂口來，順便再弄個金盆洗手隱退江湖的儀式，對了，你不提我還想不起來呢，你小子跟趙大明跑去那什麼鳥玩意島的幹嘛去了？」

羅獵道：「有個參議院議員，叫亞當・布雷森，他女兒被騙到加勒比海的文森特島上去了，布雷森求到了總堂主，總堂主把任務交代給了大明哥，大明哥沒把握，就把我給帶上了。」

董彪道：「亞當・布雷森？就是那個正在競選加州州長的那位議員麼？」

羅獵點頭道：「沒錯，就是他。他欠了我一個人情，可能對救濱哥會有幫助。」

董彪苦笑道：「能幫助個逑啊？庫柏那個狗娘養的，設下的毒計也忒他媽毒辣了，暴亂罪？那可是要上絞刑架的。」

羅獵道：「紙是包不住火的，我就不相信，庫柏、埃斯頓他們就能把事情做到了毫無破綻。」

董彪撇了嘴，道：「我清醒過來已是第三天了，這三天的時間裡，我怎麼也想不出他們有什麼破綻可以被突破，羅獵，彪哥想好了，等彪哥養好了腿，咱們一塊將濱哥從監獄裡救出來，再幹掉那三個混帳玩意，然後從此浪跡天涯！」

羅獵深吸了口氣，道：「你覺得我會同意你的想法麼？」

董彪愣了下，唉聲歎氣搖頭道：「看你這副小樣，肯定是不同意嘍！」

羅獵笑道：「你可不能衝動！彪哥，安良堂不能倒下，你和濱哥也不能離開金山，唐人街上還有十好幾萬華人勞工等著你和濱哥的庇佑呢！」

董彪長歎一聲，抽著煙，低頭不語。

羅獵接道：「他們聰明就聰明在他們將鴉片的案子跟你帶著弟兄們扔手雷的案子完全割裂開了，而在所謂製造暴亂的案子上，他們完全佔據了上風，我想，那個潛入到這個院子中的殺手不管有沒有被你幹掉，都一樣會從這個世上蒸發掉，而那個殺手，卻是能證明咱們並非是製造暴亂的唯一證據，所以，你才會感到絕望。不過啊，彪哥，咱們要是能將鴉片案和暴亂案兩件事再連起來的話，或許事情會有轉機的。」

董彪安靜地聽著，以至於煙灰落在了身上都全然不知。「那個黑皮夾克肯定被老子幹掉了，這一點，毋庸置疑。」董彪篤定說道：「你是不知道，你彪哥打出那一槍的時候，手感有多好！」

羅獵為董彪拂去了身上的煙灰，並接過董彪手中的煙頭，在地上碾滅了，道：「彪哥，跟我說說整件事的過程吧，我需要知道每一個細節。」

董彪不便翻身動彈，便向羅獵勾了勾手，再要了一支香煙，邊抽邊將整件事從頭到尾細細地講述了一遍。「差不多，就這些了，應該沒什麼遺漏了。」

羅獵沒有吭聲，而是閉上了雙眼，他在快速地將董彪講述的這些事情在腦子裡重新梳理一遍，以期能夠從中發掘點什麼有用的細節。

董彪自嘲道：「紐約的鮑爾默居然為他們仨開出了一盎司六美分的報酬，兩百噸的貨，合下來就有四十二萬美元之多，早知道我跟濱哥能值那麼多錢，還不如直接把小命賣給那個鮑爾默呢。」

羅獵緊鎖著眉頭睜開了眼，看著董彪道：「你計算清楚了？一盎司六美分，兩百噸便是四十多萬元？」

董彪道：「那還能有錯嗎？不信的話，你再掰著手指頭算一遍就是了。」

羅獵的眉毛幾乎蹙成了一坨，呢喃道：「那麼以一盎司十二美分的價格進行交易的話，貨款總價就要到了八十四萬美元，這筆鉅款，鮑爾默是如何支付給那三人的呢？彪哥，你說那三人會不會在沒受到貨款之前就會對你跟濱哥下手呢？」

董彪並沒有切入到羅獵的思路中來，他機械回應道：「康利過來找濱哥的時候，明確說了他父親分兩步走的交易方案，那仨貨絕不可能在沒有拿到錢的情況下就著急動手，不然的話，一旦失敗，便註定了一個雞飛蛋打的結局。」

羅獵點頭應道：「沒錯，他們拿到了貨款，就可以隨時做好兩手準備，成功幹掉了你和濱哥，就能多拿到一筆鉅款，若是失敗了，他們也有著捲款潛逃的退路。」

董彪連抽了三支煙，覺得有些口渴，便向羅獵討要水喝。待羅獵為他端來了茶水，董彪端著茶杯卻突然怔住了，道：「我知道你是怎麼想的了，羅獵，我覺得你的思路是對的。」

羅獵欣慰道：「是啊，這麼短的時間，又是巨額款項，他們絕不可能現金交易，只能是通過銀行匯款。只要我們查出了他們之間的資金往來，那證據不就有了嗎？」

董彪喝了兩口水，將茶杯交還給了羅獵，並道：「可銀行有那麼多，我們要是一一查過去的話，只怕會打草驚蛇啊！」

羅獵笑道：「第一，這家銀行不可能是地方銀行，至少得是在紐約和金山同時擁有分號的大銀行，否則單是銀行之間的轉帳，恐怕比帶現金坐火車都要耽誤時間。」

董彪應道：「沒錯，那第二呢？」

羅獵道：「第二，就算滿足了我剛才說的條件，普通銀行也做不到只用一天的時間便能將這麼大一筆鉅款從紐約轉到了金山來，我從你剛才對整個事件的講述中推斷，從鮑爾默驗貨付款到他們派出殺手，這中間的時間不會超過兩天。而能將八十四萬鉅款在一天內便從紐約轉到金山的銀行，只有一家。」

董彪興奮搶道：「美利堅城市銀行！」

羅獵點了點頭，道：「還必須是他們的貴賓客戶。」

董彪忽又為難道：「可是，美利堅城市銀行的管理相當規範，而且背景深厚，他們是不可能向外洩露客戶資金往來資料的，除非是聯邦最高法院做出判決。」

羅獵露出了一臉的壞笑來，戲謔道：「彪哥知道的還不少嘛！」

董彪斜了羅獵一眼，笑道：「你彪哥眼懶手懶，不愛看書寫字，但你彪哥耳朵可不懶，你濱哥說過的事情，彪哥可全都記在了心裡哦！」

羅獵收起了笑，恢復了思考的模樣，稍顯憂心道：「濱哥的案子肯定是沒辦法鬧到聯邦最高法院的，就算是加州法院怕是都上不到，在金山就會終結宣判，要想拿到他們仨貨跟鮑爾默之間資金往來的證據，恐怕還得想想其他辦法。」

便在這時，呂堯回了房間，來到羅獵身邊，拍了拍羅獵的肩，道：「差不多了吧？你彪哥該換地方了。」

羅獵疑道：「這地方不是挺好嗎？」

董彪歎道：「你當彪哥想這麼換來換去嗎？這五六天的時間裡已經換了仨地方了，不是沒辦法嘛！」

羅獵道：「怎麼講？」

董彪搖頭道：「你說，那庫柏和埃斯頓兩個王八蛋怎麼能把時間卡得那麼準呢？因為他們早就知道了咱們的行動計畫。那他倆又是怎麼知道的呢？有內奸唄！」

羅獵道：「連甲川？」

董彪點頭應道：「肯定跑不了他。當初卡爾斯托克頓和小鞍子死在了那處莊園裡，我就說這連甲川難逃干係，那天撒網捕捉那個殺手的時候，又是他第一個發現了目標，而且，用手雷攻擊也是他出的主意，你說，這奸細不是他又是誰？」

羅獵道：「那他現在人在哪兒呢？」

董彪沒好氣道：「鬼知道他在哪裡，或許被藏起來了，或許已經被滅了口，總之是咱們找他不到。只是一個連甲川倒也好說，我怕那庫柏在唐人街中甚至是在咱們堂口中還買通了其他人。」

羅獵道：「小心一點總是沒壞處，彪哥，那你轉移吧，我也該回去了。」

董彪道：「你彪哥這腿傷沒有個仨月倆月的是好不了的，羅獵，這段時間就全靠你了，有什麼困難就去找老呂，那間玻璃廠咱們做得很乾淨，和安良堂基本扯不上什麼關係，所以，埃斯頓他們也只能是乾瞪眼。」

呂堯插話道：「這幾天你就不要再來找阿彪了，等瞅個機會，我就把阿彪帶去廠子裡，今後有啥事你就直接去廠子找我，不過呢，你也得當點心，埃斯頓的人會死盯著你的。」

羅獵站起身來，道：「我懂！彪哥，堯哥，要是沒別的事，那我就先走了。」

回到了堂口，原以為已經安睡的海倫和小顧霆卻依舊醒著，聽到了羅獵上樓的腳步聲，小顧霆急忙跑到了二樓的樓梯口處等著了羅獵。

「你怎麼還沒睡呢？」羅獵的面色中帶著明顯的慍色。

小顧霆委屈道：「是海倫姐姐要小霆兒陪她說話聊天的。」

「海倫姐姐也沒睡嗎？」羅獵的口吻依舊嚴肅，但臉上的慍色卻減消了許多。

小顧霆道：「海倫姐姐說要幫小霆兒往壁爐中加點炭，結果她進來後便不走了，小霆兒只能陪她聊天說話嘍。」

羅獵來到了小顧霆房間門口，推開了房門，道：「海倫，都這麼晚了，你怎麼還不睡呢？」

海倫反問了一句：「諾力，你見到傑克了？他還好麼？」

羅獵點了點頭，道：「他還好，就是腿上挨了一槍，估計傷到了骨頭，要養個三兩月才能康復。」

海倫在胸前劃了個十字架，道：「感謝上帝，終於讓我聽到了這些天來唯一的好消息了。」

羅獵聳了下肩，道：「可是，接下來我卻有個不好的消息要告訴你，海倫，我要去趟洛杉磯了，明天就動身。」

海倫猛然一怔，問道：「是為了那個布雷森先生的選舉嗎？」

羅獵點了點頭，道：「可以說是，但又不完全是。我已經想到了如何為湯姆洗脫罪名的辦法，但在獲得證據上卻有些難度，我想去跟布雷森先生商議一下，或許他可以幫到我。」

海倫有些不情願，但還是理性回應道：「諾力，你按你的計畫去做事吧，不用考慮我的感受，我幫不上湯姆什麼，我只能依靠你了。」

羅獵道：「我把小霆兒留下來陪你，如果，你們覺得住在堂口中實在孤獨，那麼也可以去玻璃製品廠，那邊的負責人呂堯先生，是湯姆和傑克多年的老朋友，他會照顧好你們的。」

海倫搖了搖頭，道：「我哪都不去，我就在這兒等著湯姆。」

小顧霆頗有些不情願，道：「羅獵哥哥，那你什麼時候能回來呀？」

羅獵在心中盤算了一下，答道：「快則一周，慢則十天。」

加利福尼亞州的州首府在薩克拉門托市，但其最大的兩個城市卻是洛杉磯和金山，而相比金山，洛杉磯更為發達一些，人口也要更多一些，因而，驢象兩黨均把競選總部設在了洛杉磯。象黨是執政黨，佔有著更多的選舉資源，在加州州長競選的道路上，象黨選舉人穩紮穩打，步步為營，終於在最後關頭實現了民意調查上的對亞當·布雷森的反超。

民意調查代表不了競選結果。

但是，象黨候選人在最後時刻實現了民調的反超卻是對亞當·布雷森競選團隊士氣的極大打擊，如果不能找到行之有效的反擊策略的話，那麼，在這場競選中，亞當·布雷森也就等於是拱手認輸了。

在布雷森的競選總部辦公室中，布雷森在對羅獵救出自己女兒一事表示了感謝之後，便毫不隱晦的將自己所處的尷尬境地告知了羅獵。雖然，面前的羅獵實在是太年輕，而且對競選一事極不熟悉，但在自己的智囊團已是束手無策的時候，拿出點時間來，跟一個聰明的年輕人聊上一聊，即便是沒能聊出任何有益的創想出來，但至少也能給自己一個傾述的機會，從而舒緩一下自己緊張的壓力。

「轉捩點還在於西部大開發的提案上，很顯然，這是對加利福尼亞州人們的一項福祉，可是，從常態上講，執政的象黨提出的計畫，做為在野的驢黨就必須提出各種質疑，我的對手正是抓住了這一點，將我個人和我所屬的驢黨捆綁在了一起，發起了最後的攻擊，並一舉扭轉了局面。」亞當·布雷森做了最後的總結，看得出來，他對這樣的結果既遺憾又無奈。

羅獵一針見血道：「你無法和你所屬的驢黨進行有效的切割，所以只能任由對手向你展開攻擊，而你卻百口莫辯，只能左閃右躲，但終究還是被對手給重傷到了。」

布雷森聳了下肩，道：「正是如此。」能說出這樣的話來，並不代表什麼，只能說面前這位年輕人的理解能力還不算差。

羅獵接道：「其實，競選和搏擊差不多，都是在一定的規則下將對手擊倒在擂台上。布雷森先生，在面對對手的這一套組合拳時，你只有閃躲騰挪是遠遠不夠的，必須要組織反擊，否則是必敗無疑。」

布雷森道：「年輕人，你說的非常正確，只是，還有四十五天的時間就要迎來最終的投票了，如此短暫的時間，如何能組織起有效的反擊呢？」

羅獵笑道：「在拳台上，只要結束的鈴聲沒被搖響，哪怕只剩下最後一秒鐘，仍然有著反敗為勝的機會，關鍵就要看你對勝利的渴望有多大，你的決心有多堅強。」

這種理論上的鼓舞，如果布雷森想聽的話，他一天可以聽上一百段。但出於對羅獵的感激，他並沒有表現出自己的不耐煩，而是十分友好的回應道：「諾力，我很想聽聽你在反擊上有什麼想法。」

羅獵道：「我剛才聽你說了，驢黨在洛杉磯經營多年，根基頗為堅實，雖然遭到了對手的猛烈攻擊，但你在洛杉磯地區仍處在微弱的優勢中，但在其他地區，你的支持率卻出現了明顯下滑。所以，我的建議是挑選你的對手的最強點，給予他迎頭痛擊，從而一舉奠定勝局。」

布雷森做了下深呼吸，緩緩說道：「金山？」

羅獵點頭應道：「沒錯，布雷森先生，金山是加州第二大城市，假若你能夠在金山將你的競選對手打翻在地的話，我相信，整個加州都會為之震撼。」

金山是象黨的地盤，在那裡，驢黨的支持率從未超過象黨，最近的一次民意調查，布雷森竟然落後了競選對手十七個百分點。他的競選團隊，包括他的智囊，想過很多的策略，但從未有人敢向布雷森提出如此荒誕的建議。

真的荒誕嗎？

布雷森在心中否定了羅獵之後，隨即又習慣性地向自己提出了質疑。

和他的競選團隊及智囊團的成員有所不同的是，布雷森可曾是一名上過戰場從死人堆裡爬出來的軍人，他迅速想到戰場上的一個戰術，當兩軍對峙絞殺在一團的時候，如果有一方能夠出奇兵端掉了對方指揮所的話，那麼戰鬥必然會在瞬間結束。

而羅獵的建議，和端掉敵軍指揮所的戰術有著異曲同工之妙，假若能在象黨票倉金山給予對手一記重拳的話，說不定還真能逆轉了局勢。

「這是一個險招！」布雷森評價道：「如果這一拳打在了對手的有效部位的話，我想，這可能會起到反敗為勝的作用，若是被判犯規，或是這一拳根本沒機會打出去的話，怕是會落下一個慘敗的結果。」

羅獵笑道：「沒錯，不過按照目前的局勢發展，如果布雷森先生不能及時揮出這一拳的話，恐怕以後再也沒有機會了，因為，當你的競選對手感覺到勝券在握的時候，他一定不會應戰，而會選擇躲閃。」

布雷森沉思片刻，道：「那麼，你設想中的這一拳瞄準的是對手哪個部位呢？」

羅獵道：「能夠一拳將對方擊倒在地的招數只有一個，種族歧視！」

布雷森當時怔住，過了片刻才緩慢地從口袋中掏出了一根雪茄，在徵求了羅獵的同意後，點上了火，小口抽著雪茄，陷入了沉思。「這不單是一個險招，而且還是一個毒招。」沉思了良久，布雷森緩緩分析道：「如果能令對手陷入種族歧視的醜聞中，不單可以一拳致勝，還可以讓他永世不得翻身，只是，這其中的難度實在太大，做為競選者，他會時時警惕處處堤防。如果我們操作不當的話，很容易被對手反噬一口，從而更加被動。」

羅獵讀懂了布雷森的細微表情變化，他顯然是動心了。事實上，布雷森也不可能不動心，這可是自競選對手利用西部大開發議會提案展開反擊並節節獲勝以來，他聽到的最有創意且最為狠毒的反擊招數，其風險之大，難以想像，可一旦奏效，卻必將反敗為勝。

假若，這個方案是一個月前提出來，布雷森斷然不會接受，因為那個時候他尚有僥倖心理，但此刻，他已經清楚，若是不能有效反擊的話，那麼他肯定會輸掉這場大選。假若，布雷森不是軍人出身，沒有經歷過那些慘烈戰鬥，他也絕不會同意，畢竟風險太大，稍有不慎，跌入萬丈深淵的不是對手而是自己。但是，一名優秀軍人的秉性就是不怕死，而亞當・布雷森恰恰就屬於那種不怕死的優秀軍人。

羅獵淡淡一笑，道：「你分析得很對，布雷森先生，若是沒有好的契機，我們很難將對手引入陷阱中來，可是，在這場競爭中，上帝卻站到了你這一邊，就在一周前，金山發生了一件大案，如果布雷森先生能夠加以巧妙利用的話，對手將會在不知不覺間被我們推入陷阱而無法自拔。」

亞當・布雷森兩眼一亮，問道：「什麼大案？」

羅獵微笑反問，道：「請問，布雷森先生，你認為歐志明先生以及他創建的安良堂會不會做出製造暴亂的罪行呢？」

布雷森毫不遲疑道：「不會！我和歐先生交往多年，我信任他，相信他絕不會縱容部下做出如此蠢事。」

羅獵深吸了口氣，重重吐出，略帶悲憤神色，道：「可是，金山安良堂卻遭人陷害，其堂主湯姆曹亦被金山警察局以暴亂罪而逮捕。這件案子，從明面上看確實不利於安良堂，僅從目前證據上看，湯姆曹被定下暴亂罪的可能性超過了百分之九十。」

布雷森先是一驚，隨後便從中嗅到了機會，急切道：「諾力，我說過，我相信歐先生，自然也會相信他的部下，但是，我更希望能聽到這案子背後的真相。」

羅獵淡定道：「如果布雷森先生有足夠時間，我很樂意告知你所有的細節。」

布雷森隨即起身，通知他的秘書，至少給他一個小時的時間，在這一個小時內，他不會接見任何人，也不會接聽任何電話。

羅獵顯然用不完一個小時的時間，但陳述完了事件的整個過程，卻也用掉了半個多小時。最後，羅獵說道：「只要我能夠拿到埃斯頓、庫柏他們和紐約鮑爾默之間的銀行帳目往來記錄，那麼，就能夠將兩個案件合併歸一，而埃斯頓、庫柏，還有那個海軍准將斯坦德的罪行，也就昭然天下了。」

布雷森沉聲道：「你的意思是讓我公開支持安良堂，並為安良堂鳴冤？」

羅獵道：「知道這案件真相的人少之又少，除了當事人之外，幾乎沒有外人得知。如果這個時候，布雷森先生能夠站出來為安良堂說句公道話，那麼，肯定會遭到對手的猛烈攻擊。」

布雷森應道：「他們雖然領先，但尚不敢說勝券在握，所以，在這種局面下，我若是公開支持安良堂的話，他們一定會把我的言論當成一個失誤而大肆攻擊利用。」

羅獵點了點頭，道：「這時候，你便可以有意無意地將話題引向膚色的方向，他們不明就裡，一定會緊緊跟上步步緊逼。布雷森先生，我們華人在美利堅合眾國雖然沒有選舉權，但我們屬於有色人種，勢必會受到金山其他具有選舉權的有色人種的關注，而案情一旦反轉，真相水落石出，那麼，你的對手必然會遭到所有有色人種的反感，屆時……」

布雷森搶道：「屆時，他們將陷入比我目前更為尷尬的境地，越是辯解，越會被人誤解。而且，隨著勢態的發酵，整個加州都會被捲入這場膚色問題的討論中來。」

羅獵道：「是的，布雷森先生，四十五天的時間雖然很緊迫，就像是拳台上的對決已經進入到了最後的十秒鐘，但若是我們能夠利用充分的話，將局勢反轉過來還是很有希望的。」

布雷森再一次陷入了沉思之中。

羅獵亦閉上了嘴巴，靜靜地看著布雷森。

過了大約有五分鐘之久，布雷森終於下定了決心，道：「你們總堂主歐志明先生曾經教過我一句中文，叫『置之死地而後生』，他同時向我做出了解釋，但我對這句中文卻始終不能理解透徹，但現在，我卻有著一種頓悟的感覺。諾力，我決定了，與其坐以待斃，不如放手一搏。」

羅獵道：「布雷森先生，我想，我能為你做的也就這麼多了，我得儘快返回金山，我還要想辦法搞到埃斯頓、庫柏以及斯坦德他們跟鮑爾默的銀行賬務往來記錄，得不到它，我就不可能將案情翻轉過來，而我給你提出的建議也將成為空談。」

布雷森露出了燦爛的笑容，道：「搞到這份記錄很難嗎？」

羅獵坦誠回道：「美利堅城市銀行是美利堅合眾國最大的一家銀行，他的客戶資

料從來都不會對外公開，除非是得到了聯邦最高法院的判決。」

布雷森聳肩笑道：「你說的這些，我當然清楚。」

羅獵苦笑道：「所以，想搞到這份記錄，我還得另闢途徑。」

布雷森道：「不，諾力，我是說，這種事對於你來說，或許很難，甚至還要採取一些極不恰當的行為，但是，如果你能夠換一種思維方式的話，或許，事情就沒那麼難辦了。」

羅獵驚喜道：「布雷森先生，你是說你可以幫得到我，是嗎？」

布雷森面帶微笑，聳了下肩，道：「當然，你給了我一個超級棒的建議，我當然也要回饋給你一個最有效的辦法。聯邦緝毒署的阿諾德署長是我的朋友，你可以去找他，他有權力在任一家銀行調查任一個被他懷疑為走私鴉片的美國公民。當你們拿到了那份關鍵的證據時，我就會在金山犯下我不可饒恕的錯誤，從而打出我們這有力的一拳，將對手直接擊飛出拳台之外！」布雷森越說越是興奮。

羅獵同樣歡喜，他原來的打算是鋌而走險，劫持美利堅城市銀行金山分行的重要人物的家人，逼迫他在違法的前提下為他提供出那份記錄，卻從未想到還有聯邦緝毒署這條管道可以合法獲得證據。不過，即便羅獵想到了，估計也不會嘗試，因為，若是沒有關係的話，單是走流程，恐怕也要走到曹濱上了絞刑架之後了。

「布雷森先生，你確定阿諾德署長擁有這項權利麼？」驚喜之餘，羅獵還是慎重地向布雷森提出了疑問：「抱歉，我並不是在懷疑你，而是我從未聽過這項法律。」

布雷森仍處在興奮當中，愉快且頗為得意地回答道：「這是一項補充性的立法授權，是我在你們總堂主的建議下於兩年前在參議院提出的議案，並在去年三月份的時候獲得通過，這算是一個秘密授權法案，對外並沒有公佈，所以外界也就沒有多少人能夠得知，你沒有聽說過，這很正常。」

當晚雖然還有一班駛往紐約的火車，但布雷森在安排他的手下去為羅獵購買車票的時候卻指定了次日傍晚的一個班次。當晚的這一班火車或者會因為臨近開車而買不到票，但次日出發為什麼不儘量趕早呢？

面對羅獵的質疑，布雷森呵呵一笑，道：「早晨出發的火車會在夜間抵達紐約，而傍晚出發的火車卻可以在凌晨抵達，所以，早出發並不能節省時間。」

羅獵無語，只能是應對以尷尬微笑。

「其實，我是可以將你送上今晚最後一班火車的，但我認為，事情並不急於早一天或是晚一天，我們雖然確定了大的方向，但其中還有許多細節我想和你展開探討。」布雷森繼續解釋道：「待會我們去吃晚餐，晚餐後，我會組織一場討論會，我非常希望你能夠參加這場重要的會議。」

既來之則安之，羅獵並不反對布雷森的觀點，早一天晚一天抵達紐約的差別確實並不大，其關鍵點還要看阿諾德署長的態度和效率，從布雷森的表現看，他似乎對阿諾德署長頗有把握，既然如此，那麼多留一天，幫助布雷森梳理好下一步行動的細節，倒也是一件很有必要的事情。

晚餐中，布雷森提起了他的女兒，並再次向羅獵表達了感謝。場面說了一籮筐之後，布雷森才說出了他真正想說的話：「哈里斯在電話中都告訴我了，諾力，我為安妮的衝動給你造成的傷害向你表示歉意。」

羅獵客氣回道：「安妮敢愛敢恨，倒也蠻可愛。」

布雷森歎了口氣，道：「我詢問過多名醫生，他們均表示說從未見過你身上患有的那種奇怪疾病，對不起諾力，我不是有意說起你的隱私，我的意思是，既然這種奇怪疾病困擾到了你，那麼，你為什麼不求助醫生呢？如果你有這方面的需求，我可以介紹最著名的醫生給你認識。」

羅獵啞然失笑，並坦誠回道：「布雷森先生，我必須跟你實話實說，我並沒有患上奇怪的毛病，那只是我努力製造出的假像，目的就是想讓安妮對我失去興趣。」

布雷森先是一愣，隨即大笑起來。笑過之後，道：「諾力，我更加欣賞你了。當哈里斯跟我說起這件事的時候，我還很納悶，面對一個自己並不喜歡的女子，你是如何做到在那麼短的時間內就做出了改變，原來是這樣啊！諾力，你實在是太聰明了，在你身上，我看到了歐先生的影子，當然，我並不知道他像你這麼大的時候有沒有你這般睿智，因為我認識他的時候，他已經快五十歲了。」

羅獵謙虛道：「我是小聰明，總堂主他才是大智慧。」

布雷森搖了搖頭，道：「沒有小聰明，又哪來的大智慧？」

洋人是無法理解到中華文化中對小聰明和大智慧的注釋的，羅獵也懶得再多做解釋，於是便接下了布雷森的恭維。「布雷森先生，該說抱歉的應該是我，我欺騙了安妮小姐。」回憶起當時的情況，那羅獵的嗅覺當中，又隱隱地感覺到了黑人兄弟那具有絕對殺傷力的臭味來。

布雷森道：「不，諾力，你不必道歉，事實上，你做得很對，安妮她從小就被我寵壞了，做事說話總是率性而為，事實上，你們兩個並不合適，尤其是建立在你並不喜歡的基礎上，如果你沒有設法拒絕了她，恐怕事情會更加不好收場。」

羅獵舉起了酒杯，道：「謝謝你的理解，布雷森先生。」

第五章

競選之戰

布雷森帶著競選團隊比羅獵早一天抵達了金山，
象黨候選人對布雷森的如此舉動差一點驚掉了下巴，
認為是布雷森在劣勢之下急昏了頭腦才做出的愚蠢舉措。
但象黨候選人沒有掉以輕心，在組織團隊認真分析之後，
做出移師金山，對布雷森展開最後一戰，
爭取將布雷森剷滅在金山這塊土地上。

五天後，羅獵和布雷森安排的一個助手抵達了紐約。

而這一天，剛好是耶誕節的前一天。

對美利堅合眾國的公民來說，耶誕節乃是一年中最為重要的節日，除了一些重要崗位上要留下加班的工作人員之外，幾乎所有的人們都會享受到帶薪的三天假期。銀行自然會休假，而聯邦緝毒署同樣不會放過這難得的三天假期。

羅獵也好，布雷森也罷，都忙得連耶誕節都給忘了。

只有這最後一天的上班時間，阿諾德能把這件事辦理妥當嗎？

羅獵難免生出了擔憂之情。

待見到了阿諾德署長後，羅獵的心更是涼了半截。

「先生們，我可以坦誠相告，布雷森先生可是我的老長官，有他的親筆信，我自然會鼎力協助。事實上，你們為我提供的這個鴉片走私商恰恰在我們的視野範圍內，可是……」便是阿諾德署長的這聲可是，使得羅獵的心涼了下來。「可是，你們對那些鴉片走私分子並不瞭解，他們在銀行的戶頭是從不會用真名的，所以，我對你們的要求只能說聲抱歉。除非你們能告訴我，那位鮑爾默先生用了他的哪一個帳戶名。」

心態使得羅獵在這一刻嚴重限制了自己的智商，他的大腦是茫然一片，根本不知道該如何應對，好在身邊還有布雷森的助手，那位老兄卻是不慌不忙沉穩問道：「阿諾德署長，就沒有別的辦法了嗎？」

阿諾德想了想，道：「如果你們知道接收款項的帳戶名的話，我倒是可以試一試，不過，那樣會耽誤一些時間。」

就像是即將沉入水底的溺水者忽然間看到了救生圈一樣，羅獵趕緊抱住了這線希望，急切應道：「我知道，鮑爾默的那筆錢是打入了金山城市銀行的埃斯頓、斯坦德或是庫柏三人中某一人的帳戶。」

阿諾德猛然一怔，道：「金山？金山沒多久之前，聽說查獲了一批兩百噸的鴉片，你說的鮑爾默收購的兩百噸鴉片，難道就是金山的那一批？」

羅獵道：「正是，那批鴉片被金山警察局查獲後，卻又被局長埃斯頓夥同軍方的斯坦德及庫柏二人給掉包出來了。」

阿諾德署長道：「我們曾接過一名叫卡爾斯托克頓的先生的舉報，他說他是金山警察局的警司，可我們發去公函詢問時，金山警察局卻回覆查無此人。之後那位斯托克頓先生便再也沒跟我們聯繫，此事也只能不了了之，看來，這其中另有隱情啊！」

羅獵道：「是的，阿諾德署長，卡爾警司，已經被他們滅口了。」

阿諾德道：「不過，我對你卻有個疑問，小夥子，你是如何得知真相的呢？」

羅獵道：「那批鴉片其實是我們金山安良堂截獲下來的，卡爾警司只是撿了個現成的便宜，後來，也是卡爾警司告訴的我們，說那批鴉片被人給調包偷走了，而調包者便是金山警察局的埃斯頓局長。」

阿諾德又問道：「你說的埃斯頓的同夥，斯坦德和庫柏，他們是軍方的人？」

羅獵回答道：「是的，斯坦德服役於海軍，是一名准將，而庫柏則是陸軍的上校團長。」

阿諾德深吸了口氣，歎道：「這可是一起天大的案子啊！」

羅獵道：「是的，這起案件一共涉及到的鴉片共有兩千噸之多，剩下的一千八百噸被我們聯合金山市民們給燒了。」

阿諾德沒有接話，而是拿著布雷森的那封信死盯著。

過了好一會，阿諾德才開口道：「今晚是平安夜，我不希望一個美好的耶誕節被這案件搞壞了心情，這樣吧，我幫你們先找個地方住下來，等過完了耶誕節，我再去找你們商量此案。」

羅獵剛熱起來的心再一次涼了下來。

那一刻，他將阿諾德理解成了一個膽小怕事的人，被斯坦德和庫柏的軍方背景以及軍銜所嚇到了，所以才會採取拖延策略。

但布雷森派來的那位助手卻不這麼認為，他道：「不可能，諾力，你要相信布雷森先生。」

羅獵失望回道：「我當然相信布雷森先生，但我並不相信那位阿諾德署長。」

那位助手道：「既然你相信布雷森先生，那就應該相信阿諾德署長，因為，阿諾德署長如果不是一個值得信任的人的話，布雷森先生是不會舉薦給你的。」

羅獵聽了，已然涼的心終於又有了一些溫度。

熬了一整夜，又熬過了一個耶誕節的白天，羅獵終於等來了阿諾德署長的到訪。

「對不起，兩位，我原本應該於前天就和你們一起趕往金山的，但是，我答應了我的妻子和女兒，要陪她們度過一個美好的平安夜和耶誕節。好了，現在我實現了我的諾言，接下來，應該是到了我們聯手一起尋求那起大案的真相的時候了。」阿諾德署長說著，同時揚起了手中的三張火車票：「今天下午三點鐘的火車，我們還有足夠的時間共進午餐。」

那位助手不禁向羅獵投來了意味深長的一瞥，羅獵自然讀懂了那眼神的含義。絕大多數情況下，被自己打臉的滋味顯然不好受，但在這種特殊狀況下，羅獵卻是欣然接受，而且還頗為興奮。「阿諾德署長，就你一人與我們同行嗎？」

阿諾德笑道：「這是一件大案，一件大到了足以震驚全國的答案，我一個人當然辦不了，但好在我還有一些同事正在準備踏上前往金山的旅程。」

羅獵欣喜道：「你是說這件案子已被聯邦緝毒署立案偵查了，是嗎？」

阿諾德卻搖了搖頭，道：「僅憑你的陳述，怎麼可能達到立案標準呢？我現在所做的一切，全都是基於對布雷森先生的信任，他要求我做的事情，我一定會竭盡全力去完成。還是讓我們耐心的等一等吧，等拿到了那份資金往來帳目後，就能確定可不可以立案了。」

羅獵疑道：「拿到了那份帳目資料，不就可以定他們的罪了嗎？」

阿諾德苦笑道：「哪有那麼簡單！假設現在我們已經得到了那份帳目，確實有一筆高達八十餘萬美元的資金匯入了他們其中一個的帳戶，可是，又該如何證明他們是出售鴉片獲得的款項呢？」

羅獵陡然緊張起來，道：「那筆不明來源的鉅款仍舊不能將他們定罪麼？」

阿諾德點了點頭，道：「只能將他們列為犯罪嫌疑人，限制他們的行動，接受調查，但若不能進一步掌握證據而他們要死口不承認罪行的話，依舊無法對其定罪。」

羅獵還想再問，那助手卻拍了拍羅獵的肩，提醒道：「諾力，要相信布雷森先生，他既然接受你提出的建議，那麼就一定有把握為你的安良堂洗脫罪名。」

阿諾德隨後解釋道：「是的，諾力，我和布雷森先生已經通過電話了，他把詳細情況告訴了我，我說的無法定罪指的是確定他們的販賣毒品罪，如果這項罪名不能成立的話，那麼，在法庭上，如果他們說不清楚這筆資金的合法來源，法庭一樣會判他們不明財產來源罪以及徇私舞弊罪。」

羅獵這才鬆了口氣，道：「謝謝你，阿諾德署長，謝謝你不厭其煩的解釋，為了表達我的感激之情，我想，這頓午餐應該由我來買單。」

阿諾德笑道：「這兒可是紐約，還是由我來吧，等到了金山，有的是讓你買單的機會。」

從金山到洛杉磯再到紐約，最終又回到了金山，轉了這麼一大圈，花去了羅獵十五天的時間。

布雷森帶著他的競選團隊比羅獵他們早一天抵達了金山，象黨候選人對布雷森的如此舉動差一點驚掉了下巴，驚過之後，便是竊喜，認為是布雷森在劣勢之下急昏了頭腦才做出的愚蠢舉措。但象黨候選人沒有掉以輕心，在組織團隊認真分析之後，做出移師金山，對布雷森展開最後一戰，爭取將布雷森剿滅在金山這塊土地上。

阿諾德署長在抵達金山後，立刻跟美利堅城市銀行金山分行取得了聯繫，要求他們全力配合聯邦緝毒署的調查，這種事，羅獵肯定沒有資格參與的，於是，阿諾德便要求羅獵每晚到他下榻的酒店跟他碰面，其餘時間，那就自由活動好了。

因而，那羅獵下了火車之後，便叫了輛計程車回到了堂口。

羅獵在出發前跟小顧霆說過，他這趟洛杉磯之行快則一周，慢則十天，但回來之時，卻比自己的承諾晚了足足五天。

都是一樣的擔心，海倫的表現倒還好，可是，當小顧霆見到了歸來的羅獵的時候，卻是哭了個梨花帶雨。一個臭小子哭起來的模樣用梨花帶雨來形容顯然不恰當，可是，羅獵看著小顧霆的哭相，卻偏偏只想到了這麼一個成語。

終於將小顧霆安撫下來之後，羅獵道：「對不起啊，我沒辦法通知到你們，但事情緊急，我又不得不去了趟紐約，不然的話，我早就回來了。」

海倫道：「你去了紐約？為什麼要去紐約？」

羅獵耐心地解釋道：「要想救出湯姆，只有揭露出埃斯頓他們三人的罪行，而揭露罪行的唯一辦法就是追查出他們跟鮑爾默的資金往來帳目，我們普通人是沒有權力對銀行作出這樣要求的，所以，布雷森先生就介紹我去找了聯邦緝毒署的阿諾德署長。聯邦緝毒署的總部在紐約，所以，我只能去了趟紐約。」

海倫急切道：「那阿諾德署長幫到你了嗎？」

羅獵道：「事情並非像我想像的那樣簡單，阿諾德署長說，他們早就盯上了鮑爾默，但就是掌握不到證據，而他在銀行中開辦的帳戶全都用了假名，因而，在紐約是查不到鮑爾默和埃斯頓、庫柏他們的往來帳目的。」

海倫心中著急，淒切道：「那怎樣才能拿到那份帳目呢？」

羅獵安慰道：「海倫，放鬆些，阿諾德署長已經隨我來到金山了，我想，他在金山是應該能夠查到埃斯頓或庫柏、斯坦德他們其中一人的帳戶資金接收記錄的。」

羅獵認為是應該，那阿諾德署長同樣認為是應該，但在美利堅城市銀行的金山分行中，阿諾德署長也不禁將眉頭蹙成了一坨。

核對了埃斯頓、庫柏及斯坦德三人的名字，美利堅城市銀行金山分行的經理組織了人手，徹查了一個下午，卻表示他們三人從未在美利堅城市銀行中開過帳戶。

「事情有些麻煩，至少並不像我們想像的那樣簡單，他們三人顯然有很強的反偵察意識和能力。」當晚，面對如約而來的羅獵，阿諾德憂心忡忡說道：「這其中有三個可能，第一，他們和鮑爾默之間的交易結算並非是通過銀行，第二，他們和鮑爾默一樣，用了假身分開辦帳戶，第三，他們並非通過城市銀行，而是別的什麼銀行。」

羅獵對此事早已做好一波三折的心理準備，因而，在聽到了阿諾德的壞消息時，他並未顯露出慌亂或低落的情緒，而是平靜道：「從結算方式上講，除了依靠銀行匯款，便是現金結算，而若是現金結算的話，他們三人理應共同趕赴紐約才是，但事實上，他們三人卻始終沒有離開過金山半步，所以，第一種可能並不存在。」

阿諾德點頭應道：「我同意你的分析，那麼第二種和第三種可能性呢？」

羅獵接著分析道：「我先說第三種可能性，康利和他父親商量完交易方案後便登上了紐約開往金山的火車，就在當晚，金山迎來了今年冬天第一場暴風雪。即便埃斯頓、庫柏三人早有準備，他們也只能等到暴風雪之後把貨運出，事實上，我們安良堂已經監視到庫柏是用自己團的車隊將那批貨從斯坦德所在的軍港中以軍需物資的名義運去了貨運站，裝上了貨運火車，而那一天，則是在暴風雪結束後的第三天。庫柏派出殺手，藏匿在了傑克相好的家中，那一天則是暴風雪結束後的第十天。這其中，只有七天多不到八天的間隔，而貨運火車不比客運火車快，路上也需要五天的時間，鮑爾默需要接貨驗貨，而埃斯頓、庫柏需要提款付款，去掉這些，留給資金到位的時間也就是一天或者一天半，除了城市銀行之外，沒有別的管道能夠做得到。」

阿諾德靜靜聽著，最後深吸了口氣道：「那只剩下最為棘手的第二種可能了！」

羅獵點了點頭，道：「是的，阿諾德署長，我認為，埃斯頓身為警察局局長，理應有著強烈的反偵察能力和意識，但是，只要是他做過的事，就一定會留下痕跡。」

阿諾德笑道：「沒錯，他們可以掩蓋帳戶資訊，但掩蓋不了那八十四萬美元鉅款，我已經責成城市銀行以最快的速度去追查這筆資金的動向，明天一早，或許我們就能得到滿意的消息。」

身為緝毒署的頭把交椅，阿諾德署長的辦案經驗自然是豐富老到，其實，在紐約的時候，他便想到了金山這邊的三個人也有可能使用假身分辦理帳戶，同時也想到了應對的策略，只是，紐約是個大城市，城市銀行每天發生的一筆幾十萬美元的轉帳匯款有很多，以這種方法追查起來估計一天是不夠的，所以，阿諾德乾脆放棄了在紐約的追查，而是隨羅獵一道來了金山。金山市小人窮，莫說一天，恐怕一個月下來，單筆八十萬的匯款也不多見。

只是，當銀行方面確定埃斯頓、庫柏及斯坦德三人並未在他們銀行中有過開戶記錄的時候，已經到了傍晚該下班的時候了。

「對啊，這不就是他們抹不去的痕跡嘛！」羅獵驚喜萬分，對阿諾德署長連連稱讚，道：「阿諾德署長，你真厲害，我相信有你掌舵聯邦緝毒署，那些毒品販子，一個個遲早都得落網。」

面對羅獵的恭維，阿諾德卻顯得很平靜，他語重心長道：「你們安良堂在面對如此誘人的利益時，仍舊能保持清醒，堅決對鴉片交易說不，還能做到發動市民共同銷毀了高達一千八百噸的鴉片，對你們的這些事蹟，我表示崇高敬意。但是，在面對鴉片犯罪時，你們沒有選擇信任聯邦緝毒署，而是憑一己之力與之對抗，對此，我卻只能深表遺憾，諾力，如果你們能夠信任聯邦緝毒署，能夠早一些和我取得聯繫，會落到今天這種被動局面嗎？」

羅獵垂下了頭來，輕歎一聲，回道：「阿諾德署長，你批評的非常對，但我們也是事出有因，當時，比爾・萊恩帶著人來金山追查這批煙土的下落，便是以聯邦緝毒署探員的名義逼迫金山稅務局以偷稅的罪名將安良堂的湯姆給抓了，我們辨不清那聯邦緝毒署探員的真假，以為他們跟比爾・萊恩蛇鼠一窩，所以，對你的聯邦緝毒署也就打了一個大大的問號。」

阿諾德歎道：「你的解釋倒也是合情合理，聯邦緝毒署成立了僅十年，很多方面上都存在著種種問題，比如，探員和毒販相互勾結，這種案件，三年來我們已經查獲了十多起，但是，諾力，你應該相信，聯邦緝毒署長了毒瘤的樹枝畢竟還是少數，它的根以及樹幹還是非常健康的。」

羅獵點頭應道：「我相信，阿諾德署長，我相信聯邦緝毒署在你的領導下，一定會越來越健康。」

阿諾德又是一聲歎息，道：「我真心希望布雷森先生能夠如願當選為加州州長，更希望驢黨能獲得後年的總統大選，這樣的話，我們聯邦緝毒署才能得到更多的預算，才能更有力量去打擊那些危害社會的鴉片商。」

第二天上午，阿諾德剛一踏進金山城市銀行的大門，迎面撲來的卻是一個糟糕的消息。銀行方面表示說，自暴風雪過後一直到昨日為止，接收到的單筆數額在八十萬至九十萬之間的匯款一共有十四筆，其中，有五筆來自於城市銀行紐約銀行，其餘九筆，或來自與城市銀行的其他分行，或來自於別家銀行，但是，他們仔細核查過了，這十四筆接收匯款都是有名有姓的老客戶的合法資金往來。

「署長先生，你的追查對象會不會借用了這些合法帳戶呢？」銀行負責人生怕自己背負了為犯罪行為提供洗錢管道的罪名，因而對阿諾德署長是極盡卑微。

阿諾德笑道：「他們不會那麼笨，讓別人掌握了他們的把柄。」

「可是，我們徹查了這段時間以來所有的帳目，卻並沒有找到符合你懷疑的交易，署長先生，你看……」銀行負責人唯唯諾諾應道。

阿諾德淡淡一笑，道：「付款人還有另外一種付款方式，經理先生，你應該能想到的，他將八十四萬美元的鉅款拆分成了若干筆不足十萬美元的中等額度匯款。」

銀行負責人恍然大悟，連忙表態道：「多謝署長先生提醒，我這就安排人按照署長先生的指點進行追查。」

將一筆鉅款拆解為若干中等額度甚至是小額的匯款，表面上看起來，追查難度確實不小，但實際操作起來並沒有想像中的那麼難，因為，那若干筆中小額度的匯款一定會集中在了某一個時段，而且，資金匯入的是同一個帳戶。

不到一個小時，銀行負責人便拿來了結果，並彙報道：「署長先生，按照你的指示，我們追查到了有三個帳戶在同一時間段內接到了多筆中小額度的匯款，其中，這一個戶名為伊麗蓮卡的外國人帳戶在十二月八號這一天上午九點二十一分至十點三十七分這一小時零十六分鐘的時間內，一共收到了來自於紐約的分別從七個帳戶匯來的七筆匯款，總數為八十四萬零三百二十美元，最為符合署長先生的懷疑。」

「外國人帳戶？那個伊麗蓮卡究竟是哪國的呢？」總數上的吻合，使得阿諾德認定了這個帳戶必有端倪。

銀行負責人翻看資料，回道：「是一名英國人，署長先生。」

「這個帳戶是什麼時間開辦的呢？」阿諾德繼續問道。

銀行負責人看著資料回答道：「十二月四號。」

阿諾德迅速思索了一下，從時間上講，這個帳戶開辦於暴風雪結束後的第二天，應該是埃斯頓、庫柏等人和鮑爾默達成了交易條款後臨時開辦的。

「你們為外國人開辦帳戶需要怎樣的手續呢？還有，如果需要提款，需要本人到場嗎？」阿諾德繼續追問。

銀行負責人回道：「為了吸引外部資金，我們簡化了開戶程序，對外國人只需要存入等同五百美元的本國貨幣並提供相關證件，便可以開設帳戶，帳戶提款也無需本人到場，持有本行簽發的帳戶資料和秘密鑰匙，便可以辦理所有業務。」

阿諾德點了點頭，事實上，他早已經注意到了銀行的這種操作方式會給犯罪分子留下可乘之機，但是，以他掌握的權力，尚不足以令銀行業修改操作規程。

「最後一個問題，經理先生，請告訴我這個帳戶除了七筆匯款之外，還有沒有其他交易記錄？」阿諾德心中已經認定該帳戶和埃斯頓、庫柏等人必有瓜葛。

銀行負責人回道：「匯款到賬當日，也就是十二月八日的下午十三點十五分，有人支取了九萬美元的現金。」

阿諾德的臉上露出了欣慰的笑容。

這就完全對上了。

十二月八日，埃斯頓、庫柏一夥支取了九萬美元的現金，支付給了那名殺手，而那名殺手於當日夜晚便潛伏到了安良堂傑克的一個相好的家中，意欲在傑克登門之時，突襲刺殺傑克，卻不曾想，傑克早有防範，於當夜將這名殺手反包圍在了那個院落中。而埃斯頓、庫柏一夥接到了安良堂內奸的線報，便組織了警力及軍力連夜等在了唐人街附近，待傑克那邊動了手，便立刻帶著軍警兩方力量對傑克等人實施了圍剿，並定性為製造暴亂。

直到此刻，阿諾德才完全相信了羅獵告訴他的案情細節。

「經理先生，這個帳戶牽連到一起駭人聽聞的鴉片走私大案，所以，我需要有關該帳戶的所有資料，你明白應該怎麼做了嗎？」阿諾德面帶微笑，但口吻中卻透露著令人不容推諉的威嚴。

查獲了這個帳戶，對阿諾德來說，算是個突破。只是，這個突破僅僅是最表層的突破，距離最後的真相還有好多層阻礙在等著他。比如，這個叫伊麗蓮卡的英國人跟埃斯頓、庫柏或是斯坦德究竟有怎樣的關係，再比如，那個殺手到底是誰，他有沒有拿到那九萬美元，如果拿到了，那九萬美元又存放在了何處。

在已經得知了答案的前提下去反推一道難題的解題步驟，要比正向一步步解開難題得到答案容易了許多。唯一把握不準的便是自己這邊需要多久才能揭開真相，而這種不確定的時間又如何能跟布雷森的競選活動配合起來。

當晚，羅獵如約再次趕到酒店面見阿諾德的時候，阿諾德毫無隱晦地說出了自己的擔憂：「諾力，那個帳戶查到了，八十四萬零三百二十美元，和你說的貨款完全吻合。事情到了這兒，我可以負責任地表示，我對你講述的案情已經有了完全的信任，另外，我有十足的把握可以將此案查個水落石出。但是，在時間上我卻不敢做出斷言，生怕會耽誤了布雷森先生的競選。對此，我很想聽聽你的意見。」

羅獵沒有直接回答，而是詢問道：「那個帳戶一定是用別人的名字，對嗎？」

阿諾德道：「是的，帳戶名叫伊麗蓮卡，是個英國的女人，我用了一整個中午和下午的時間，追查了埃斯頓、庫柏還有斯坦德三人的社會關係，並沒有發現這個伊麗蓮卡和他們有什麼關聯。這是銀行業在帳戶管理上的一個漏洞，我曾跟布雷森先生提起過，希望他能在議會上呼籲一番，修補銀行業的這個漏洞，可至今卻未有成效。」

羅獵在心中計算了一下，道：「阿諾德署長，我完全能夠理解你的難處，只有真正的朋友才會為對方考慮，沒錯，當我們這邊無法保障破獲案情時間的時候，確實有可能影響到布雷森先生的競選，因為，他的時間是固定的，距離最終的投票時間，只剩下了三十天。」

阿諾德歎道：「是啊，我們必須保證要在三十天內將案件的真相完全揭露出來，我對這個目標只能說是希望很大，卻難以保證。」

羅獵搖了搖頭，道：「不，阿諾德先生，留給我們的時間最多有十五天，如果在十五天之內，我們找不到足夠的證據來證明埃斯頓、庫柏等人和這個帳戶有關聯，那麼，布雷森先生的競選便不能夠借用這個案件。」

「十五天？」阿諾德深吸了口氣，緩緩搖頭，道：「這應該是我擔任聯邦緝毒署署長五年來最大的一次挑戰了，給我些時間，讓我想想，還有沒有別的什麼辦法可以儘快破獲此案。」

阿諾德和羅獵二人同時陷入了沉思中。

過了片刻，阿諾德呢喃道：「埃斯頓、庫柏等人支取了九萬美元，會不會是親自去金山城市銀行辦理的支取手續呢？如果是的話，可以要求當日的經理出面指證……」阿諾德說著，隨即又搖了搖頭，接著呢喃道：「即便有人能夠指證，那也不是一項鐵證，依舊無法證明其罪行啊！」

羅獵忽地睜大了雙眼，道：「如果再加上鮑爾默父子的指證呢？」

阿諾德陡然來了精神，可只是一瞬間，那股子精神頭又黯淡了下去。「那些鴉片商們練就了一副頑強心態，而且有十足的經驗來面對緝毒署的盤查，所以，若是沒有足夠的證據，是很難讓他們低頭認罪的，更不用說讓他們去指證他們的供應商了。」

羅獵道：「抱歉，阿諾德先生，我必須打斷一下你的思路，我想得到答案的問題是，如果鮑爾默父子能夠出庭指認埃斯頓、庫柏及斯坦德一夥的話，算不算是一項足以證明他們犯罪事實的證據呢？」

阿諾德道：「如果鮑爾默父子能夠認罪，而且願意提供埃斯頓、庫柏一夥和他們父子之間的任何一項交易憑證的話，那麼，埃斯頓、庫柏一夥便再無翻案可能。但如果我們仍舊得不到他們的交易憑證，那麼埃斯頓、庫柏一夥仍舊可以在法庭上狡辯，甚或反告我們誣陷他。這就要看法庭和陪審團的態度了，如果他們願意將兩案並做一案的話，肯定對我們有利，但若是堅持兩案分審，那我們會陷入極端的被動中。」

羅獵微笑道：「這就夠了，阿諾德署長，如果你能將鮑爾默父子帶到金山來，那麼，我就能保證在三天內讓他們父子低頭認罪，並且拿到所有可以拿到的證據。」

阿諾德遲疑道：「你是打算用你們的幫派手段迫使鮑爾默父子屈從是嗎？」

羅獵深吸了口氣，點了點頭。

阿諾德卻搖頭道：「這種事如果一旦曝光，我就得辭去我的署長職位，而布雷森先生也會因此受到牽連，競選必然失敗，說不定他的政治生涯也會因此而結束。」

羅獵輕鬆笑道：「你不必擔心，阿諾德先生，我會在你們押送鮑爾默父子來到金山之前將他們劫走，你們儘管報案，讓那埃斯頓去追查劫走鮑爾默父子的劫匪，他一定會懷疑到我頭上，而且一定會對鮑爾默父子能不能經受得住我的手段而擔心……」

阿諾德雙眼倏地放出了異彩，迫不及待地搶道：「他們一旦產生了焦慮的心態，就會方寸大亂，只要你堅持三天不被埃斯頓找到並救出鮑爾默父子的話，那麼，他們一定會產生捲款潛逃的念頭，到時候，我便可以守在城市銀行中將他們一網打盡。」

羅獵道：「但問題是，阿諾德署長，你需要多長時間才能將鮑爾默父子押送上駛往金山的火車呢？」

阿諾德輕鬆道：「只要他們父子還在紐約，今天夜裡我便命令紐約的同事們展開行動，明天上午，鮑爾默父子便會登上前往金山的火車。」

羅獵欣慰道：「那我想，這個方案是完全可行的，只要得到了布雷森先生的同意，我們就可以立刻展開行動。」

阿諾德興奮道：「我想，布雷森先生既然決定要大幹一場的話，那麼，他是沒有理由拒絕這個方案的。」

正如阿諾德所說，布雷森下定決心要藉助這一案件完成他的置之死地而後生的放手一搏，那麼，確實沒什麼理由會拒絕羅獵提出的這個方案。不過，布雷森還是保持了冷靜，謹慎地提出了幾個問題。「你有把握在不傷及阿諾德部下性命的前提下，將鮑爾默父子劫走嗎？」

阿諾德搶先回答道：「我可以安排我的部下配合諾力將鮑爾默父子劫走。」

羅獵卻搖了搖頭，道：「阿諾德署長，你不能這麼做。如果埃斯頓、庫柏等人沒有犯錯的話，那麼，鮑爾默父子便是我們唯一的希望，但如果被他們看出了端倪，我想，我很難再說服他們指證埃斯頓、庫柏一夥。」轉而再對布雷森道：「布雷森先生，請相信我，我完全可以做得到你的要求。」

布雷森點了點頭，道：「我來到金山後，聽說了許多關於安良堂的傳奇故事，我想，既然你能被湯姆立為接班人，一定有著過人之處，所以，我相信你能做得到。不過，我還有一個疑問，你打算將鮑爾默父子藏在何處？如果，那埃斯頓調用了所有能調用的力量，對全城展開大搜捕，你如何能保證不被他發現蹤跡呢？」

羅獵笑道：「這很簡單，布雷森先生，我會在列車抵達金山之前的一個車站動手，然後帶著鮑爾默父子離開金山，埃斯頓即便把全部員警都用上，也不可能找得到我，因為他根本猜不到我究竟是在金山的東面還是北面，又或是南面。」

布雷森露出了滿意的笑容，道：「我猜，你一定不會在金山的西面，因為那裡是大海。」

羅獵想起了當初耿漢的藏身地點，笑道：「那也不一定哦，搞上一艘漁船，每天釣釣魚，也是很愜意的哦！」

布雷森不禁搖頭道：「那我只能是認輸了，諾力，我還有最後一個疑問，如果，鮑爾默父子答應了你的要求，將會獲刑二十年以上的監禁，這對於他們來說可謂是一個生不如死的結果，我不知道你會用什麼辦法說服他，而且，在法庭上，法官和陪審團是不希望看到一個遍體鱗傷的證人的。」

羅獵撓了撓頭，道：「非要我說出答案來麼？布雷森先生，知道了答案會對你有所不利的。」

布雷森笑道：「我說過，這是一招險招，用好了，可以一拳將對手擊飛出拳台之外，用不好，飛出拳台並摔得四分五裂的便是我布雷森，所以，我還會擔心那一點點的不利因素嗎？」

羅獵微微點頭，深吸了口氣後，應道：「我會在法庭上劫持一位重要人物，並以此來交換鮑爾默父子的自由。」

布雷森和阿諾德登時呆住了。

「你知道，諾力，即便我競選成功，也無權干涉司法。」過了好一會，布雷森才緩過勁來，道：「而劫持法庭，將會判處終身監禁，甚至絞刑。」

羅獵坦然微笑，道：「我知道，布雷森先生，但我別無選擇！這跟幫助你的競選毫無關係，我只是想為湯姆，傑克，還有金山安良堂所有弟兄洗脫罪名。布雷森先生，我想告訴你的是，金山的十幾萬華人不能失去安良堂，那是他們的精神支柱，是他們能過上不被別人欺辱的唯一希望，只要能保住安良堂的清白，犧牲了我一個人，又算得了什麼呢？」

羅獵的話音，可謂是風輕雲淡，但說出來的每一個字，卻猶如一把把重錘擊打在了布雷森和阿諾德的心靈上。阿諾德曾是布雷森的部下，這兩位曾經的軍人登時被羅獵感動到了，在軍隊的作戰中，往往會犧牲掉某個排或是某個連的士兵，以換取整場戰鬥的最終勝利。而那些被犧牲掉的士兵，沒有誰會看不透長官的意圖，但也沒有哪一個會對此提出質疑，他們一定會慷慨赴死。

這才是真正的英雄。

而羅獵，為了能拯救安良堂，為了能將扣在曹濱、董彪以及眾多弟兄頭上的罪名洗脫掉，寧願犧牲自己，此等行為，和那些慷慨赴死的戰士們不是同出一轍麼？

阿諾德道：「諾力，我很感動，但我還是要勸你一句，再冷靜地想一想，或許還有別的什麼辦法呢？」

布雷森跟道：「諾力，如果你只是為了趕時間而採取這種策略的話，我寧願放棄這場競選。」

羅獵帶著笑容，微微搖頭，道：「不，布雷森先生，我剛才說過，這跟你的競選沒什麼關係，你只是藉助了這起案件而已。我是要趕時間，卻不是為了你，因為，湯姆在獄中撐不了多久了！而且，我也想不出更好的辦法了，所以，我乞求你們二位，就答應我的行動方案吧！」

阿諾德道：「諾力，庭審的那一天，我是一定會出現在法庭上的，如果你答應我不去劫持法官，而把目標換成我的話，我會答應你的方案的。」轉而再向布雷森道：「布雷森先生，答應他吧，你要他在法庭上不劫持法官的話，就不會被判處絞刑。」

布雷森感動道：「去做吧！只要不被判處絞刑，我們就有機會為你進一步求情，諾力，你知道嗎？我原本打算是等競選成功後邀請你來做我的私人助理的，可是，現在我的希望要落空了。不過，我仍舊想說，能認識你，是我亞當・布雷森的榮幸。」

便在布雷森的房間中，阿諾德署長借用布雷森的電話，打通了聯邦緝毒署總部的電話，阿諾德在電話中的命令極為簡單，在確定了自己的身分後，阿諾德命令道：「立刻調集人手，連夜抓捕鮑爾默父子，並儘快押送至金山。」

放下了電話，阿諾德做出了輕鬆的表情，聳肩道：「現在，就要看上帝會不會站到我們這一邊了。」

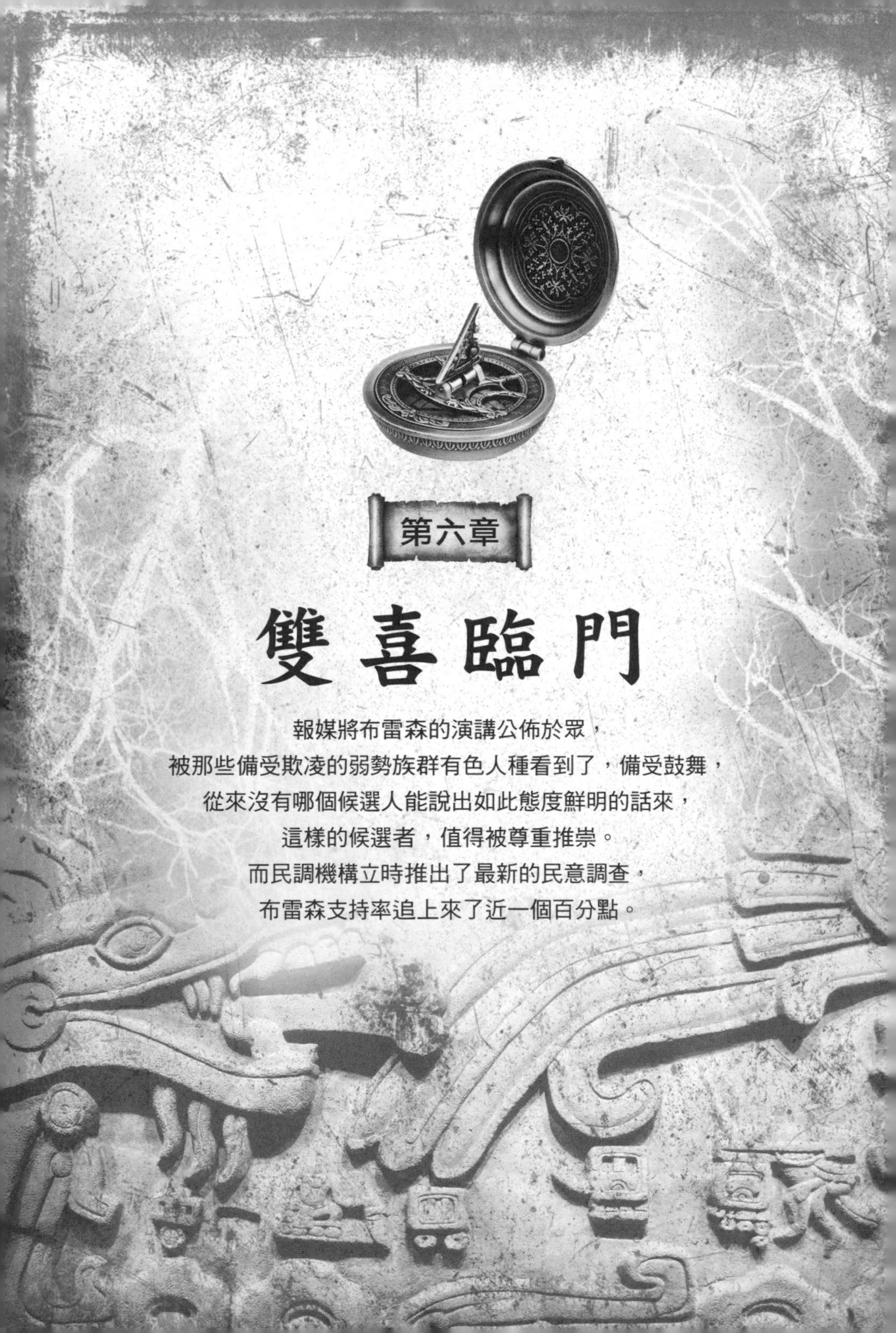

第六章

雙喜臨門

報媒將布雷森的演講公佈於眾，
被那些備受欺凌的弱勢族群有色人種看到了，備受鼓舞，
從來沒有哪個候選人能說出如此態度鮮明的話來，
這樣的候選者，值得被尊重推崇。
而民調機構立時推出了最新的民意調查，
布雷森支持率追上來了近一個百分點。

亞當・布雷森出人意料地來到了唐人街。

唐人街上住著的當然都是華人勞工，而這些華人勞工雖然獲得了美利堅合眾國的永久居住權，但卻不具有合法公民應有的權利，至少，沒有選舉權和被選舉權。

「他為什麼會去唐人街呢？這不是純粹在浪費時間嗎？」象黨候選人在得知消息後，驚詫不已，連忙召集智囊開會研究布雷森的用意。

眾說紛紜中，有一人的意見頗有道理並得到了大多數人的認同：「唐人街剛發生了一起暴亂沒多久，我想，布雷森應該是藉助安撫唐人街華人勞工的機會向那些窮人傳遞他關心底層民眾的態度。」

「那麼，我們該如何應對呢？」象黨候選人問道，如今在民調上他們領先布雷森近五個百分點，這樣的領先優勢雖然明顯，但無法保證贏得最終的勝利，因而，他們制定了一個策略，那就是跟布雷森針鋒相對，對手做什麼，他們就做什麼。

「港口一帶也有一個比較大的貧民區，我們可以到那邊去。」另一個智囊人物提出了一個相當不錯的建議。

這個建議很符合大家之前定下來的策略，所以很快就得到了大多數人的贊同，並以此為基礎，迅速形成了一個應對方案。象黨候選人甚是滿意。有著這樣團結高效的團隊，那布雷森又能有什麼機會反敗為勝呢？

為了彰顯自己的智慧，象黨候選人叮囑了一句：「我們不能對布雷森掉以輕心，要派人時刻盯著他，看他在唐人街上都做了些什麼，以便我們能及時調整對策。」

這種叮囑，說了等於沒說，若是自己這邊沒有派出專門的人員盯緊了布雷森，又如何能在第一時間內得知了布雷森的行程呢？當然，那些團隊精英肯定要給候選人留足了面子，還是要認真地記下候選人的叮囑。

亞當・布雷森來到唐人街的消息已然是讓人吃驚的了，可布雷森在唐人街中的講話更是令人驚詫。

「我知道，最早的一批華人勞工於五十年前就來到了金山，在這五十年中，你們為金山的建設發展流了足夠多的汗水，金山能有今天的成就，離不開你們華人勞工的辛勤奉獻。我們可以確定，沒有你們，金山的這些礦場將無人開採，沒有你們，金山的鐵路公路便修建不起來，沒有你們，金山就不會有那麼多的高樓大廈。」

如果說布雷森對華人勞工的讚美之詞已經讓象黨候選人感到無比驚詫的話，那麼，他接下來的話，足以令象黨候選人在驚掉了下巴的同時又感到欣喜若狂。

「前幾天，你們心中的精神支柱安良堂遭遇了不幸。我知道，你們和全世界其他民族一樣，是勤勞的，是善良的，是愛好和平的，是反對暴力的，所以，我更相信那只是一場誤會。我希望你們能夠冷靜下來，要相信神聖的美利堅合眾國的法律，要相信金山法院的法官和陪審團，他們一定能夠依照神聖的美利堅合眾國法律做出公正公平的審判，還安良堂一個清白，同時也是還你們所有華人勞工一個清白。」

這種表態可是犯了極大的忌諱。

但凡政制人物，在面對這種非錯即對的問題上，常規的應對方法是說一些模棱兩可的話，既要讓聽眾們抱有希望，又得給自己留下充分的退路，否則的話，一旦判斷出了問題，便會被對手牢牢抓住並死纏爛打。

布雷森的這番話自然引發了十餘萬華人勞工的群情振奮，但同時也堵死了自己的退路。因為，做為驢黨的州長候選人，布雷森必將被加州所有報媒所重視，他的一舉一動，一言一行，亦會有無數報媒記者所盯著聽著，因而，當布雷森的話剛一出口尚未落地的時候，這些內容便全都記錄在了記者們的小本本上。

看到了布雷森說出的那段話，象黨候選人下意識地托住了下巴，若非動作迅速，他真的有可能掉了下巴。

「你確定他說了這些話？」象黨候選人的神情極盡驚疑。

負責監視的部下篤定應道：「是的先生，我確定，布雷森確實說了這番話，而且，我保證一字不差。」

象黨候選人安裝上了下巴，並露出了只有勝利者才配擁有的笑容。

開會！

那是必須的。

必須趕在各大報媒將此新聞報導出來之前就要商討好自己的應對策略，否則的話，當記者們找上門來詢問自己的看法時，若是準備不充分而說不出具有殺傷力的話來，那可就太可惜了。

象黨候選人的競選團隊也都是由精英組成，他們攜領先優勢之鼓舞，更顯得思維活躍，僅僅半個小時，便制定出了最為穩妥的應對——趕緊找警察局的埃斯頓局長去核實案情究竟是怎麼回事。

而埃斯頓的回答自然給象黨競選團隊以極大的鼓舞。

「怎麼可能是場誤會呢？人證物證俱全，雖然我們尚不能調查清楚他們的動機是什麼，但他們對唐人街的民居動用了手雷、制式步槍等殺傷力超大的武器，這不是一場暴亂又是什麼呢？」埃斯頓做出如此回答的時候，其神情之堅定，令人不得不相信他確實是一位捍衛市民生命安全維護國家法律不受侵犯的真正勇士。

得到了這樣的答覆，象黨競選團隊連夜再次召開會議，一直討論到了凌晨，才終於制定下了完美的應對策略。

「布雷森是在鋌而走險！他發表這樣的言論，確實能吸引到一些弱勢群體的選票，我們必須加以重視，要力促金山法庭儘快審理此案，只要能在投票日前一個禮拜得出審判結果，確定安良堂有罪，那麼，布雷森這種鋌而走險的策略必將是搬起石頭砸自己的腳！」會議進入了尾聲，象黨候選人做出了總結：「感謝各位的付出，我

想，這應該是我們和亞當・布雷森先生的最後一場戰鬥了，女士們，先生們，讓我們精誠團結，打出一場漂亮的殲滅戰！」

第二天一早，便有數家報媒的記者堵在了門口，堅持要採訪象黨候選人，所問的問題全都圍繞著布雷森昨天在唐人街上的演講內容。

象黨候選人依照夜間會議商討的方案做出了回應，他道：「我對亞當・布雷森先生昨天的演講有所耳聞，對這起案件也有所關注。對布雷森先生的講話，我部分認同，但是，我並不認同布雷森的其他表態，金山的華人勞工群體是勤勞的善良的，但不能以此為根據就相信這起案件是場誤會，這起案件的真相如何，安良堂究竟有沒有罪，只有金山法庭才有資格做出評判。」稍一頓，象黨候選人說出了自己最想說出的話：「我要表達的觀點是，希望金山法院能夠儘快開庭對此案做出審判，如果安良堂是被冤屈的，那麼就儘快還人家一個清白，如果安良堂製造暴亂罪名成立，那麼就嚴懲不貸！」

單就這二人的第一輪發言，得分方顯然在象黨候選人這邊，他的回答可謂是滴水不漏，進退自如。

但得意的一方卻是亞當・布雷森。

報媒將布雷森的演講公佈於眾，被那些備受欺凌的弱勢族群有色人種看到了，均是備受鼓舞，從來就沒有哪個候選人能說出如此態度鮮明的話來，這樣的候選者，值得被尊重推崇。

而民調機構則立時推出了最新的民意調查，僅僅一天的時間，亞當·布雷森便將支持率追上來了近一個百分點。

誰說福不雙至禍不單行的？

布雷森不僅將對手成功地拖進了坑裡，同時還縮小了落後的差距，這不是雙喜臨門麼！

雙喜臨門肯定還不夠，因為，阿諾德署長在布雷森趕去唐人街的時候便接到了另一個喜訊，當夜對鮑爾默的抓捕行動非常順利，幾乎可以稱得上是不費吹灰之力，而且，已經於當日上午由兩名聯邦緝毒署探員聯合八名緝毒員警將鮑爾默父子押送上了駛往金山的頭班火車。

布雷森利用各種資源各種機會向金山警察局和金山法院施加壓力，要求法院在警察局尚未取得充分證據之前不得舉行庭審，並且要依照法律在無法對曹濱定罪之前，必須給予曹濱足夠的公民權利，比如，保釋權力。

這等狼子野心定然瞞不過象黨候選人，他用腳趾都能想明白，這無非就是布雷森使出來的拖延戰術，這個案件已被報媒傳播了開去，布雷森的那番演講表態也被全州境內的弱勢族群及有色人種所推崇，其支持率更是以一種吡吡叫的勢態向上躥升，眼看著就要將敗勢挽回，那象黨候選人又怎麼能保持了平和的心態呢？

必須粉碎布雷森的陰謀，決不能讓他得逞把案件的開庭拖到了投票日之後！

於是，象黨候選人針鋒相對，也利用一切資源一切機會，向金山法院及警察局施加壓力，要求他們儘快開庭審理此案。

針尖對上了麥芒，兩位均自稱是民意代表的候選人在報媒的攛掇下展開了一場面對面的交鋒，在那場交鋒中，象黨候選人發揮極佳，他引經據典旁徵博引，曉之以情動之以理，闡述了他對法律的尊重，對布雷森用意的懷疑，得到了觀眾的陣陣掌聲。

但布雷森的發揮卻不盡人意，他的論調顯得蒼白，他的論據亦顯得薄弱，他強調最多的就是華人勞工和全世界其他民族的人們是一樣的，是善良且勤勞的，是不會做出製造暴亂這種駭人聽聞的事情來的。

象黨候選人清楚知道，即便他贏得了現場觀眾的掌聲，卻不一定能贏得了現場之外選民們的選票，最關鍵點，還要在於案件的開庭審判，如果不能儘快將此案了結，他很有可能被布雷森以極不光彩的方式贏得了這場對決。因而，在第二輪的交鋒中，象黨候選人終於按捺不住，對案件本身展開了具體論述，論據論點中，不自覺地便說出了華人勞工群體中也會有害群之馬的這類意思出來。

這就被布雷森抓住了把柄。

「我承認，任何一個優秀的族群或是民族，都難保不會出現一些害群之馬不法之徒，但是，安良堂卻是華人勞工族群的精神領袖，他們信奉的是懲惡揚善除暴安良，我不相信金山安良堂的領頭人會做下製造暴亂的罪行，我認為，任何對安良堂有罪的懷疑，都是對華人勞工族群的侮辱！我很擔心，這樣的風氣蔓延開來，那些為美利堅合眾國做出巨大貢獻的其他弱勢族群和民族會遭到同樣的對待！」等待已久的布雷森終於抓住了機會，將對手毫不留情地推進了種族歧視的巨大陷阱中去。

象黨候選人當堂怔住。

他是真沒想到，對手會在這兒給他挖了個大坑在等著他。

此刻，唯一明智的應對策略便是抓住矛盾要點，只要法庭審判的結果是安良堂有罪，那麼，布雷森給自己挖下的大坑最終埋葬的卻一定是他布雷森。

「對布雷森先生的言論，我不打算做任何評價，我只想說，要用事實說話，要用法律說話，所以，我再次建議金山法庭及金山警察局儘快開庭審理此案。」象黨候選人以挑釁的目光死盯著布雷森。

一個身經百戰的曾經軍人，布雷森怎麼會懼怕這種挑釁呢？

「雖然……」布雷森開了口，卻不著急表達觀點，而是微笑著回敬了對手一眼，那眼神中充滿了嘲諷和不屑。「雖然按照法律規定，金山警察局在尚未獲得充分證據的時候不能著急開庭審理此案，並且應當賦予當事人足夠的人權，但特殊情況需特殊處理，為了避免有人誣陷我採取什麼拖延戰術，我鄭重表態，也希望金山法庭能夠儘快開庭審理此案，早一天還安良堂一個清白，還十五萬金山華人勞工一個清白。」

布雷森說完，再衝著對手拋去了一個意味深長的微笑。

象黨候選人不免再次怔住。

雙方候選人都做出了要求儘快開庭審理的表態，也就是說，在此問題上，民意獲得了統一。金山法庭及警察局也是無話可說，在這場辯論會結束後的當天便宣佈，此案將於一周後舉行公開審理。

這對布雷森來說，時間剛剛好。

押送鮑爾默父子的緝毒署探員和緝毒員警包下了三個連著的臥鋪車廂。兩名探員看押著鮑爾默父子住在了中間一個車廂中，而另外八名警員則分別住在兩側的車廂中。

如此安排，似乎萬無一失。

要防著的無非是鮑爾默父子的手下，但那些人早已習慣了緝毒署的這種虛張聲勢，在沒有獲得有力證據的情況下，緝毒署最多也就是浪費兩杯咖啡，到了次日晚間，怎麼將人家鮑爾默父子帶走的就得怎麼將人家給送回來。

就算那幫手下意識到了問題的嚴重性，想把鮑爾默父子劫持回來，那也得看看他們有沒有這個本事能追得上火車。

羅獵師承盜門奇才老鬼，雖然沒學到老鬼的那些盜門技能，卻也知曉了一些盜門手法。再說，安良堂中還曾經關了個吳厚頓。

論本事，吳厚頓當然比不過老鬼，但是，吳厚頓好歹也算是盜門中的一號人物，不然的話，也假扮不了所謂的南無影。吳厚頓做出來的人皮面具算是一絕，而吳厚頓調製出來的迷香也絕對算得上是極品。

庫柏帶著士兵趕去唐人街的那天清晨，曹濱遣散了所有的弟兄，卻並沒有釋放了吳厚頓，而是將他換了個地方繼續關著，那地方便是大師兄趙大新所住的院子。羅獵很容易就找到了吳厚頓，並讓他為自己調製出足夠用的迷香以及解藥。

有了迷香和解藥，後面的事情也就好辦多了。

這天夜裡，羅獵帶著幾名堂口弟兄上了車之後，一人一個吹管，三名堂口弟兄一起動手動口，將迷香沿著車廂的門縫中吹了進去。估摸著差不多了，另一名堂口弟兄亮出了絕活，拿出了一把只有列車長才配擁有的可以打開軟臥車廂廂門的特製鑰匙出來，輕輕鬆鬆便打開了那三個臥鋪車廂的廂門。

羅獵，包括那幾名堂口弟兄，雖然不認識鮑爾默父子，但絕對可以將他們爺倆和緝毒署探員或是警員區分開來。於是，將解藥在那爺倆的鼻子下放了片刻，那爺倆也就幽幽的轉醒過來。

「噓——」羅獵做了個噤聲的手勢，並悄聲道：「我是受人之托前來搭救，不要出聲，等火車到了前面一站，隨我下車就是了。」

羅獵說話間，一名弟兄上前，以兩根鋼絲為鮑爾默父子打開了鎖在床鋪鐵架上的手銬。

鮑爾默父子在火車待了五天四夜還多了一個晚上，早已被各種擔憂焦慮孤獨無助折磨得失去了理智，再被迷香熏過，那腦子更是糊塗，居然連羅獵是受誰之托都忘記了問，便點頭答應了羅獵。

車到了下一站，羅獵一行人從容下車。

車站外，另有兩名弟兄開著兩輛車候在了路邊。

上車的時候，鮑爾默父子終於感覺到了不對勁，那羅獵居然要求他們父子分開乘坐那兩輛汽車。不過，再想提出質疑卻已然來不及，那幾名堂口弟兄已經拔出了槍來，二對一，將鮑爾默父子分別帶上了車。

「你叫鮑爾默，對嗎？」羅獵坐上了第一輛車，車的後排座上，兩名堂口弟兄一左一右拿著手槍夾持著老鮑爾默。「我叫羅獵，你可以叫我諾力，曾經是金山安良堂的兄弟。」

根本不用羅獵做介紹，鮑爾默已然知曉這幫華人必是金山安良堂曹濱的手下。「湯姆和傑克還好吧？」鮑爾默故作鎮定道：「我與他們神交已久了，沒想到，他們會以這種方式同我見面。」

羅獵坐在副駕位置上，頭也不回地應道：「他們很不好，傑克受了槍傷，現在要躲著養傷，而湯姆做為安良堂的堂主，被你的朋友強加了一個策劃製造暴亂的罪名給關押了起來，用不了多少天就會被送上法庭，然後被判處絞刑。鮑爾默，恭喜你啊，你成功地為比爾・萊恩先生報了仇，從此便可以冠冕堂皇地接手他以前的部下了。」

此話一出，鮑爾默登時知曉，坐在身前副駕位置上的羅獵肯定不是來解救自己的，而是為湯姆、傑克報仇來了。「諾力，你聽我說，我和斯坦德他們只是交易了那兩百噸鴉片，其他的事情，我並不知情。」

羅獵冷笑道：「是嗎？這麼說是我錯怪你嘍！鮑爾默，你好歹也算是江湖上的一號人物，怎麼能這般厚顏無恥呢？若不是你出錢，那埃斯頓及庫柏能像瘋狗一般死咬著湯姆、傑克不鬆口嗎？你啊，真不如你的兒子明事理，好了，我不跟你多說了，你自己好好琢磨琢磨吧，何去何從，由你自己決定。」

羅獵果然不再說話。

汽車穿行於夜幕之中，憑藉著感覺，鮑爾默判定出其方向並不是駛向了金山，而是正逐漸遠離金山。剛才在說話中，鮑爾默感覺到了羅獵那冰冷的口吻中飽含著的一股強烈的殺氣，他知道，無論任何一個地方的安良堂分堂口，都是一個敢說敢做的主，對這些華人來說，殺個人並不比殺條狗有多複雜，這些個分堂口中，又以金山的堂口為甚。

鮑爾默不認識羅獵，甚至沒聽說過金山安良堂中還有這麼一號人物，這也難怪，他對金山安良堂的瞭解只是來源於近十年江湖上對金山安良堂的那些傳說，而羅獵在這一年中做下的事情，還沒來得及被江湖人士所傳送。不過，鮑爾默完全能夠從那些個堂口弟兄對羅獵的態度上感知到羅獵在堂口中的地位，估計，在金山安良堂中，除了湯姆、傑克之外，可能便是這位名叫諾力的年輕人了。

瞞是瞞不過的了，騙可能更是行不通，逃……鮑爾默用兩側餘光分別看了下身體兩側的堂口弟兄，心中哇涼一片，要是硬生跳車的話，肯定會被人家手中的那兩把手槍給打成一個馬蜂窩。要想活下來，唯一的希望便是那諾力有求於自己。

在這件事上，鮑爾默第一次產生了後悔的情緒。

當正前方出現了那麼一小塊魚肚白的時候，兩輛車一前一後駛離了公路，顛簸前行了大約半個多小時，車子停在了山腳下，旁邊則是一處密林，密林的邊緣，搭了三間簡易草廬，草廬之後，則挖了兩個大坑。

「下車吧，鮑爾默先生，你到家了！」羅獵率先下車，依靠在車頭處，冷冷地看著鮑爾默。

此時，天邊的晨曦已然生出，光線雖然朦朧，但卻可以看清楚不遠處的人的表情，鮑爾默看到了羅獵臉上的冰冷，再看了眼那草廬後面的兩個大坑，心裡陡然生出了無比的恐懼。

「諾力，我知道我做錯了，難道，我們之間就不能談談麼？」因看到了死亡而產生了恐懼心理的鮑爾默強作鎮定，讓自己看上去有些江湖成名人物的那麼點意思，但是，他的聲音卻出賣了他，任何人都能聽得出，鮑爾默的聲音是顫抖的。「我可以立刻通知斯坦德，取消第二筆交易，他們拿不到錢，自然會放過湯姆和傑克。」

羅獵冷冷地盯著鮑爾默，嘴角處揚起了一抹不屑，道：「你以為，你還能掌控局面嗎？他們三人還有機會收手嗎？湯姆會因為你取消交易就能被釋放嗎？扣在傑克頭上的製造暴亂的罪名能夠洗脫麼？」

同一時間，那班火車抵達了金山火車站，緝毒署的兩名探員從昏睡中醒了過來，剛睜開眼，後脊樑骨便冒出了一片冷汗。

車廂門關得嚴絲合縫，床鋪鐵架上的手銬還在，但鮑爾默父子卻不見了人影。那兩名探員急忙叫醒了隔壁車廂的八名警員。

是誰救走的鮑爾默父子？又是用什麼辦法救走的他們？

十個人，卻只能是面面相覷，他們根本不知道在這旅途中的最後一夜的最後四個小時中究竟發生了什麼。

奇怪的是，當阿諾德署長得到了報告時，卻顯得非常平靜，就好像他早已算準了一定會出這檔子蹊蹺案件一般。「先生們，不必垂頭喪氣，遭遇這種挫折非常正常，鮑爾默父子肯定不會束手就擒，他的手下應該是找了金山這邊的江湖幫派出手相助，你們雖然嚴格執行了嫌犯押送條例，但我們畢竟經驗有限，條例中仍舊存在漏洞，這才被人鑽了空子。」

阿諾德說得倒像是那麼回事，其實，他的內心和那十名當事人相差不多，都是震驚不已。只不過，他比他的那十名部下少了一個問號，他知道是羅獵幹的，但是在第二個問號上，他的震驚程度卻不亞於那十名部下。

羅獵是怎麼做到的呢？

「以我們的力量顯然是無法追查鮑爾默父子的下落，但我們不能任憑鮑爾默父子逃之夭夭，所以，我們必須求助於當地警方，記住，不可洩露嫌犯的真實身分，只能為金山警方提供嫌犯相貌特徵。」阿諾德安撫過部下情緒，開始實施他和羅獵、布雷森事先商量好的計畫：「另外，不得洩露案情，更不能洩露我已經來到金山的消息。明白了嗎？」

其中一名探員問道：「署長先生，依照我們三年前和警方簽署的聯合打擊毒品交易備忘錄的規定，我們求助於當地警方，那麼，當地警方有權力瞭解相應的案情，如果他們堅持追問案情的話，我們該如何回應呢？」

阿諾德署長沉思片刻，道：「事實上，你們瞭解的也沒多少，這樣吧，如果當地警方要求你們必須透露案情的話，那麼，就告訴他們，我們在紐約追查到了一個鴉片商剛剛購買了一批鴉片，而這批鴉片的來源則是金山，所以，我們才會選擇將這鴉片商押送到金山來追查此案。」

這似乎並不符合聯邦緝毒署的辦案流程和辦案規矩！

但又想到這是署長先生在有意瞞著金山警方，於是，那倆探員也就順理成章的理解並接受了這種說辭。

那倆探員領到了命令，隨即趕到了金山警察局，接待他們的不過是一名普通警員，但當這二位探員亮出了身分證明後，那名普通警員立刻感覺到了事情的重要性，連忙敲響了埃斯頓局長的辦公室房門。

乍一聽到聯邦緝毒署的探員前來警察局，埃斯頓陡然一驚，差點沒從椅子上跌落下來。好在那接待警員隨後便說出了那兩名緝毒署探員的來意，埃斯頓這才鎮定了下來。不過，鎮定也就是那麼一小會，埃斯頓隨即便意識到了危機所在。

果然，在面對那兩名探員的時候，埃斯頓三兩句話便問出了端倪。

紐約的鴉片商，又是從金山購買的鴉片，而且還是剛剛不久，這……說的不是鮑爾默又能是誰？

埃斯頓強作鎮定，接待了那兩位探員的報案，並表示了一定會支持緝毒署的工作不遺餘力去追查那名鴉片商下落的堅決態度。在送走那兩名探員後，埃斯頓未做任何安排指示，而是立刻回到辦公室撥通了庫柏的電話。

庫柏的心情相當不錯。

八十四萬的鉅款只花去了十萬塊，剩下的七十四萬美元安安全全地躺在那裡。手下的得力幹將拉爾森的屍體也已經處理妥當，並列入了那場唐人街戰鬥的犧牲名單。有那麼多的士兵親眼所見，安良堂製造暴亂的罪名肯定是無法洗清，湯姆曹自然會被判處絞刑，最不吝，那也得是個終身監禁，傑克董雖然僥倖逃脫，但其後半輩子根本甩不掉被通緝的命運。這個結果，紐約的鮑爾默先生應該滿意，那承諾過的四十二萬美元定然會一分不少地匯到自己指定的帳戶。

也就是說，這單生意他們一共賺到了一百一十六萬美元，而那些包括運費在內的雜七雜八的費用，加一塊也到不了一萬，如此算下來，他們三人，每人可以分得到三十八萬三千美元還要多一些。

那心情，能不美嗎？

庫柏聽到了電話鈴聲，收起了美美的心情，拿起了話筒之後，以平淡的口吻招呼道：「喂，我是庫柏，你是哪位？」

埃斯頓輕咳了一聲，道：「我是金山警察局的埃斯頓，我……」埃斯頓剛想在電話中對庫柏說出實情，卻突然想到了自己對兩位同夥的警告，不得在電話中直白說出跟這單生意有關的內容，於是便咽回已到了喉嚨眼的話語，改口道：「你現在有時間嗎？我想和你聊聊唐人街暴亂的案子。」

庫柏何等聰明，立刻聽出了埃斯頓話中有話，於是便道：「我在軍營，我走不開，不過，你可以過來找我。」

放下了電話，埃斯頓也冷靜了許多，無論如何，追查鮑爾默父子的下落才是當前的頭等大事，如果能被自己找到了，乾脆就一槍崩了他們完事，剩下的那筆錢就算扔進了水裡，總也比被聯邦緝毒署給盯上要好得多。於是，埃斯頓立刻召集了局裡的幾名警司，將緝毒署的求助案情通告了出來，並做了追查那對鴉片商的部署。並要求那幾名警司，如果發現了那對鴉片商的下落，不可輕舉妄動，一定要通知他，由他來協調聯邦軍隊的協助，爭取做到萬無一失。

部署完畢，埃斯頓連忙駕車駛去了庫柏的軍營。

庫柏從電話中聽出了異樣，埃斯頓雖然沒說什麼，但其說話的語調卻透露出他一定是遇到了棘手的問題，出於有福同享有難同當的思想，庫柏隨即給斯坦德通了個電

話，將他也叫到了自己的軍營中來。

還是在那俱樂部的包間中，三人再次碰上了面。

「聯邦緝毒署的兩名探員前來報案，說他們在紐約追查到了兩名鴉片商購進了一批來自於金山的鴉片，他們拘捕了那兩名鴉片商，並將他們押送到金山來繼續追查線索，可是在火車還有四站便要抵達金山的時候，卻被一夥身分不明的人給劫持走了。」埃斯頓趕到那包間的時候，斯坦德、庫柏已經等了一會了，進屋之後，埃斯頓顧不上先喝口水，便趕緊將這突發情況說了出來：「我斷定，他們所說的那兩名鴉片商，一定就是鮑爾默父子。」

斯坦德頗有些慌亂道：「鮑爾默父子怎麼能被聯邦緝毒署的人抓到證據呢？他們的防範措施那麼嚴密，緝毒署成立了快十年了，對這些一級鴉片商根本就是毫無辦法，能抓到的煙毒販子無非就是那些在街頭兜售的小嘍囉呀！」

埃斯頓稍顯氣急敗壞，道：「你的問題應該去問鮑爾默父子，是你堅信鮑爾默父子是我們最合適的買家！」

斯坦德聽到了這話，也是氣不打一處來，反擊道：「沒錯，我是堅信鮑爾默父子是我們最為合適的買家，可是，你也從未提出過異議啊，現在卻將責任全都推到我頭上來了？」

埃斯頓正欲爭辯，卻被庫柏止住。

庫柏道：「事情已經發生了，再爭辯誰的責任有意義麼？我們現在最需要做的是商討出應對的策略，而不是在這兒無休止的爭吵！」

論軍銜，三人中以斯坦德最高。論年齡，三人中埃斯頓最大。但若是論能力論智慧，斯坦德和埃斯頓卻是對庫柏佩服之至。因而，三人當中，庫柏才是核心。

核心人物開了口說了話，而且，說出來的話還極有道理，那埃斯頓和斯坦德二人只得閉上了嘴巴，停止了爭吵。

庫柏接道：「埃斯頓分析得對，兩幫緝毒署探員所說的那兩名紐約鴉片商，理應就是鮑爾默父子。但問題是，他們為什麼要把鮑爾默父子押送到金山來呢？」

庫柏一句問出，另外二人登時愣住。

「有兩種可能。」庫柏略加思考，給出了自己的答案：「聯邦緝毒署曾經向埃斯頓那邊詢問過卡爾斯托克頓的情況，我們當時懷疑是卡爾斯托克頓掌握了我們的某個證據，並向聯邦緝毒署郵寄了揭發信，所以，我們才幹掉了卡爾。那麼現在看來，我們當初的懷疑還是正確的，聯邦緝毒署正是依據卡爾的揭發信並以鮑爾默父子的名義來詭詐我們，意欲讓我們露出馬腳。」

埃斯頓搖著頭道：「不，庫柏，我們是在幹掉了卡爾後才跟鮑爾默取得聯繫。」

庫柏深吸了口氣，重重歎出，苦笑道：「埃斯頓先生，從你剛才的陳述中我們可以得知，那兩名探員並沒有提到鮑爾默父子，他們只是說了紐約的兩個鴉片商，我是

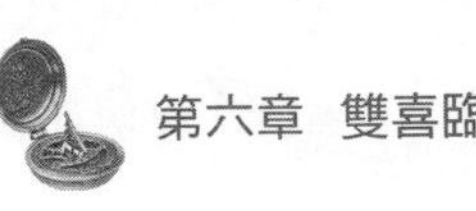

為了方便你們理解，才用了鮑爾默父子的稱謂。」

埃斯頓聳了下肩，抱歉道：「對不起，庫柏，是我理解錯了，你接著分析。」

庫柏喝了口水，接道：「第二種情況比較令人頭疼，康利去找過湯姆，所以，對湯姆和傑克來說，鮑爾默父子並不是一個秘密，他們為了翻盤，很有可能去了紐約，脅迫鮑爾默父子找到了聯邦緝毒署，狠狠地告了我們一狀。」

斯坦德愁雲滿面，道：「若是如此，那就說明鮑爾默父子已經招供了，對嗎？」

庫柏點了點頭，道：「他們那些人，對付聯邦緝毒署自然是綽綽有餘，但對付像安良堂的這種幫派路數，那就有些薄弱了。」

埃斯頓突然露出了輕鬆的笑容，道：「即便如此，那也沒什麼大不了的，單純的口供無法指證我們，而我們同鮑爾默父子的交易做足了防範措施，緝毒署無論是從貨源上還是從資金上，都查不到我們頭上來。」

庫柏卻突然緊張道：「不好！我在貨款到賬的當日去取了一筆錢，支付給了拉爾森，如果緝毒署追查到了我們的帳戶，那麼我支取款項的事實就將曝光。」

埃斯頓也陡然緊張起來，問道：「你在支取款項的時候有沒有留下筆跡呢？」

庫柏搖了搖頭，道：「那倒不用擔心，我對練習的假簽名筆跡還是很有信心的，我擔心的是城市銀行的客戶經理會將我指認出來。」

埃斯頓做了個抹脖子的動作，道：「一不做二不休，庫柏，你必須幹掉他！」

庫柏歎道：「只可惜拉爾森不在了，要不然，這根本不算件事情。」

斯坦德道：「埃斯頓，你就不能幫助庫柏補上這個漏洞嗎？」

埃斯頓白了斯坦德一眼，回敬道：「我當然可以，不過，我在想，你斯坦德還能做些什麼有意義的事情呢？」

眼看著那二人又要抬杠，庫柏連忙勸止，道：「幹掉一個銀行經理我還用不著別人幫忙，拜託你們二位都冷靜下來，不要再盯著對方，你們要明白，我們三人此時是一榮俱榮一損俱損，不能出現內部矛盾，必須要精誠團結，才能取得最後的勝利。」

斯坦德道：「我當然知道團結的重要性，好吧，庫柏，我接受你的批評。埃斯頓，我不想再跟你爭辯什麼，讓我們都冷靜下來，去想一想，還能有什麼更好的方案，比如，我們立刻將款項支取出來，做好隨時可以消失的準備。」

埃斯頓道：「剛才庫柏分析說會有兩種可能，如果是前者，那麼我敢斷定我們的帳戶還是安全的，將款項取出來倒不失為一種好的選擇。但若是後者，恐怕就不那麼樂觀了，緝毒署的人，很有可能在城市銀行中等著我們了。」

斯坦德道：「那如果我們不在金山的城市銀行支取，而去到了洛杉磯的城市銀行，能不能將這筆錢支取出來呢？」

庫柏道：「理論上當然可以，但是，我們三人只要有一人離開了金山，而那個帳戶中的錢又被支取出去，那麼，也就等於將剩下的二人交代給了聯邦緝毒署，斯坦德，你認為該由誰前往洛杉磯呢？」

斯坦德聳了下肩，道：「那不如我們三個一同出發，等取到了錢，再也不會到金山就是了。」

庫柏道：「如果是第二種情況，我想，我們三人應該已經被聯邦緝毒署所監視上了，我們三人一同出發，也就等於向他們做出了招供，那麼，聯邦緝毒署便可以提請要求，讓美利堅城市銀行凍結伊麗蓮卡的帳戶，他們的手續流程只需要一天的時間，而我們，則需要一天一夜才能趕到洛杉磯，而且，異地取款，需要事先申請，我們根本快不過聯邦緝毒署。」

斯坦德滿面愁雲道：「難道我們就沒有別的什麼辦法了嗎？」

庫柏長歎一聲，道：「除了死扛到底之外，我想不出其他什麼辦法。斯坦德，你沒有必要如此悲觀，即便聯邦緝毒署介入了此案，他們掌握不了真憑實據，也是拿咱們沒有絲毫辦法。」庫柏說著，指了指肩上的軍銜，冷笑道：「沒有人敢誣告神聖的聯邦軍隊的軍人！」

埃斯頓跟道：「沒錯，只要我們能夠堅持到法庭開審，並判處了安良堂湯姆的罪行，那麼，任何與安良堂有牽連的申訴，都將被束之高閣。沒有誰會願意跟製造暴亂的罪名牽扯到一起，包括聯邦緝毒署。」

庫柏道：「說得好！埃斯頓。我在想，安良堂的殘渣餘孽之所以能夠請得動聯邦緝毒署，恐怕跟當前的競選有關聯。我調查過，安良堂的總堂主是一名很優秀的律師，為許多政要提供過法律服務，而他，更傾向於驢黨的人物。而我們都知道，驢黨的候選人布雷森已經明確的對安良堂這件案子做出了表態，所以，我推斷正是依靠布雷森的關係，安良堂的人才能夠動用了聯邦緝毒署來對付我們。」

埃斯頓登時露出了輕鬆的笑容出來，道：「那我就全明白了！怪不得他們兩位候選人回來到金山一較高下，原來是盯上了這個案子，即便他們手中掌握了鮑爾默父子，他們也絕無可能在法庭上為安良堂的湯姆翻了案，我有這個把握。」

斯坦德卻哭喪著臉，道：「不，埃斯頓，如果鮑爾默拿出了我同他聯絡的電報，那結果可就不一樣了。」

埃斯頓的笑容突然僵住了，而庫柏也是登時愣住。

庫柏面色凝重，轉身出了包房，不一會，便取來了一份地圖，攤開在了桌面上。

「埃斯頓，聯邦緝毒署的探員說他們是在什麼位置上弄丟那兩名鴉片商呢？」庫柏彎下了腰來，凝視著地圖，手指沿著那道鐵路線緩緩滑動。

埃斯頓靠了過來，指在了從金山向東的第三和第四個火車站之間，道：「應該是在這兒。」

斯坦德也來到了地圖前，手托著下巴，沉思道：「還有五天的時間才會開庭，他們會將鮑爾默藏在何處呢？是向西進入金山，還是向東遠離金山呢？」

聽到了斯坦德的話音，埃斯頓真想狠狠地給他一拳。

庫柏卻忽然直起了腰來，並將地圖掀到了一旁，笑道：「無需緊張，先生們，如果他們真的拿到了斯坦德發給鮑爾默的電報，又怎麼會出此下策來詭詐我們呢？他們一定會把鮑爾默連同那些往來電報藏得深深的，一點風聲也不會透露出來，只等著開庭的那一天再拿出來給予我們致命一擊！」

庫柏的判斷完全合理且無比正確。

若是能拿到斯坦德和鮑爾默那些電報往來的話，那麼，阿諾德和羅獵又何苦多此一舉呢？

阿諾德相信羅獵以幫派手段能夠逼迫鮑爾默父子認罪，但阿諾德並不相信羅獵能得到證據。他之所以會同意羅獵的方案，只是將希望寄託在了這一招數下那三人或許會因為慌亂而做出錯事。而拘捕鮑爾默的行動，只要羅獵能夠逼迫他們認了罪，那麼也就不存在什麼後遺症。

換句話說，阿諾德已經在可以接受的範圍內盡可能地為布雷森提供了幫助，至於結果如何，他也只能說是盡力了。

在那三間草廬前，羅獵和鮑爾默的交鋒明顯佔據了上風，在強烈的求生欲支配下，鮑爾默幾乎一直在央求著羅獵。

「我可以認罪，我願意交代所有的罪行，只求你不要殺了我！」鮑爾默唯唯諾諾膽戰心驚地哀求著羅獵。

羅獵正要向鮑爾默提出出庭作證的要求，一旁的康利卻抗議道：「諾力，你是一個不講江湖道義的小人，你殺了我們父子吧，只要你能擔負得起對安良堂的江湖罵名，那你就動手吧，皺一下眉頭，我都不算是個男人！」

鮑爾默急忙向康利投去了埋怨怪罪的一眼。

但已然來不及了。

羅獵轉向了康利，冷冷道：「我知道，湯姆向你做過承諾，無論結果如何，都不會動你們父子一根手指。」

康利冷笑回應道：「湯姆一言九鼎，只可惜，他有著你這麼一個敗類弟兄。」

羅獵不怒反笑，向前兩步，踱到了康利的面前，笑道：「對不起啊，忘了向你做自我介紹了，我叫羅獵，你可以叫我諾力，曾經是金山安良堂的弟兄，這句自我介紹，在剛上車的時候，我就對你的父親說過了，只是很抱歉，你坐在另一輛車上，沒聽到我的自我介紹。但現在你聽到了，也應該明白了，我諾力曾經是金山安良堂的弟兄，什麼叫曾經？意思很明白，以前是，但現在不是了，所以，湯姆對你的承諾，對我來說，卻不具備任何約束力。」

康利怒道：「你卑鄙無恥，你在偷換概念。」

羅獵聳肩笑道：「好吧，我承認你罵的很有道理，我可以改變主意，我不殺你們，也不要求你們做任何事情，我現在只需要通知斯坦德、庫柏和埃斯頓他們，你說，你們父子二人會有怎樣的結果呢？」

康利愣住了。

羅獵拍了拍康利的臉頰，道：「他們是不會給你們留下任何機會的，對嗎？」

康利呆若木雞。

羅獵為康利摘去了飄落在肩頭的一片枯葉，道：「所以，我奉勸你，還是冷靜下來，讓你的父親和我好好談談，或許我們能夠找到雙方均能接受的辦法呢。」

鮑爾默連聲道：「對，對，說得對，諾力，我相信我們一定能找得到雙方都可接受的辦法。」

羅獵轉過身來，指著草廬後的那兩個大坑，道：「那兩坑可是我帶著弟兄們挖了一整夜才挖好的，我不想將它們浪費了，但是，這裡面終究埋的是什麼人，決定權卻掌握在你手中，懂嗎？鮑爾默先生。」

鮑爾默連連點頭，應道：「我懂，諾力，只要我能做得到，我全都答應你。」

羅獵揚起了一側嘴角，似笑非笑，道：「出庭，指證埃斯頓、庫柏及斯坦德。」

鮑爾默只是稍稍猶豫，便應道：「我答應你，不過，我希望你能放過康利。」

羅獵點了點頭，道：「我可以答應你，但我還有一個要求，拿出足以證明他們三人有罪的證據。」

鮑爾默愣住了，過了好一會，才搖頭道：「對不起，諾力，不是我不答應你的要求，而是我真的無法提供出有力的證據。」

父親的護犢之情感動了康利。兩百噸的鴉片走私，依照法律，在正常情況下至少也要被判處為永久監禁，即便法庭考慮到主動認罪和指證其他罪犯的立功行為而減輕判處，那也將會是二十年以上的監禁，康利不忍心看到父親老死於監獄中，於是便搶道：「諾力，放過我父親，讓我來出庭作證，我可以提供他們的犯罪證據。」

鮑爾默急了，擋在了羅獵身前，怒吼道：「你答應我要放過康利的，你不能食言！」轉而在面向康利，老淚縱橫痛哭道：「康利，做錯事的是我，該接受懲罰的也是我，你為什麼要這麼做？你這麼做又讓我怎能苟活於世呢？」

康利也跟著流下了兩行熱淚，道：「父親，你年齡大了，經受不起牢獄之苦，我不能眼睜睜看著你死在牢中而無能為力。但我還年輕，我能受得住，二十年後，我還可以重新生活。」

羅獵看著那爺倆，心中也頗為感動，尤其是在洋人中，父子倆還能有著這樣深厚的血緣親情的，實屬不多見。「好了，好了，你們都收起眼淚來吧，鮑爾默先生，康利，如果你們能拿出有力的證據，那麼我會向你們二位做出鄭重承諾，我以美利堅合

眾國所有安良堂堂口的聲譽做保證，你們無論是誰出庭作證，我都不會讓你們陷入牢獄之災。」羅獵說著，從口袋中取出了和總堂主歐志明的一張照片，照片的背面還有總堂主歐志明的親筆書寫的勉勵之詞及簽名。

鮑爾默抹了把老淚，道：「諾力，我不是不相信你，而是我不知道你如何能保證康利免除判處。」

羅獵長出了口氣，道：「你們父子二人一口氣吃下了兩百噸的鴉片，這等罪狀，放在任何一個法庭至少也是終身監禁的判罰，即便有立功表現，也低於不了二十年，所以，庭審之後，你們只能是隱姓埋名偷渡去別的國家。」

鮑爾默搖頭道：「既然不能免除判罰，那麼，我們出庭作證後，又如何能夠安全離去呢？」

羅獵淡淡一笑，道：「你們其中一人可以回去準備，待出庭作證之後，我會在法庭上劫持法官，將你們安全送離金山。」

鮑爾默父子愣住了。

康利不解問道：「諾力，在法庭上劫持法官，那可是最重的罪責，是一定會被判處絞刑的哦！」

羅獵淡然笑道：「我當然知道。」

康利疑道：「你知道？你知道還這麼做？」

羅獵收起了笑容，嚴肅問道：「怎麼，你不信？」

康利道：「不是我不信，而是我想不懂你這麼做為的是什麼？」

羅獵露出了一個意味深長的笑容，搖了搖頭，道：「康利，你還是告訴我你能拿出怎樣的證據吧。」

康利脫掉了皮鞋，掰開了後跟，取出了一個微型照相機，並道：「我很喜歡閱讀間諜特工一類的小說，經常會把自己想像成書中的主人翁，對書中描述的那些間諜工具更是感興趣，這只微型照相機便是我收集來的其中一樣，巧的是，上次來金山和庫柏、埃斯頓以及斯坦德見面的時候，我把它帶在了身邊，而且，還把庫柏的軍官俱樂部拍了一個遍，並偷拍下了我跟他們三人見面的場景，更為巧合的是，我沖洗照片用的藥水用完了，所以，這些膠捲便只能留在相機中了。」

羅獵驚喜地接過了那只微型相機，捧在了手中，只敢看著，卻不敢動手把玩。「但願那些照片能夠拍攝得清晰完整。」

康利輕鬆道：「如果滿分為一百分的話，我會對我的偷拍技術打九十九分，扣掉的一分，僅僅是因為我的相機並不是最先進的。」

羅獵小心翼翼地將微型相機還給了康利，道：「康利，將膠捲沖洗成照片需要哪些設備呢？」

康利搖了搖頭，道：「我知道你想做什麼，不過，諾力，我必須給你潑盆冷水，在這兒，是沖洗不出清晰的照片的，我們需要進趟城，找一家照相館。當然，這得建立在你相信我的基礎上。」

羅獵道：「我當然相信你，湯姆說，百善孝為先，他從你的一片孝心上看出你不是一個壞人，而我今天得到了同樣的驗證，康利，我是在擔心現在的金山已經不再安全，恐怕大街小巷全都是員警，我們冒然進城的話，只怕會害了你。」

康利道：「你為了救出湯姆，為了洗脫安良堂的罪名，同時又為了對我們父子的承諾，甘願被判處絞刑，就憑這一點，我康利敬佩你，願意和你一同冒險。」

羅獵抿緊了嘴巴，重重地點了下頭，然後對老鮑爾默道：「現在你可以回紐約去做準備了，五天後將會開庭，康利將出庭作證，待庭審結束後，我會安排人將他送到邁阿密。你準備好了之後，便去邁阿密和康利會合，我會安排你們離開美利堅合眾國。」

第七章

人為財死 鳥為食亡

羅獵道：「有這麼一句話，叫人為財死鳥為食亡，
在巨大利益面前，幾乎沒有人能夠把持住原則和底線，
如果有，那就只能說明那利益還不夠大。」

已近午時，在草廬中，眾人簡單吃了點東西，羅獵安排兩名弟兄送走了鮑爾默。

「我們也出發吧，康利，我們用不著冒險進入金山，從這兒向北走，差不多的路程便可以抵達薩克拉門托市。」羅獵說著，輕鬆地聳了下肩，開了個玩笑：「薩克拉門托雖然不大，但我想，做為加州的首府，在那兒應該能找得到理想的照相館吧！」

康利笑道：「當然，州長大人在參加競選的時候，是需要照一張清晰度合乎要求的相片的。」

在路上加了兩次油，期間還在汽車旅館吃了個晚餐，接近晚上九點鐘的時候，羅獵駕駛著車輛，駛進了薩克拉門托市的市區。

這也是羅獵第一次來到這座城市。

人生地不熟，只能像是一頭蒼蠅一般四處瞎撞。

不過好在薩克拉門托市不大，總人口數還不到二十萬，且只有一個市中心，因而，羅獵和康利還是相對容易地找到了一家照相館。

只是，那家照相館早已經關燈打烊了。

沒有人會在晚上照相，所以，羅獵斷定，即便再去找到第二家照相館，也難逃關燈打烊的結果，於是，羅獵停好了車，跳下車來到了照相館的門口，舉起了拳頭，重重地砸起了店門。

三聲爆響後，裡面居然傳出了問話聲：「太晚了，要是照相的話，等明天吧！」

羅獵無奈一笑，抬起腳來，便將店門給踹開了。同時，從懷中掏出了槍來，衝進了店內，用槍逼住了店主的頭：「對不起，我們不打算搶錢，只想借你的設備來沖洗一卷照片。」

康利緊跟著進了店，並將店門關好了，揚起了手中的微型相機，問道：「你的暗房在哪裡？」

店主緊張地指了指樓上。

待康利上樓之後，羅獵從口袋裡掏出了一疊鈔票，放在了店主面前，道：「我們不是壞人，只是著急要將照片沖洗出來，這些錢，就當是用你的設備的報酬，還有踹壞了你的店門的賠償，但你要保證，萬一剛才我那一腳引來了員警，你要為我做出有力的解釋，好麼？」

店主瞥了一眼那疊鈔票，雖然都是一美元的面額，但總數卻有十多張。十多美元，已經相當於他一周的收入了，豈有不答應之道理呢？

康利終於拿著照片回到了樓下，剛一露頭，便激動嚷道：「諾力，你必須要稱讚我，這些照片簡直是太完美了！」

照片雖然定了影，但仍舊有些濕漉漉，羅獵將這些照片擺到了桌面上，逐一欣賞。確實如康利所說，這些照片雖都是偷拍，但無論是角度還是清晰度，都十分完

美，尤其是康利和庫柏、埃斯頓以及斯坦德三人的合影照，更是將每個人的表情都清晰地呈現了出來。

羅獵收好了那些個照片，又將那疊鈔票塞到了店主手中，然後帶著康利出了照相館的門，上了車，揚長而去。

「諾力，你真的打算劫持法官大人嗎？」車子行駛在夜色之中，康利忍不住問道：「別誤會，諾力，我並不是懷疑你，我只是不想失去你這位朋友。」

在前往薩克拉門托市的路上，康利和羅獵交談了許多，從一開始的被動信任，到隨後的主動信任，再到最後的被羅獵的決心所感動，康利已然將羅獵當做了意氣相投的好朋友。反過來，羅獵對康利也頗有好感，畢竟這個弱肉強食的殘酷世界中，能有著康利這種孝心的人並不多見，隨著交流的深入，羅獵發現這位康利雖然拳腳上的本事不怎樣，槍上的功夫也很膚淺，但此人善於觀察，心思縝密，卻也是一個不可多得的人才，心中自然生起了惺惺相惜的感覺。

羅獵認真回道：「除此之外，我想不出還能有什麼辦法既可以救得出濱哥，又不會違背他的諾言。康利，對不起啊，我之所以要用這種手段來對付你們父子，也是無奈之舉，希望你能夠原諒我。」

康利動情道：「該說對不起的應該是我，若不是我父親固執己見，也不會出現今天的局面。」康利說著，重重地歎息了一聲，接道：「都是被利益蒙住了雙眼，卻看不到這利益背後有著多麼巨大的陷阱，人啊，一旦陷了進去，便是一個萬丈深淵，再也沒有自拔出來的機會，直到跌入了萬劫不復的境地才會恍然醒悟，可是，那時候豈不是為時已晚了麼？所以，諾力，你不必求得我的原諒，相反，我應該感謝你才對，是你挽救了我們父子，將我們父子從那萬丈深淵的邊緣上拉了回來。」

羅獵不禁感慨道：「是啊，**在我們華人中有這麼一句話，叫人為財死鳥為食亡，在巨大的利益面前，幾乎沒有人能夠把持住原則和底線，如果有，那就只能說明那利益還不夠大。**」感慨過後，羅獵突然想到曹濱、董彪二人，那總數量高達兩千噸的鴉片，其價值可謂是一個天大的數字，但他們二人卻把持住了原則底線，所以，自己剛才的話存在這問題，於是便補充道：「當然，這話也不能絕對，還是有極少數人將原則和底線看得比天還要大。」

康利向羅獵投來欽佩的一眼，道：「你，諾力，便是其中一個。」

羅獵笑道：「我說的人可不是自己，而是安良堂的濱哥和彪哥，還有，我們的總堂主。他們都是能守得住自己的原則和底線的人。當然，我也希望自己能做得到。」

康利唏噓道：「不，諾力，你不應該用希望這個詞，事實上，你已經做到了，我看得出，你打算在法庭上劫持法官的決心是無比堅定的，這種大義之為，並不是每個人都能做得到。但是，諾力，我還是想勸你一句，放棄這種想法好麼？我寧願坐二十年的牢獄，也不願失去你這位朋友。」

羅獵側過臉來，看了眼康利，呵呵一笑，道：「你怎麼又把話題扯回來了呢？我剛為自己吹噓過，我希望自己也是個能守得住原則和底線的人，你便要說服我放棄原則和底線，康利，我現在很懷疑你究竟是不是我的朋友呢？」

康利解釋道：「我只是表達了我的真實想法，諾力，你應該理解我的。」

羅獵道：「你放心，不管我犯下了多大的事情，都不會被送上絞刑架的。」

康利一怔，道：「難道你已經做好了越獄的準備？」

羅獵笑道：「你怎麼不去猜我已經買通了法官和陪審團呢？」

康利搖頭道：「不可能！這件案子如此之大，誰敢收下你的錢？不過，你若是能聘請到最為強大的律師團，或許，真的可以不被送上絞刑架，畢竟你的行為還是擁有可以被原諒的成分的。」

羅獵鬆開了方向盤，做了個暫停的手勢，道：「這個問題就此打住，否則的話，我的雙手將不會放回方向盤上。」

康利聳了下肩，果然不再說話。

羅獵重新握住了方向盤，問道：「康利，離開美利堅之後，你打算去哪兒呢？」

康利想了想，卻沒想到合適的去處，問道：「你有合適的地方推薦給我嗎？」

羅獵道：「去我們大清朝吧，在那邊你們洋人的地位非常高，當然還得有錢。」

終於等到了開庭的那一天。

而這一天，上到加利福尼亞州的兩位州長候選人，下到社會最底層的一名普通苦力勞工，都是無比的重視。兩位候選人及其競選團隊自然無需多說，案件的最終宣判，也決定了他們的競選結果。而競選結果則牽連到所有階層的人們的利益，再加上每個人都克服不了的獵奇心理，因而，對這一案件的審判結果均是翹首以待。

更為荒唐的是，以喬治・甘比諾為首的金山馬菲亞居然還開出了一個面向全市人民的賭盤，由馬菲亞坐莊，買安良堂曹濱無罪的一賠一點五，而買他有罪的則是一賠三。這個很不成熟的賭盤顯示出了喬治很明顯的態度，他堅信曹濱無罪，他堅信曹濱一定有能力翻盤。盤口開出僅半天，喬治便被迫封盤，他倒是不怕有太多的人買曹濱有罪，而是怕有太多的人買曹濱無罪，而消息傳出，整個唐人街似乎都出動了，隊伍排得望不見個尾巴，幾乎所有人都在買曹濱無罪。

因為案件是公開審理，因而法庭上允許市民觀審，只是，申請的人數實在太多，法庭無奈之下，只得以抽籤的方式來確定誰才能有資格進入法庭內觀審。這在金山的歷史中，絕對是破天荒頭一遭。

兩位候選人自然不用參加抽籤，但法庭卻嚴格限制了他們手中的觀審人數，每位候選人只能帶四名團隊成員進入法庭。吳厚頓再次立下了功勞，他沒日沒夜地連著趕了三天三夜，才製作出來的兩張人皮面具和兩套假髮，幫助羅獵和康利跟隨著布雷森順利地進入到了法庭之內。

做為控訴方，埃斯頓自然必須到場，另外還有兩名警察局的律政人員陪同在埃斯頓的身邊。庫柏做為那次圍剿行動的主要參與者，則被安排坐在了控訴席的另一頭。

在金山，沒有哪個律師看好曹濱，因而，也沒有律師會主動請纓擔任曹濱的辯護律師。但這難不倒布雷森，早在他安排羅獵從洛杉磯前去紐約找阿諾德署長相助的時候，他便做下了安排。沒錯，他安排陪同羅獵一同前去紐約的那名助手，雖然年輕了一些，僅僅有三十五六歲，但卻是洛杉磯赫赫有名的一位律師，名叫克拉倫斯。

藉助於那次紐約之行，克拉倫斯已經充分瞭解了案情，隨後，他又藉著布雷森前去唐人街的機會跟隨到了唐人街，並在呂堯的協助下，神不知鬼不覺地留在了唐人街中，並和董彪見了面，對那天所發生的事情做了進一步的詳細瞭解。

距離開庭時間尚有半個小時，克拉倫斯帶著他的一名助手，抵達了法庭，安坐在辯方律師的席位上。

埃斯頓、庫柏一夥對這場庭審也是做足了準備。

這些天來，他們傾盡了全力去追查鮑爾默父子的下落，只是並未得到理想的結果。在開庭前一晚，埃斯頓便藉維持法庭秩序的名義將法庭所在地的方圓三公里範圍全都封鎖了，並派出了他所有的親信，發誓要將鮑爾默父子擋在法庭之外。而庫柏和斯坦德二人同樣派出了自己的嫡系，身著便衣，遊蕩在法庭四周，嚴密監視著每一個人，一旦發現華人的面孔，便要進行嚴格的盤查，因為他們斷定，想把鮑爾默父子帶入法庭的，必是安良堂的人。

上午十點差五分，十二名陪審團成員陸續進入到法庭中來，剛剛坐定不久，便是書記員物證管理員等工作人員進入到了場內。

十點整，表情嚴肅的大法官隆重登場，此案的審理正式開庭。

法官坐定後，隨即宣佈將嫌犯曹濱帶入法庭。

從被拘捕的那一天，曹濱始終被關押在警察局中，埃斯頓並未對曹濱用刑，因為他很明白，任何外傷都將在法庭上對他造成不利的控訴。但埃斯頓卻沒少折磨曹濱，比如，不讓睡覺，又比如，連續數日的斷水斷食。也虧得曹濱在警察局中有著相當不錯的人脈底子，這些人在背著埃斯頓的情況下，極盡可能地照應著曹濱，不然的話，曹濱很難說還能不能撐得下來。

在那場兩黨候選人的直接交鋒後，法庭和警察局均扛不住了壓力，宣佈一周後開庭審理此案，曹濱才被法警從警察局提押到了法庭指定的看守所，在那邊，總算過上了幾天像點人樣的日子。

在兩名法警的押送下，曹濱步入法庭。

曹濱的步伐顯得很艱難，但每一步邁出去都給人一定堅定的感覺。他的面色顯得很憔悴，但精神卻矍鑠抖擻，兩隻眼窩已然坍塌，但兩道目光依舊深邃炯亮。近一個月沒有理髮，那一頭黑髮已經長得不像樣子，但曹濱依舊梳理的工工整整，只是嘴唇上下的鬍鬚有些糟亂，讓曹濱看上去稍顯得有些邋遢。

坐在布雷森身旁的羅獵登時紅了眼眶。

埃斯頓做為控訴方代表，首先向法官陳述了案件過程，隨即呈上了在爆炸現場中收集到的各種物證，包括警方軍方多人的供詞，手雷殘片，繳獲的安良堂弟兄的槍械，以及隨後補拍的現場照片等，最後，埃斯頓總結道：「從現場情況及案件過程看，這夥暴徒確實在準備實施一場暴亂，警方人員在軍方的支持下及時趕到，阻止了這場暴亂的蔓延及惡化。警方認為，做為這夥暴徒的領導者，金山安良堂的堂主，湯姆曹，負有教唆、組織、製造暴亂的罪責，犯罪事實明確，證據確鑿，請法官閣下及各位陪審員明察。」

大法官面無表情，沉聲道：「請辯方律師陳述辯護詞。」

克拉倫斯站起身來，先向法官席致了個禮，又向陪審團席致了個禮，再將身子轉回來，面向法官道：「法官閣下，在我陳述辯護詞之前，我要提請本庭相助，我有一名重要證人需要詢問，但此人身分特殊，我無法以辯方律師身分將其邀請到法庭上來，為了讓本案審理更加公平，我懇請法官閣下能以法庭的名義，將這位重要證人請到法庭中來。」

因為是公開審理，又因為此案受到了兩位候選人的關注，法官自然不敢怠慢，更是要秉公處理訴辯雙方提出的每一項合理要求。

法官沉吟片刻，詢問道：「辯方律師，你說的這位證人有什麼特殊身分？」

克拉倫斯沉聲應道：「他是聯邦海軍的斯坦德准將，同時也是控方埃斯頓局長和庫柏上校在軍校時期的同班同學。」

此言一出，法庭觀審席上不禁傳出了一陣嘈雜。

控訴席上的埃斯頓和庫柏二人在克拉倫斯一開口的時候便驚了一下，待到克拉倫斯說出斯坦德的名字的時候，這二人反倒鎮定了下來。對方不過是虛張聲勢，他們掌握不了真憑實據，在法庭上的任何猜疑及質詢都將被列入到辯方律師對聯邦軍人的誣告罪證，怕他作甚？

法官敲響了法槌，沉聲喝道：「肅靜，女士們，先生們，請保持肅靜！」

待法庭重新恢復了安靜狀態，法官判定道：「鑒於公平公正公開的原則，本庭同意辯方律師的請求，請本庭法警立刻前往斯坦德准將所在軍港，將斯坦德准將請到法庭上來。」轉而再對克拉倫斯道：「辯方律師，你現在可以陳述你的辯護詞了嗎？」

克拉倫斯再次向法官致禮，然後開口陳述：「控訴方所陳述的案情表象基本屬實，本庭嫌疑人湯姆曹所掌控的安良堂於案發當日向唐人街派出了成員三十一名，領頭人叫傑克董，當日凌晨五點四十分左右，傑克董在請出了案發院落的住戶之後，命令手下人向院落中投擲了兩輪共三十餘發手雷。法官閣下，陳述至此，我必須停下來提出一個疑問。」

法官回道：「辯方律師，請提出你的疑問。」

克拉倫斯看了眼控訴席，然後又環視了觀審席，最後面對法官，問道：「傑克董為什麼要將院落中的住戶叫出來，對著一處空院子投擲手雷呢？」

埃斯頓控制不住地爭辯道：「他們是在做暴亂前的演練！」

法官及時喝阻了埃斯頓，道：「請控訴方安靜，現在是辯方律師陳述時間。辯方律師，請繼續你的陳述。」

克拉倫斯接道：「警方至今未能抓獲傑克董，我在此案的調查中只能依靠一些照片資料來瞭解傑克董，六天前，我在唐人街做現場調查的時候，遇到了一個長得很像傑克董的人，他告訴我說，院落的住戶雖然都出來了，但院落中並非是空無一人，那裡面還藏著了一個殺手。我問他，那殺手為什麼會躲在那處院落中？那位長得很像傑克董的人回答我說，這個院落的住戶是傑克董的一個情婦，那名殺手藏在其中的目的是刺殺傑克董。」

法官道：「辯方律師，你有沒有將此人帶上法庭列為證人呢？」

克拉倫斯單手撫胸，對著法官淺淺一揖，道：「回稟法官閣下，我有心將他帶至法庭做為呈堂證詞，但他卻回絕了我，理由是自案發後，始終有一夥身分不明的人在打探傑克董的下落，他擔心生命會受到威脅，因而拒絕離開他的藏身地點。法官閣下，我認為此事有兩種可能，一是那名長得很像傑克董的人是假扮傑克董，而真的傑克董已經死在了那場軍警聯合的圍剿中，二是那人確實就是傑克董本人。在我做進一步陳述之前，我懇請法官閣下允許我向控訴方詢問，在警方擊斃的嫌犯中，有沒有發現傑克董的屍體呢？」

在埃斯頓的示意下，警察局的一名律政助理舉手嚷道：「控訴方反對！」

法官將目光轉向了控訴方，道：「反對無效，請控訴方回答辯方律師的提問。」

那名助理深吸了口氣，無奈回答道：「在擊斃的十九名暴徒中，沒有發現傑克董的屍體。」

克拉倫斯接著問道：「那麼，在重傷俘獲的七名嫌犯中，有沒有傑克董呢？」

那名助理沒好氣地回道：「也沒有傑克董本人，法官閣下，控訴方認為……」

克拉倫斯打斷了那名助理，道：「謝謝你的回答，現在，你可以坐下了。」

大城市來的大律師，只要不是故意收斂，那身上自然會散發出強大的氣場。控訴方助理此刻申辯本就不符合流程，又被克拉倫斯的氣場所壓制，居然就閉上了嘴，乖乖地坐了下來。進行至此，埃斯頓和庫柏二人並未生出緊張情緒，他們知道，即便辯方律師將傑克帶上了法庭，那也起不到多大的作用，一個嫌犯口中的供詞，根本不會被法庭所採納。

法官也是心知肚明，但為了能讓觀審席的民眾以及法庭之外無數關注此案審理的民眾認為這場庭審確實是秉承了公正公平公開的原則，他也是在這種微不足道的環節上有意讓著辯方律師。而克拉倫斯也正是把握住了法官的這種心態，在開局期間並不著急快速切入要害，而是在耐心地做著鋪墊，一是想打好基礎，二是要等待法庭將斯坦德請到公眾面前。

「法官閣下，我想說的是，即便那人就是傑克董本人，仍舊存在兩種可能，一是他在撒謊，掩蓋自己的罪行，二是他說的是實情，那院落中真的藏有一名殺手。」

克拉倫斯離開了坐席，將身子轉向了觀審席，深深地鞠了一躬，然後轉過身來，繼續道：「神聖的美利堅合眾國的法律規定了公民的生命及合法財產不容侵犯，如果，那處院落中真的藏有一名殺手的話，就算那處院落的住戶和傑克董沒有任何關係，那麼，傑克董帶著他的手下對那處院落發起攻擊，其性質，能算得上是製造暴亂嗎？」

埃斯頓舉手表示反對，道：「控訴方反對，法官閣下，辯方律師是在提出假設誤導民眾，從案發現場看，根本不存在所謂有殺手藏匿於案發現場一說，這一點，參與平息暴亂的警方及軍方多名人員均有供詞。」

法官點了點頭，道：「反對有效，請辯方律師在陳述中避免假設性問題。」

克拉倫斯淡然一笑，道：「既然控訴方堅持認為殺手本不存在，那麼，事情又回到了我剛才提出的問題，傑克董為什麼會對一處空無一人的院落發起攻擊，而這個院落，恰恰是他情婦的住所，從情理上講，這其中存在著一個很大的疑問，如果這個疑問得不到明確的答案，辯方律師認為，本案控訴傑克董犯有製造暴亂的罪名不能成立，而對本案嫌疑人湯姆曹的所有指控亦不能成立。我的陳述完畢，請法官閣下和各位陪審員明鑒。」

觀審席上再次傳出了人們交頭接耳的嘈雜聲。

法官再次敲響了法槌，道：「肅靜，請各位保持肅靜。控辯雙方陳述完畢，本庭宣佈休庭十五分鐘，隨後進入控辯雙方辯論階段。」

唐人街向東南方向約有三里路建設了一個新廠，大門處懸掛著一塊招牌，金山大華特種玻璃製品廠。廠子的廠房已經完工，設備也基本到位，正處在試生產調試階段，因而，廠子裡的工人並不多，顯得有些冷清。

六天前，呂堯便是將克拉倫斯從唐人街帶到了這兒，跟董彪見了面。

「老呂，你安排的人回來了嗎？」董彪的腿傷有所好轉，但距離能下地走路還有一個漫長的過程，此刻也只能是老老實實地躺在竹床上。

呂堯搖搖頭，道：「哪有那麼快呢？上午十點才會開庭，現在十一點還沒到，就算那兄弟在一開庭的時候就見到了濱哥，等他回來，那也得是十二點鐘的時候了。」

董彪歎道：「也不知濱哥怎麼樣了，這一個月的時間肯定沒少受折磨。」

呂堯道：「能順利開庭，就說明濱哥沒多大問題，你就安心地躺著養傷吧。」

董彪苦笑道：「你以為我就不想安心下來麼？老呂，你跟我說實話，你能不能安下心來呢？」

呂堯悵然道：「要說安心，那是鬼話！不過，如你所說，要對羅獵那小子有信心。上次給耿漢設套的時候，因為上邊還有濱哥還有你，我只是覺得這小子比別的兄弟要激靈一些，但這一次，我算是看出來了，濱哥這眼光確實毒辣啊！」

董彪笑道：「那你說說，濱哥的眼光怎麼就毒辣了？」

呂堯道：「這小子毫不掩蓋他的小聰明，看上去，城府並不深，但實際上，他卻是用他的小聰明來掩蓋他的大智慧，而他的城府，顯然比你我都要深。單就這一點，便很有一個當家人的意思。」

董彪感慨道：「他不這麼做，就無法拉近跟堂口弟兄之間的距離，在堂口中，他的資歷畢竟淺了些。」

呂堯道：「絕非如此。這一點我暫時不跟你爭辯，我來說第二點，出了這麼大的事情，連我都難免慌亂，不知所措，但這小子卻沒有，除了那天夜裡來見你的時候，看到你這副熊樣，那小子稍微有了點情緒，之後便是像什麼事都沒有一般。舉輕若重這個詞說起來容易，但做起來可真是艱難，我做不到，你阿彪也很難做得到，我以前以為，只有濱哥才能做得到，但現在看來，羅獵那小子一點也不亞於濱哥。」

董彪幽歎一聲，道：「是啊，在這一點上，連我對他都頗感吃驚。」

呂堯接道：「也正因為如此，所以，當你說要相信羅獵的時候，我是一絲的疑慮都沒有。阿彪，二十多年了，除了濱哥之外，還有誰能讓我呂堯如此信服？就算是總堂主也沒能做到啊！」

董彪笑了，道：「總堂主跟咱們就不是一個路數，怎麼可能讓你信服呢？」

呂堯微微搖頭，道：「不單純是這個原因！我總覺得，在總堂主的身上，少了一點敢於捨生取義的魄氣。」

董彪壞笑道：「那你就是說總堂主不夠仗義唄？沒事，老呂，我不會說出去的，你要是能給我拿支煙抽的話，我可能都想不起來你剛才說了什麼了。」

呂堯瞪起了眼來，喝道：「我剛才說，總堂主沒有羅獵那小子仗義，咋了？我還怕你出去嚼我的舌頭不成？」說歸說，但呂堯還是給董彪拿了煙，並點上了火。

董彪美滋滋抽上了煙，哪還顧得上跟呂堯頂嘴，接著剛才的話題，正色道：「你說了三點，我完全認同，但是啊，這小子身上卻有個天大的毛病……」

呂堯沒讓董彪把話說完，截胡道：「那也算不上什麼毛病，濱哥比他過分多了，等他再遇到了一個能讓他動心的女子，這毛病自然而然就沒了！」

董彪愣了愣，咧嘴笑道：「那倒也是！」

比董彪、呂堯更為迫切想得知庭審消息的便是喬治・甘比諾，他對曹濱充滿了信心，認為埃斯頓定然玩不過曹濱，原本想藉助這個機會大賺一筆，卻沒想到，最終買曹濱無罪盤口的居然占了七成多接近八成。曹濱若是最終被判無罪的話，他肯定要虧上一大筆錢，饒是如此，他仍舊沒有改變信念，即便賠錢，他還是期待著曹濱能夠昂首走出法庭。

法庭上，控辯雙方展開了激烈的交鋒。

控訴方這邊，埃斯頓將參與當日平復暴亂的員警代表和士兵代表請到了法庭上，通過這些人的描述，傑克董一夥人的暴徒形象顯現在了所有人的面前。

其論據的核心點則是傑克董這夥人在面對員警及聯邦軍隊的時候，居然敢公然反抗，打死打傷了員警士兵二十餘人。

這可是一項千真萬確的事實，戰死的員警士兵以及負傷的員警士兵明擺在那裡，造不了假，也說不了謊。這一事實給控訴方加了許多的分，陪審團成員雖然極力控制著自己的情緒，但誰都能看出來，他們控制的乃是自己內心中的憤怒。當庭法官仍舊是一副面若沉水的樣子，但是他在跟辯方律師克拉倫斯的說話神態卻嚴肅了許多。

勝利的天平迅速倒向了控訴方，如果此時便結束庭審的話，那麼，陪審團定然會做出曹濱罪名成立的判處。

控訴方座席上，埃斯頓和庫柏不免露出了得意之色。

這對辯方來說，顯然是極為不利的狀態，為什麼會對空院落發起進攻的疑問已經失去了作用，克拉倫斯必須找到新的反擊點才能將局面扭轉過來。但此刻，斯坦德尚未到庭，為了不讓他成為落網之魚，克拉倫斯還不能打出自己手中的那張王牌。

「法官閣下，各位陪審員，我有幾個問題想請教控訴方。」克拉倫斯不慌不忙，像是胸有成竹，他鎮定自若從辯護席上站起身來，面向法官申請道：「我需要控訴方的埃斯頓局長親自回答。」

法官面色凝重，但從審理流程上卻無法拒絕辯方律師的請求，只得點頭應道：「本庭允許你向控訴方埃斯頓先生提出詢問。」

克拉倫斯轉向了埃斯頓的方向，走近了兩步，問道：「請問埃斯頓局長，警方和軍方是在什麼時候趕到案發現場的？」

埃斯頓沒好氣地回應道：「我在控訴陳詞中已有明確表述。」

「我反對！」克拉倫斯立刻轉向了法官，道：「法官閣下，我要求埃斯頓局長直面回應我的提問。」

法官鐵青著臉，不情願道：「反對有效，請控方明確回答辯方律師的提問。」

埃斯頓微微聳了下肩，呲哼了一聲，道：「在第一輪爆炸開始後的五分鐘，我率領十八名警員在庫柏上校一個連隊士兵的支援下趕到了案發現場。」

克拉倫斯道：「五分鐘就能趕赴現場，那只能說明你事先就等在了唐人街附近，對嗎？」

埃斯頓道：「是的，我在當夜凌晨一點差十分的時候得到了線報，立刻向庫柏團長提出了支援請求。」

克拉倫斯點了點頭，接著問道：「你確定是凌晨一點差十分嗎？」

埃斯頓道：「我當然能夠確定。」

克拉倫斯又追問了一句：「那麼，你向你的部下發出集合命令的時候，又是幾點鐘呢？」

埃斯頓答道：「我得到了線報後沒有耽擱，直接撥通了庫柏團長的電話，在得到了庫柏團長的肯定答覆後，我去了趟盥洗間，洗了個冷水臉，隨後便向警局的值班人員下達了命令，這個時間，應該在一點到一點零五分之間。」

克拉倫斯沉思了片刻，突然問道：「請問，你撥打的電話是庫柏團長辦公室的電話，還是庫柏團長所在團部的值班電話？」

埃斯頓不知是坑，他以為，克拉倫斯是沒有權利進入到軍營進行調查的，於是便底氣十足地回道：「是庫柏團長辦公室的電話！」回應過後，又覺得心中委屈，於是跟著懟上了一句：「辯方律師，我不認為你的問題和確定案情有什麼關聯！」

克拉倫斯深沉一笑，轉過身來，面向法官和陪審團微微欠身，開始了他的分析：

「埃斯頓局長是在一點差十分接到的線報，我們假設他一秒鐘都沒耽擱便撥打了庫柏團長的電話，而庫柏團長的辦公室或者是團指揮部，到庫柏團長的寢室，都要有至少十分鐘的路程，我不知道接電話的那位是誰，他用了幾分鐘的時間來到了庫柏團長的寢室，我也不知道庫柏團長睡覺的時候脫不脫衣服，接到部下的報告後會不會因為穿衣服而耽擱幾分鐘的時間，我只知道在這短暫的十五分鐘內，是完成不了值班人員先接電話，再彙報，然後等庫柏團長趕過來跟埃斯頓局長就案情展開討論這樣一個複雜但又極為必須的過程，除非，庫柏團長和埃斯頓局長一樣，就像是早已經預感到唐人街會有重案發生而守在了電話旁。」分析過後，克拉倫斯做出了一個無奈的動作，轉而對埃斯頓道：「埃斯頓局長，你能做出合理的解釋嗎？」

埃斯頓登時支吾起來。

那天夜裡，庫柏是於零時五十分打來的電話，而在這之前的一整晚，埃斯頓並未接到過其他電話，因而，埃斯頓只能將這個電話說成是接到了線報的電話。而他接完了庫柏的電話後，在辦公室裡只是愣了一兩分鐘的神，便去洗了個冷水臉，這並用不了多長的時間，因而，他也確實是在剛過凌晨一點鐘不到五分鐘的時候向值班員警下達的命令。

埃斯頓怎麼也想不到，就這麼一丁點的漏洞，居然被辯方律師給抓了個正著。

這便是一個優秀律師的高超之處——摳細節！專摳那些容易被人忽略了的細節！

克拉倫斯跟歐志明頗有緣分，算是歐志明的半個學生，而布雷森能夠和歐志明搭上關係，也要多虧了克拉倫斯從中牽線搭橋。克拉倫斯相信歐志明的人品，因而，他自然相信歐志明的門生不可能做出製造暴亂這種令人髮指的惡行。選擇了信任的克拉倫斯再跟董彪見面的時候，充分瞭解了董彪所能知道的每一個細節。

在跟董彪的交談中，董彪不經意的一句話，卻引起了克拉倫斯的警覺。董彪說，躲藏在院落中的那個殺手，看他出槍的姿勢，像是一名軍人。

殺手像是一名軍人，而庫柏又參與了行動，克拉倫斯便聯想到這個殺手很有可能是庫柏派出的。

假若殺手是庫柏派出，那麼，整個事件的策劃便極有可能是出自於庫柏之手。

也就是說，埃斯頓在這場所謂的圍剿暴亂分子的行動中只是一名幫兇，而主謀，則一定是庫柏無疑。

這和表面上看到的情況截然相反。

克拉倫斯憑藉著深厚的經驗和超強的邏輯推理能力，終於找到了埃斯頓和庫柏的串詞在時間節點可能會存在誤差的破綻。

看到埃斯頓支吾起來，庫柏急忙挺身而出，替埃斯頓圓場道：「非常巧合的是，那天晚上，我確實是守在辦公室中的。快到耶誕節了，做為聯邦軍隊，我們有義務在節日期間保證部隊所在地能過上一個祥和安寧的節日，所以，那幾天我都是在辦公室中堅持工作到深夜。」

克拉倫斯微微一笑，問道：「埃斯頓局長，你同意庫柏團長的解釋嗎？」

埃斯頓下意識地抹了下額頭上的冷汗，恢復了鎮定，道：「是的，我同意庫柏團長的解釋，事實上，是因為時間有些久遠，我的記憶出現了一些問題。」

克拉倫斯微笑點頭，道：「看得出，庫柏團長是一個敬業的軍人，可是，我不明白埃斯頓局長為什麼也會在相同的時間同樣守在了辦公室中呢？難道，你預感到了當夜會有重要線報的電話打給你嗎？」

埃斯頓剛過了一關，心情頗有些放鬆，於是，在面對這個問題上的回答顯得有些隨口：「同樣的原因，為了耶誕節，警察局應該更加辛苦才是。」

克拉倫斯微笑道：「那麼，你是不是也和庫柏團長一樣，連續數日在辦公室中堅守到了深夜呢？」

埃斯頓不敢說不是，假若他承認只有那麼一天守在辦公室的話，那將會給法官及陪審團帶來不好的猜疑，於是便朗聲應道：「是的！」

克拉倫斯點了點頭，聳了下肩，轉而對法官道：「我懇請法官閣下以法庭的名義，調查庫柏團長和埃斯頓局長的值班記錄。」

埃斯頓的支吾慌亂，庫柏的勉強生硬，都表明了這其中必有蹊蹺。

法官看得出來，陪審團成員亦能看得出來，就連觀審席上的公眾也能看得出來。控訴方座席上的埃斯頓和庫柏是在撒謊！

只是，這情節的反轉也忒迅速了些，讓他們都感到了有些無所適從。

象黨候選人臉色鐵青，他怎麼也想不明白，控訴方的埃斯頓局長和庫柏團長為什麼要在這種小問題上撒謊說假話。而坐在同一排另一側的布雷森則鬆了口氣，法官必然會同意取證庫柏和埃斯頓的值班記錄，如此一來，克拉倫斯便有了足夠的時間等著斯坦德到庭，而斯坦德一旦踏入了法庭，那麼，克拉倫斯便會毫不猶豫地打出自己手中的王牌。

當庭法官的心情猶如坐了趟過山車，此刻，他都有些迷糊了，不知道這案子還要撲朔迷離到什麼時候。但眼前辯方律師的請求還要答覆，而且，還得是必須同意，否則，便會有包庇控訴方的嫌疑。「本庭同意辯方律師的請求，請本庭法警立刻前去取證。現本庭宣佈休庭，開庭時間待定，休庭期內，控辯雙方必須於本庭指定區域內活動，不得與外界接觸。」

一聲槌響，法官面色凝重，率先退場。

跟著，便是那十二名或微笑，或蹙眉，或沉思，或茫然的陪審員魚貫而出。

觀審席上的公眾們也是各色心態，或三五一群，或獨自一人，或竊聲討論，或靜心思考，但方向，卻都是法庭之外的自由活動區域。

身為候選人，布雷森享有一個獨立的休息室，在那裡，可以抽支煙，也可以躺著小憩，或者是喝上一杯咖啡，甚至還有些糕點可以用來裹腹。進到了休息室中，亞當・布雷森將羅獵康利叫到了身旁，叮囑道：「再開庭的時候，估計斯坦德就會被帶到法庭上了，只要斯坦德一到，克拉倫斯便會向他們發起最後一擊，屆時，阿諾德署長也會出庭作證。康利，我知道你已經將諾力當做了朋友，而諾力更是把你看做了兄弟，在最後的關頭，我希望你能保持鎮定，配合克拉倫斯給他們致命一擊，讓他們就此失去自由！」

羅獵隨即拍了拍康利的肩，道：「相信我，康利，我一定會將你安全送出法庭，法庭外，安良堂的兄弟已經準備好了，他們會護送你離開金山並抵達邁阿密，在邁阿密，有一位叫羅布特的雪茄商會將你們父子送上駛往古巴的輪船，只要到了古巴，你們父子就算安全了。那邊會有人幫你們父子辦理新的身分證明，想留在當地就留下來，不想留的話，到哪兒去都沒問題，只要不再返回美利堅合眾國就行。」

康利道：「我當然相信你，諾力，還有布雷森先生，請你們放心，我是不會慌亂的，我一定能配合好克拉倫斯律師，給予他們致命一擊。不過，諾力，我還是想勸你放棄原來的計畫，我不怕坐牢，但我真的害怕失去你這樣一位朋友。」

布雷森用著和康利幾乎一樣的眼神看著羅獵，亦是希望羅獵能夠放棄他那鋌而走險的計畫。「諾力，康利的勸告是有道理的，我和克拉倫斯討論過，由他為康利辯護，很有希望將康利的判處降低到十年左右的監禁。」

羅獵搖了搖頭，堅定道：「我說過，這個問題不在討論範圍內。」

另一側的一間獨立休息室中，埃斯頓哭喪著臉面對著庫柏。

他們二人雖然藉故支開了那兩名警察局的律政助理，但仍舊擔心隔牆有耳，因此，也只能以手勢、表情及文字進行交流。

「我們跑吧！再不跑，就來不及了！」埃斯頓在沙發的扶手上邊寫邊比劃。

庫柏搖了搖頭。

埃斯頓長歎了一聲。

庫柏向埃斯頓招了招手，埃斯頓趕緊將耳朵靠了上去，庫柏低聲道：「我們已經犯了一個錯誤，不能再犯二個錯誤，只要我們今天離開這法庭，那麼，我們便會立刻成為一名在逃的通緝犯，而我們現在幾乎是身無分文，往哪兒逃？往哪兒跑？」

埃斯頓反過來附在庫柏耳邊悄聲道：「可是，我的值班記錄上卻只有那一天。」

庫柏點了點頭，再附回到埃斯頓的耳邊，低聲道：「那並不致命，埃斯頓，在開庭的時候，我會向法庭坦誠承認撒謊，之所以撒謊，無非是想保護我的線人，那名線人是安良堂的人，一旦身分曝光，就會遭致報復。我想，法官和陪審團是能夠理解我們的苦衷的。」

埃斯頓重燃希望，重重地點了點頭。

下午兩點整，法庭重新開庭，此時，法警已經取證歸來，而斯坦德也已經被帶至法庭外等候傳喚。

法官的法槌剛一落下，不等物證員出示取證來的那兩份值班記錄，庫柏便起身要求發言，也不等法官是否同意，庫柏便迫不及待地開口說道：「法官閣下，各位陪審員，我承認，我在法庭上撒了謊。事發那天，線人是和我取得聯繫的，在得知唐人街即將要發生一起暴亂事件時，我通知了埃斯頓局長，然後連同一起趕赴了唐人街。」

法庭上下，少不了的又是一陣哄亂。

「肅靜！肅靜！」法官的法槌再次敲響，待稍稍安靜後，法官問道：「庫柏團長，你可知道在法庭上撒謊意味著什麼嗎？」

庫柏沉穩道：「回稟法官閣下，我知道，在法庭上撒謊當以偽證罪判處。但是，法官閣下，各位陪審員，我之所以要夥同埃斯頓向法庭撒謊，只是想保護我的線人。向我通報資訊的是一名華人，而且，就在安良堂之中，一旦曝光，他的生命安全將受到嚴重威脅。這名線人很早就覺察到了安良堂的暴亂企圖，所以，我便提前跟埃斯頓局長通了氣，讓他在那些天裡守在辦公室中，隨時等待進一步的消息。」

法官微微頷首，道：「辯方律師，對控訴方的發言，你有什麼疑問嗎？」

克拉倫斯就像是沒睡醒一般，坐在座位上，仍舊微閉著雙眼。聽到了法官的問話，緩緩睜開眼來，道：「疑問有好多，但我想等到庫柏團長解釋完了才好提問。」

法官轉向了庫柏，道：「控訴方，你還有什麼需要補充的嗎？」

庫柏搖了搖頭，道：「我在等著辯方律師的發問。」

克拉倫斯揉了揉雙眼，站了起來，微微一笑，道：「同樣都是線人，為什麼說是埃斯頓局長的就會安全，但說成是你庫柏團長的，就不安全了呢？」

庫柏沉穩應道：「向警察局舉報屬於正常管道，但通過我，一定會引起安良堂殘孽的警覺。」

克拉倫斯露出了邪魅一笑，忽道：「你的這位線人叫連甲川，對嗎？」

庫柏猛然一驚，下意識回道：「你怎麼知道？」

克拉倫斯的笑容更加邪魅，微傾著眼神，盯著庫柏，道：「你肯定想不到，是卡爾斯托克頓警司告訴我的，庫柏，卡爾警司在告訴我這條消息的時候，身旁還有安良堂的一個叫小鞍子的小夥子。」

庫柏突然笑開了，清了下嗓子，沉聲回道：「我的線人確實叫連甲川，至於你說的卡爾警司和什麼小鞍子，我並不認識。」

克拉倫斯笑道：「不著急，庫柏團長，用不了多久，你就會認識他們的。」轉而再對法官道：「法官閣下，現在我申請斯坦德准將到庭接受詢問。」

庫柏對撒謊理由的解釋似乎是合情合理，但看辯方律師的表情，似乎這其中還有更大的秘密。在跟陪審團做過眼神交流後，法官同意了克拉倫斯的請求，令法警將斯坦德帶到法庭上來。

當法警帶著法庭手續來到軍港找到斯坦德的時候，這貨就有了慌亂心情，但事已至此，卻只能是硬著頭皮撐下去，因而，一路上斯坦德一言不發表情嚴肅，直到走上的法庭，都不帶旁視一眼，將一名准將的威嚴演示到了極盡。

看到那三人均已到了公眾的視線中，克拉倫斯借著環視觀審席的機會跟布雷森交換了一下眼神。布雷森暗自點了點頭，示意克拉倫斯可以開始他的表演了。

「揭開此案的真相還少不了另外一人。」克拉倫斯轉過身來，面向法官，朗聲道：「此人便是聯邦緝毒署署長，阿諾德先生！」

阿諾德花了一百美金，從一名抽到了觀審資格的市民手中交換到了一張觀審席的座位票，此刻，聽到了克拉倫斯的召喚，立刻站起身來，信步走到了審議庭前，並向法警遞交了身分證件。

法警驗過證件，不敢怠慢，連忙將證件遞交給了當庭法官。

而此時，埃斯頓的面色已經煞白，斯坦德也忍不住不停地擦拭著額頭上的汗珠。

庫柏心中同樣慌亂，但仍舊強作鎮定，抗議道：「控訴方反對！法官閣下，本庭審理的是安良堂意欲製造暴亂一案，跟聯邦緝毒署毫無關聯。」

克拉倫斯回敬道：「法官閣下，我有充分的證據證明，埃斯頓、庫柏以及斯坦德三人聯手實施了一起駭人聽聞的鴉片走私案，而正是因為他們在實施此案的過程中受到了安良堂的阻擾，因而聯合這起鴉片走私案的買家，對安良堂的湯姆曹和傑克董展開了報復，意欲滅除安良堂，這才製造了本庭正在審理的所謂製造暴亂罪的案件！」

此話一出，整個法庭全都是嘈雜之聲，就連陪審團也忍不住交頭接耳起來。

法官一連敲了五下法槌，喊了五聲肅靜，才勉強將嘈雜聲壓制了下來。

從情感上講，法官也好，陪審團也罷，都有著對控訴一方的傾斜，畢竟，控訴方才代表了美利堅合眾國的主流社會，而被控訴一方則是令人不齒的最下等的黃種人。

但是，這畢竟是一場引發了全市甚至是全州公民關注的案件，同時還是兩位州長競選人共同出席聽審的一場案件，當庭法官那敢有絲毫怠慢，連忙宣佈休庭，他需要和陪審團共同商議，即便出了什麼差池，那麼責任也要讓陪審團和他共同承擔。

美利堅合眾國的陪審團制度起源於大英帝國，又不同於大英帝國，在陪審團的組成方式上，美利堅合眾國繼承了大英帝國的體制，但是在法庭的作用上，美利堅合眾國的陪審團只負責裁定案件事實，至於該如何掌控法庭，如何將陪審團的裁定適用法律，那卻是法官的職責。因而，商討了十五分鐘後，卻依舊只能由當庭法官來定奪該不該將本案擴展開來。

不過，通過這十五分鐘的休庭討論時間，當庭法官也算是冷靜地將問題想了個明白。

公眾是肯定想要看到事件真相的，若是拒絕聯邦緝毒署的阿諾德署長入庭，不單有可能遭到聯邦緝毒署的控訴，更是要惹發了廣大民眾們的憤慨。

得出了這樣的結論，那麼，再次開庭後，法官的選擇也就沒那麼艱難了。

「本庭裁定阿諾德署長有權力參與到本案的審理中來！」法官敲響了法槌，做出了裁決：「辯方律師，請開始你的陳述。」

克拉倫斯將阿諾德署長請到了辯方席位上，然後環視法庭一圈，開口說道：「三個月前，警察局的卡爾斯托克頓警司在安良堂湯姆曹先生和傑克董先生的協助下，查獲了一批鴉片，這批鴉片的總數量足有兩百噸之多。埃斯頓局長，庫柏團長，你們不會忘記此案吧，當時正是卡爾警司通過埃斯頓局長向庫柏團長申請到了軍隊的協助，在那一戰中，庫柏團長的士兵們一共擊斃了來自於紐約的鴉片走私犯六十餘人。」

埃斯頓已是面若死灰，而斯坦德已是微微發抖，強作鎮定的庫柏雖然尚能鎮定地點了點頭，但心中早已是慌作了一團。

「但是，那批被查獲的多達兩百噸的鴉片卻被人調了包，警察局並未將此案上報給聯邦緝毒署，而是擅自做出了銷毀的決定，只是，當眾銷毀的只是一批冒充品，而真正的鴉片卻被埃斯頓局長夥同庫柏，斯坦德二人轉移到了一個秘密的地方。」克拉倫斯說著，將視線投向了那三人的方向，道：「我知道你們會恐嚇我說，當庭誣告聯邦軍人，尤其是兩位扛著上校或是准將軍銜的軍官，該當何罪？我是一名律師，我當然知道誣告軍人的罪責，但是，請你們讓我把事實闡述完畢。」

克拉倫斯轉向了阿諾德，接道：「卡爾斯托克頓警司察覺到了問題，向安良堂的湯姆和傑克做出了求助，同時還向聯邦緝毒署郵寄了檢舉信，阿諾德署長，我懇請你向本庭法官出示卡爾警司的那封檢舉信。」

阿諾德打開了公事包，拿出了從紐約出發時便已經從檔案中找出來的卡爾斯托克頓寄來的那封檢舉信。起身宣誓道：「我代表聯邦緝毒署向神聖的美利堅合眾國法律宣誓，向莊嚴的金山法庭宣誓，我提交的證據是真實的，可靠的。」言罷，雙手捧著那封信，交到了法官面前。

克拉倫斯接道：「埃斯頓局長發現卡爾警司知曉了秘密，便求助於庫柏，庫柏派出了他的部下，也就是潛伏到傑克董的情婦家中的那名殺手，在湯姆曹的一處秘密山莊中找到了卡爾斯托克頓，並處決了他。也正是在那場行動中，庫柏團長的那位殺手部下將安良堂的連甲川收做了庫柏團長的線人，並處決了不聽話的另一名小夥子，小鞍子。」

埃斯頓觸底反彈，怒不可遏地吼道：「你撒謊，你胡說！」

法官粗略地看完了卡爾斯托克頓的檢舉信，正聽著克拉倫斯講述精彩故事而著迷，卻被埃斯頓突然打斷，於是便下意識地阻止道：「控訴方，請你注意自己的言行，辯方律師，請繼續。」

克拉倫斯長吁了一聲，搖了搖頭，道：「庫柏團長的那位殺手部下對湯姆和傑克的第一次刺殺卻失敗了，好在湯姆和傑克的注意力並不在那兩百噸鴉片的去向上，而在剩下的一千八百噸鴉片上，在座的各位，可能你們其中有人參與過那一場盪氣迴腸的全民銷煙運動吧？」

做為金山市民，即便沒有參與此事，卻也是相當知悉，當下，觀審席中頓時傳出了共鳴的聲音。

克拉倫斯雙手下壓，代替法官平息了法庭上的嘈雜，接道：「而埃斯頓、庫柏及斯坦德三人正是利用這樣的空檔，聯繫上了紐約的鴉片走私商鮑爾默父子，在收購了埃斯頓、庫柏及斯坦德調包偷來的兩百噸鴉片後，向他們提出了幹掉湯姆曹和傑克董的交易要求，並願意為此支付高達四十二萬美元的報酬。此三人利慾薰心，決定接受紐約鮑爾默的交易要求，庫柏為此設下了毒計，先以他的那名殺手部下為誘餌，引得傑克董帶領了三十名手下埋伏在唐人街，並將庫柏團長派去的那名殺手圍在了那處院落中。」

克拉倫斯說到這兒，做了個短暫的停頓，深呼吸了兩下，轉身先對著陪審團，然後又對著觀審席，做了兩次注目禮，接道：「女士們，先生們，在面對一名職業軍人轉變成的殺手的時候，該如何應對才是最為明智的呢？難道是毫不反抗任由殺手屠戮嗎？在這裡，我不想去論述安良堂存有殺傷力極大的手雷是否合法，我只想說，幸虧他們有著這些手雷才能以最小的代價擊斃了這名殺手。但可惜的是，那名殺手只不過是庫柏團長的一個誘餌，他夥同了埃斯頓局長率領軍警人員隨即趕到，對那些剛剛解決了殺手威脅尚未來得及歡呼的安良堂成員展開了屠殺。」

克拉倫斯說到了此處，輕閉了雙眼，做了下深呼吸，平復了胸中的憤慨，恢復了平靜的口吻，接道：「女士們，先生們，神聖的美利堅合眾國憲法規定，人民持有和攜帶武器的權力不得侵犯，當政府用槍對準了人民的時候，人民有權力拿起手中的武器進行反抗。女士們，先生們，這就是事件的真相。正如布雷森先生所演講，勤勞善良的華人勞工為金山的建設做出了卓越的貢獻，他們任勞任怨，拿著最微薄的薪水，卻承擔了最苦最累的工作，沒有他們，金山那麼多的礦場如何開採？沒有他們，金山的鐵路將何時開通？沒有他們，金山的下水道能不能保持通暢？沒有他們，金山何來今日的繁榮和偉大？女士們，先生們，到了該給這個善良、勇敢、勤勞的族群一個合理交代的時候了，要承認他們，和全世界其他民族一樣，華人同樣是一個偉大的民族！」

克拉倫斯振聾發聵的聲音迴盪在法庭之中，先是出奇的安靜，片刻後，布雷森率先鼓起了掌來，一瞬間，眾人受到感染，掌聲登時雷動。

法官難得沒有拿起他的法槌，他知道，這種狀況下，即便敲斷了他的法槌，也難以讓法庭恢復安靜。陪審團中，也有人跟著鼓掌，但拍了兩下，卻突然發現不怎麼合適，剛想停下來的時候，身旁的陪審員卻鼓起了掌來。

最為尷尬的則是象黨的候選人，鼓掌也不是，不鼓掌也不是。

布雷森不由得向象黨那邊投去了意味深長的一瞥。

帶著手銬站在被審席上從頭到尾均是一動不動的曹濱再也忍不住了，同時也是再也堅持不住了，就在他紅了眼眶，就要流下兩行熱淚的時候，眼前卻突然一黑，仰面倒下。

法官只得宣佈再次進入休庭狀態。

只是，這一次休庭，陪審團的人卻是一動不動，觀審席上的民眾們也是一動不動，他們不希望看到曹濱倒在曙光已然出現的這一刻。

控訴方席位上的埃斯頓、庫柏以及證人席上的斯坦德亦是一動不動，困獸猶鬥，他們要利用這短暫的時間理清楚思維，絕不肯束手就擒。

法官已經走到了法庭門口，卻覺察到了異樣，尷尬地站住了幾秒鐘，還是識時務地回到了法官坐席上。

看押曹濱的法警並不懂醫學，但好在經驗尚且豐富，及時判斷出曹濱可能是因低血糖而導致暈厥，不等有人下令，便去了法庭外的休息室中取來了水、調味咖啡的方糖、還有兩塊糕點。先掰開了曹濱的嘴巴，放進了方糖，再餵了些水，沒過多會，那曹濱便幽幽醒來。

「我沒事，請扶我起來。」曹濱在兩名法警的攙扶下重新站了起來，法庭中，再次爆發了一陣掌聲。

整個過程中，羅獵紋絲不動，彷彿入定了一般。

他不是不想動，就在曹濱倒下的一瞬間，他便想撲過去扶住曹濱。但羅獵卻克制住了，他不能在這個時候冒出頭來，否則的話，他最終的計畫必然會受到影響。另外，他堅信曹濱終將能夠再次站起來。

法警早已經被克拉倫斯剛才的演講所感動，未經法官允許便搬了把椅子讓曹濱坐了下來，並把剛拿來的兩塊糕點放在了曹濱的手上。面對這一切，那法官選擇了最明智的做法，視而不見，等同默許。

待法庭中稍稍安靜了一些，法官再次敲響了手中的法槌，宣佈再次開庭。「控訴方，面對辯方律師的控訴，你有什麼要解釋的嗎？」

埃斯頓惡狠狠應道：「證據！證據！請問，辯方律師有什麼證據？」

跟在了埃斯頓之後，庫柏站起身來，步出了控訴方席位，沉聲道：「辯方律師果然是一副好口才，居然能編造出這麼精彩的故事，就連我這位被誣告的當事人也是聽得十分入迷。可是，編造的故事畢竟是虛構的，我懇請法官閣下，立刻讓辯方律師拿出真憑實據，否則，我方將控訴他誣告軍人罪！」

克拉倫斯聳了下肩，對著阿諾德微微一笑，道：「署長先生，到了你出馬的時候了。」

阿諾德緩緩起身，來到了法庭中央，道：「法官閣下，我可以證明辯方律師所陳述內容基本屬實。三個月前，卡爾斯托克頓警司在庫柏團一個連的配合下，擊斃了紐約最大鴉片走私犯比爾·萊恩的六十餘名部下，聯邦緝毒署已經找到了那六十餘屍首的埋葬處，雖然屍首已經腐爛，但在其中個別屍首的身上，還是發現了能夠證明這夥人身分的證據。」阿諾德踱回辯方席，從公事包中取出了幾樣物什，轉身交給了法官。「剛才辯方律師提到的鮑爾默父子，正是比爾·萊恩的合作夥伴，我們雖然至今尚未掌握鮑爾默父子走私鴉片的犯罪證據，但是，我們卻有幸請到了鮑爾默父子中的小鮑爾默先生。康利，請你走上法庭。」

康利深吸了口氣，緩緩起身，揭去了臉上的面具和頭上的假髮，走上前，向法警遞交了身分證明，在法警和法官均驗明了身分後，康利來到了曹濱的身邊，微笑道：「湯姆，對不起，我答應你的事情沒能做得到。」

曹濱點了點頭，道：「你能來，我很感動。」

康利微微搖頭，輕歎了一聲，轉身去到了證人席上。「我發誓，我說的每一句話都是真實可靠的，我將對法庭盡我所知，毫無隱瞞。」

但見康利出庭作證，觸底反彈的埃斯頓再次跌到了谷底，一張老臉已然成了死灰色，而斯坦德更是誇張，直接癱倒在了地上，即便是堅強如庫柏，卻也是不住歎息。

「是斯坦德將軍主動聯繫到我父親的，在他們達成了初步交易意向的時候我參與了進來。我父親初起提出的交易方案是將幹掉湯姆和傑克做為交易的附加條件，但我參與進來後，對此做出了調整建議……」康利很沉穩，語速不快，吐字清晰，將他參與的整個過程陳述了一遍，最後道：「我有攝影拍照的習慣，這些照片，便是我參與到我父親和埃斯頓、庫柏及斯坦德三人交易的證據。」

聽到了照片二字，庫柏最後的心理防線也崩潰了，直接癱倒在了椅子上。

阿諾德署長再從公事包中拿出一份早已準備好了的公函，呈交給了法官，並請求道：「埃斯頓、庫柏及斯坦德三人犯有偷盜鴉片罪及販賣鴉片罪，罪行屬實，證據確鑿，現懇請法官批准，將此三人移交至聯邦緝毒署。」

這是聯邦緝毒署的權力，當康利沖洗出了那些照片的時候，阿諾德署長便有足夠的權力拘捕那三人，只不過，聯邦緝毒署在金山的勢力尚且薄弱，直接動手恐怕會出現意外，而且，最為核心的布雷森需要把事情鬧得更加轟動一些，故而，阿諾德才會選擇在法庭上動手，將那三人拘捕至聯邦緝毒署的手中。

克拉倫斯跟道：「法官閣下，各位陪審員閣下，埃斯頓、庫柏及斯坦德三人犯罪事實清晰，犯罪證據確鑿，他們為了掩蓋自己的罪行，勾結不法商販，陷害安良堂湯姆曹先生、傑克董先生，玷污了神聖的美利堅合眾國法律，玷污了他們身上穿著的警服軍裝，辯方律師懇請當庭法官及陪審團做出公正裁決。還無辜者一個清白，令犯罪者受到嚴厲懲處。」

法官拿到了阿諾德遞交上來的公函，他知道，他無權拒絕這份公函提出的要求，但他同樣明白，他也無權將法庭上的控訴方三人移交出法庭之外。這本就是一起非常特殊的庭審，這之前，從未有過相同案例，這之後，相信也很難再有重複。

裁定案件事實應是陪審團的職責，按照正常流程，此刻法官閣下只需要宣佈休庭，然後等陪審團拿出裁定意見，再由法官宣判該如何適用法律，若是無罪，那便當庭釋放，若是有罪，那就給予相應的判處。問題是，辯護方和聯邦緝毒署提出的反控訴該如何處理呢？沒有先例啊！若是仍舊按照正常流程進行的話，萬一那被反控訴的三人趁機逃跑了，這責任誰來擔當呢？公眾會不會認為自己在偏袒那三人，有意在給他們創造逃走機會呢？

也虧得法官經驗老到，眉頭微皺，計策便湧上心頭，既然是特例，那就特辦。

「請法警封鎖法庭，加派警力維持法庭秩序。」法官略一沉吟，接道：「請陪審團退庭合議，對本案做出裁定，並將裁定結果呈交本庭。」

那位法官閣下也是聰明，採取了暫停審理的方式，而不是休庭的處理。

十二名陪審團成員魚貫而出，數十名法警同時湧入，封鎖了法庭的各個出口，便端著槍沿著法庭的邊站了整整一圈。那法官依舊端坐在原來的位子上一動不動，面無表情，和相距二十米左右的觀審席上的羅獵遙相呼應，羅獵亦是面無表情，一動不動。即便是身旁的布雷森想同他竊語兩句，他也是毫無回應。

半個小時後，陪審團成員返回到了法庭上，他們中的一名被臨時推舉出來的代表則來到了法官席前，將書面的十二名陪審員均簽了字的裁定書遞交給了法官。

那法官仔細看過之後，長出了口氣，清了下嗓子，敲響了手中的法槌。「肅靜！」法官調整了一下坐姿，顯得更加威嚴：「本庭現在宣判……」

偌大一間法庭頓時安靜地只剩下了眾人的呼吸聲。

「控訴方控訴安良堂湯姆曹犯有教唆、組織、製造暴亂的罪名，事實不清，證據不足，其罪名不能成立，本庭宣佈無罪釋放。」伴隨法官剛落地的話音，法庭中登時爆發出了一陣雷鳴掌聲。法官也是不願違拗民意，等了片刻，待掌聲稍歇，這才敲響了法槌，接道：「請保持法庭安靜……本庭控訴方埃斯頓、庫柏、斯坦德三人被反控犯有盜竊並販賣鴉片罪、故意殺人罪、濫用職權罪等多項罪名，事實清晰，證據確鑿，本庭接受聯邦緝毒署請求，將埃斯頓、庫柏、斯坦德等三人連同本庭證人犯有販賣鴉片罪的康利・鮑爾默一同轉交聯邦緝毒署進一步調查審訊。判決立時生效！」

早已做好準備的聯邦緝毒署探員和警員立刻來到法庭，準備扣押那三人及康利。

便在這時，觀審席中突然傳出一聲：「且慢！」

隨著那聲音，一條身影拔身而起，從前面觀眾的頭頂飛了過去。

羅獵早已經離開了布雷森的身邊，揭下了吳厚頓製作的人皮面具，去除了頭上的假髮，恢復了他本來的面貌，並藉助人們的注意力全都集中在了法庭上法官的宣判，藏身於觀審席的一個角落。

一聲暴喝的同時，羅獵拔身飛起，踩著前面觀眾的頭頂，躍到審判區域中，並在與法警的身形交錯之時，順手拔出法警腰間的配槍，以迅雷之勢，翻身躍上了法官的審判席台，落在了法官的身旁，手中的槍口已然抵住了法官的腦門。

最先有所反應的是曹濱。「羅獵，不可！」曹濱驚呼一聲，想上前制止，卻被身旁的兩名法警死死摁住。

正伸著雙手等著緝毒署警員為他戴上手銬的康利向著羅獵投來了欽佩的一眼，而其身旁，孤零零站著已經做好了被羅獵挾持的阿諾德署長則驚呆在了原地。

法警迅速上前，數條長短槍口對向了法官及其身後的羅獵。

「都退後，我不想傷到了法官閣下。」羅獵冷冷令道：「但你們這種反應，卻讓我很難控制住手中的槍械。」

法警們聞言，只得乖乖後退。

「法官閣下，實在抱歉，證人康利・鮑爾默原本是可以逍遙法外的，但他為了幫助我，甘願認罪並提供證據，我答應過他，絕不讓他陷入牢獄之災。」羅獵換了個姿勢，用左臂勒住了法官的脖子，右手握槍，槍口抵在了法官的右側太陽穴上。「所以，我懇請你，放了康利，讓他安全走出法庭。」

面對如此突發狀況，那法官倒是沒有慌亂，平靜回應道：「你可知道，當庭挾持法官應當判處什麼刑罰麼？」

羅獵淡定道：「我知道，我將會被送上絞刑架。」

法官道：「現在我可以給你一個機會，放下槍，向法庭懺悔你的衝動，我可以保證你能活下來。」

羅獵冷哼一聲，道：「法官閣下，你太天真了，我既然敢衝上來用槍抵住了你的頭，就沒打算能僥倖活下去。對你來說，現在只有兩條路，一是按我說的去做，然後親自將我送上絞刑架，二是和我死扛下去，然後陪我一塊去見上帝。」

法官深吸了口氣，緩緩吐出，猶豫了片刻，以只有他們二人才能聽得到的聲音說道：「好吧，我選擇第一項。但是，我必須要維護法庭的尊嚴，不能輕易屈從於你，所以，你還要徵求法庭上其他重要人員的意見。」

便在這時，亞當・布雷森站了起來，走到了法官羅獵的面前，勸道：「我認識你，你是安良堂湯姆曹的手下，名叫諾力，是嗎？」

羅獵冷笑應道：「我認識你，布雷森先生，但此事與你無關，請暫且退後。」

布雷森聳了下肩，很無奈，很悻然，但卻只能後退。

羅獵再衝向了阿諾德，令道：「阿諾德署長，我命令你立刻放了康利·鮑爾默，並保證他安全離開法庭，不然我保證你能親眼看到法官閣下橫屍於你的眼前！」

阿諾德半舉半攤著雙手，道：「冷靜，年輕人，你需要冷靜，沒有人會拒絕你的要求，但你必須保證法官閣下的安全。」

羅獵陰沉著臉，喝道：「法官閣下能否安全，那就要看你的行動了。」

阿諾德搖著頭歎息了一聲，並轉向了康利面前的兩名緝毒署警員，命令道：「放開他，並將他送出法庭！」

被審席上，曹濱輕歎了一聲，緩緩地閉上了雙眼。

康利被緝毒署的兩名警員送出了法庭，阿諾德再將目光轉向了法官身後的羅獵，以一種帶著明顯責備口吻的語音道：「現在，你可以放開法官了嗎？或者，由我來替代法官閣下，做你手上的人質。」

羅獵聽懂了阿諾德的話外之意，此刻，若是換做了阿諾德做為人質，那麼，他便可以配合羅獵跟隨在康利之後，一起逃出法庭。雖然終究會落下一個畏罪潛逃的罪名，並將遭到全國範圍內的通緝，但畢竟可以免去了送上絞刑架的悲慘結局。

「用不著你來教我怎麼做，我說過，我並不想傷害到法官閣下，我只想讓我的朋友能夠重新獲得自由。」看到康利被順利送出，羅獵稍稍放鬆了一些，但這只是第一步，出了法庭並不代表之後便可以一路順風。「但是，如果你們在暗中繼續跟蹤康利的話，我仍舊是不能放過法官閣下。」

阿諾德隨即向法庭法警的頭目道：「康利・鮑爾默已經移交到聯邦緝毒署，該如何處理，應由我全權負責。現在我要求，為了保證法官閣下的生命安全，請你下令，放棄對康利・鮑爾默的任何執法行為。」

也就是說，阿諾德要求金山當地警方要眼睜睜看著康利逃走而不得採取任何堵截尾追等行動。這種要求顯然有些過分，且並不符合阿諾德的許可權，但是，在眼下這種局面，卻沒有人敢違背阿諾德的要求，否則法官閣下有個三長兩短，誰也擔負不起這份責任。法庭法警的負責人愣了片刻，最終接受了阿諾德的要求，當庭簽署了法庭法警執行令，並安排部下協調金山警察局，放棄對逃犯康利・鮑爾默的追擊權力。

阿諾德隨即向羅獵道：「現在，你可以答應我的要求了嗎？」

羅獵露出了滿意的笑容，卻是搖了搖頭，道：「阿諾德署長，在金山，法官閣下的地位要比你高，只有將槍口抵在法官閣下的頭上，我的要求才能得到充分滿足，這一點，我很清楚，所以，你就放棄你的想法吧。等到康利發來了安全信號，我一定會放了法官閣下的。」

阿諾德哼笑道：「我不明白，康利已經離開了，又怎麼能向你發出信號呢？莫非，你還有同夥不成？」

羅獵搖了搖頭，道：「我說過，這是我的個人行為，跟其他人沒有絲毫關聯，至於康利如何向我傳遞安全信號，那很簡單，通過這扇窗戶，當看到遠處騰起了一股濃煙之時，就說明康利已經安全了。」

阿諾德聳了下肩，道：「那好吧，那就讓我們拭目以待吧！」

在美利堅合眾國，法官地位顯赫，而當庭挾持法官又是破天荒的頭一遭，迫於對法官安全的顧忌以及對自己所擔負責任的擔心，法庭上所有人均保持了緘默，對阿諾德的建議自然是毫無異議。

十五分鐘後，窗外遠處，騰起了一股黑煙。

羅獵鬆開了挾持在法官脖子上的臂膀，輕聲道：「法官閣下，謝謝你，不過，我卻要食言了。」就在法官不免一愣的時候，羅獵將槍口從法官的頭顱上移開，抵住了自己的太陽穴：「我不能被你送上絞刑架，沒有人可以處死我！」

曹濱猛然睜開眼來，兩道精爍目光射向了羅獵，喝道：「難道，你就沒什麼話要對我說嗎？」

羅獵露出了滿足的笑容，回道：「濱哥，你已經被判無罪了，彪哥也不用再躲躲藏藏了，安良堂的清白得之不易，不能夠因為我一個人的行為再讓它蒙受污點，我不想被絞死在絞刑架上，那太痛苦了，濱哥，你就讓我痛痛快快地走了吧。」

曹濱斥道：「你以為濱哥不知道你的真實想法嗎？濱哥能做到的，你為什麼做不到？羅獵，你知道你這樣做是什麼性質嗎？是懦夫之為！」

羅獵淒苦笑道：「橫豎都是一死，又何必在乎別人的看法呢？我只是求個痛快，這跟怯懦勇敢扯不上什麼關係。」

那法官被鬆開後卻沒有離去，此時轉過身來，看著羅獵，誠懇道：「做錯了事，就要勇於承擔責任，不管你有什麼樣的理由，開槍自殺，便是在逃避責任，只有懦夫才會那樣去做。」

曹濱跟道：「安良堂從未有過逃避現實不敢承擔的兄弟，羅獵，你這是要做第一人嗎？」

當羅獵舉起槍抵住了自己腦門的時候，腦海中不禁浮現出了艾莉絲的身影，在羅獵的心中，另有一個屬於自己的聲音在呼喚著，艾莉絲，我來了，今生今世，我們再也不會分開了。

可是，艾莉絲並沒有回應。

直到，曹濱的質問聲響起的時候，腦海中艾莉絲才緩緩轉過身來，面容卻是寒若冰霜：「諾力，你答應過我的，要好好活下去，你不能食言，不能欺騙我，不然的話，我永遠都不會理你。」

心中那個屬於自己的另外一個聲音回應道：「艾莉絲，我並不是食言，我只是不想被絞死。」

艾莉絲冷冷回道：「你撒謊！濱哥說得對，你就是一個懦夫！」

心中那聲音爭辯道：「我不是，艾莉絲，你聽我解釋……」

可是，腦海中的艾莉絲卻憤然離去，只留下了一個模糊的背影和一個迴盪在耳邊的話音：「濱哥選擇了信任你，你若不是一個懦夫的話，就應當選擇信任濱哥。」

羅獵長歎一聲，緩緩地垂下了槍口，將手槍交還給了面前的法官。

象黨候選團隊在危機處理上的作為相當優異，基本上保護了候選人沒有遭受到有關種族歧視一類的抨擊，但是，受到此案牽連影響，其支持率還是出現了大幅度的下滑。十八天後，加利福尼亞州的州長競選正式投票，一天後，競選結果公佈，亞當・布雷森以較大優勢完勝對手。

而此時，羅獵在監獄中度過了第十九個夜晚。

第八章

最為虔誠的教徒

董彪的腿傷尚未痊癒，但他仍舊堅持起身，
在呂堯攙扶下站起後，為西蒙神父斟滿酒杯，雙手端起，
敬到了西蒙神父的面前：「西蒙神父，啥也不說了，
從今天開始，我董彪信主了，發誓要做一名最為虔誠的教徒。」

十九天裡，曹濱每一天都會來探視羅獵，每次來，克拉倫斯都會陪同在曹濱身旁。這是布雷森的安排，克拉倫斯將擔任羅獵的首席辯護律師，而曹濱則是克拉倫斯的助手。曹濱的身體底子厚實，雖然被埃斯頓殘虐到了不行，但他畢竟撐了下來，被當庭釋放後，安東尼醫生為曹濱做了細緻的檢查，並給予了最為合理的治療方案。因而，每一天，前來探視羅獵的曹濱，狀態都會比前一天要好許多。

第二十天的下午，曹濱和克拉倫斯準時來到了監獄，身後還跟著一個坐著輪椅的傢伙，推輪椅的呂堯似乎對輪椅上的那傢伙很是不滿，幾次抬手想教訓那傢伙，可又始終下不去手。

羅獵的心情看上去也很不錯，尤其是見到了那個坐在輪椅上的傢伙，臉上更是露出了燦爛的笑容。「彪哥，你不待在堂口好好養傷，跑這兒來幹嘛呢？」

呂堯也是滿嘴的抱怨，接話道：「就是嘛！濱哥過來那是要說正事，要商談庭審辯護，你說你個死瘸子跑來湊什麼熱鬧呢？」

董彪呲牙笑道：「聽說羅大少爺要上絞刑架了，咱這當哥哥的能不過來瞅上一眼麼？瞅一眼少一眼呀，對不？羅大少爺？」

呂堯終於忍不住了，從後面照著董彪後腦勺給了一巴掌：「讓你臭嘴！打歪你個腦袋，剛好跟瘸腿搭配。」

曹濱微笑著對羅獵道：「死瘸子喝了你帶給他的酒，哭得跟個什麼似的，我跟他做了二十幾年的兄弟，從來沒見過他能哭成那副熊樣。」

董彪厚著臉皮道：「濱哥你不講良心啊，你裝死那回，我不也是大哭了嗎？」

曹濱撇嘴笑道：「光打雷不下雨，那能跟你這次光下雨不打雷相比嗎？」

董彪狡辯道：「那不是因為酒好喝嘛！下回你再裝死，旁邊放瓶好酒，我也給你來一場只下雨不打雷的哭，這總行了吧？」

呂堯再給了董彪一巴掌，道：「你就不能歇一會嗎？時間不多，先讓濱哥說正事。」

曹濱沒有開口，而是看了眼身旁的克拉倫斯。

克拉倫斯能聽得懂幾句簡單的華語，但對這種插科打諢的華語卻只能是乾聽瞎琢磨，不過，單從那幾人的表情也能猜得到，不過是些兄弟間的玩笑話。但當曹濱將目光投向了他且另外幾人突然安靜下來的時候，克拉倫斯意識到，該是他跟羅獵商討案情的時候了。

「法律是為了維護公民的正當權益制定出來的，因而，法庭的判罰必將考慮民意，現在，聯合簽名為你求情的活動已經達到了高潮，每天都會新增幾千人，而簽名總數超過了五萬人，這還不包括華人群體的血手印。」克拉倫斯顯得很是自信，先前那一案已經將他的律師生涯推上了頂峰，若是再能為羅獵爭得免除絞刑的判罰，那麼他一定會在律師界中留下光輝的一頁篇章。「另外，還有個非常棒的消息要告訴你，

被你挾持的那名法官也已經參與到了對你的聲援活動中，就在今天上午，他親自去了現場，並簽下了他的名字。」

這絕對是個好消息。這就說明，羅獵已經獲得了當事人的原諒，而當事人在庭審中的態度將至關重要，若是他能出庭求情的話，一定能夠打動了審理此案的法官，在罪行裁定基本無異議的情況下，而在適用法律方面將會做出一定的寬恕。

正因如此，克拉倫斯做出了羅獵必然不會被送上絞刑架的判斷。也正因如此，那董彪才吵著嚷著要來見羅獵，並肆無忌憚地跟羅獵開玩笑。

可是，羅獵聽到了這樣的喜訊，臉上卻沒有一絲驚喜的神色，仍舊是剛才的那副微笑表情。「謝謝你，克拉倫斯，為了我的事情，讓你辛苦了。」

曹濱看出羅獵情緒不高，連忙安撫道：「這只是咱們的第一步，先活下來，留得青山在，不怕沒柴燒，布雷森先生也承諾過，會想盡一切辦法幫助你，克拉倫斯律師也會尋求援助，我們會尋找一切能為你求得減刑的機會，」

羅獵淡淡笑道：「那都不重要，濱哥，上絞刑架也好，把牢底坐穿也好，我都能接受，我唯一希望的就是能參加你和彪哥的結婚典禮。」

曹濱登時淚目。

而董彪則搓了幾下雙眼，嚷道：「你個臭小子不帶這樣玩的，說好了大家一起笑的，不能你自己……」董彪開口的時候還帶著笑，可說著說著，喉頭一堵，話音哽住，兩行熱淚不爭氣地流了下來。

對曹濱、董彪來講，羅獵比他們小了二十多歲，他們倆對羅獵，既是當兄弟看，更是有著一種父子般的親情。一個做父親的，看著自己的兒子為了自己而要深受牢獄之苦，那份心情，又怎麼能真正笑得出來？

曹濱噙著淚，點頭應道：「我一定會完成你的心願！大不了，我和阿彪在這監獄裡舉辦婚禮。」

羅獵笑道：「彪哥，你可得注意了，只能娶一個哦，不然的話，你入不了洞房不說，恐怕會因為犯了重婚罪還得到牢裡來陪我。」

董彪抹乾了眼淚，恢復了不正經的樣子，調侃道：「那還用你提醒？彪哥早就打算好了，娶了離，離了娶，你三個嫂子輪流轉，一人一年，誰也不吃虧。」

羅獵戲謔道：「沒看出來，彪哥還真是聰明，怪不得我那三個嫂子能對你如此死心塌地。」

董彪呵呵笑道：「那不是因為彪哥聰明，那是因為你彪哥中間的腿沒傷到。」

會面的時間有限，轉眼間，十五分鐘便過去了。

獄警已經來催了第二遍，曹濱也只得起身準備離去。

「振作點，羅獵，濱哥一定會想盡一切辦法救你出來的。」

羅獵只是回了一個淡淡微笑，便跟著獄警返回了牢房。

再過了五天，法庭開庭審理羅獵藐視法庭挾持法官一案。

此案的轟動效應顯然不如前一案件，但備受關注度卻是毫不亞於前者。支持同情羅獵的市民不在少數，單是陳列在法庭外的聯合簽名就多達了六萬人，而金山的華人勞工更是被全體動員，以血手印的方式向法庭傳遞了他們的心聲，他們願意用性命擔保，羅獵不是個壞人，他一定不會再做出這樣的衝動之舉。

法庭上，觀審席座無虛席，法庭外，亦是聚集了幾千民眾。

不過，此案的審理過程卻極為簡單，控訴方只是簡單陳述了案情，並沒有提交任何物證人證，而辯護方也沒有對控訴方的陳述做出任何質疑，只是就案件的發生背景及原因向當庭法官及陪審團做了求情式的解釋。被挾持的那位法官並未出庭，不過，他卻向法庭提交了一份親筆求情書。

就在當庭法官敲下了法槌，準備宣佈休庭等待陪審團裁定結果的時候，法庭的大門突然被打開了。

西蒙神父陪著兩位身著天主教白色主教衣袍的神職人員出現在了眾人的視線中，法庭中的人不識得西蒙神父，但對另外二人卻是熟悉的不能再熟悉，其中站在邊上的那位便是金山神學院的領銜主教，而中間的這位，則是整個金山地區的教區主教。

在美利堅合眾國，上至八十歲的耄耋老人，下至三四歲的待哺兒童，幾乎就沒有不信基督教的，而在基督教的三大流派中，天主教的根基最為牢固悠遠，且三大流派本就是一家，因而，所有信徒對兩位主教的到來均表示出了無比的尊重，包括當庭法官及所有陪審團成員。

「法官閣下，各位陪審員閣下，就諾力一案，我有幾句話要說。」三位神職人員來到了審判區，教區主教向當庭法官及陪審員示意之後，來到了羅獵的面前，為羅獵整理了一下衣衫，道：「我知道你是個好孩子，西蒙神父已經都告訴我了，但是，做為主的孩子，做錯了事情就要接受主的懲罰，不管你有著怎樣的理由，懂麼？」

羅獵平心靜氣地點了點頭。

教區主教轉而對法官及陪審員道：「這孩子雖然做錯了事情，但他並不是存心藐視法庭，更不想傷害法官，他只是在萬般無奈之下堅守了他的諾言，法律的懲罰，不應該強加在一個好孩子的頭上，把他交給我吧，讓主來懲戒他，感化他。」

法律是神聖的，不容侵犯。

而主，更為神聖，更不容侵犯。

教區主教以主的名義向羅獵伸出了援手，即便是羅獵犯下了天大的錯，法庭也要網開一面。

法庭最終宣判羅獵的罪名不成立，但必須進入神學院接受主的懲戒，十年後，方可恢復自由之身。

這個結果，出乎了所有人的預料。

辯護席上，曹濱一直處在恍惚之中，直到羅獵過來跟他擁抱，他才清醒過來。觀審席上，董彪恨不得直接衝過來將西蒙抱起，高高地拋向空中，只可惜他的腿根本不允許他自由動彈，只能是握緊了拳頭在內心中吶喊了數聲。董彪的身旁，海倫左手緊緊捂住了嘴巴，右手攬著小顧霆，任憑兩行熱淚噴薄而出，灑落在了小顧霆的小光頭上。而小顧霆則伏在海倫的腿上，緊緊地咬住了自己的拳頭，肩頭不停地抽動。

「從今天開始，老子信主了，老子要做一個最虔誠的教徒！」董彪側過身來，抹了把眼角，給了另一側的呂堯當胸一拳。

呂堯挨了一拳，卻像是沒有感受到一般，癡傻著看著庭審區，幽歎道：「我老呂也信了，我老呂也要做一個虔誠的信徒。」

可是，這二人的誓言僅僅維持了八個小時不到的時間。

晚飯時，曹濱將西蒙神父請到了堂口中，董彪拿出了羅獵帶給他的他只喝了一杯便捨不得再喝了的酒，而呂堯則親自上街買菜親自下廚掌勺燒了一大桌西蒙神父沒見過更沒吃過的好菜。

「西蒙神父，中華有句諺語叫大恩不言謝，能讓羅獵免受牢獄之苦，便是對我安良堂最大的恩情。」曹濱將西蒙神父請到了主座上，親自為西蒙神父斟滿了酒，並雙手端起，敬到了西蒙神父的面前：「這杯酒，我曹濱敬您！從今往後，金山安良堂所有弟兄願為你效犬馬之勞！」

一杯酒算不上什麼，即便這酒乃是羅獵帶回來的塵封了四十年以上的佳釀。但是，曹濱如此敬酒，卻是對對方的天大尊敬，在此之前，也只有總堂主歐志明享有過一回。至於做陪的董彪、呂堯，認識曹濱二十多年，卻連一次單手敬酒都沒撈著。

西蒙神父就快要變成了個中華通了，跟著趙大明他們學會了不少的中華話，還弄懂了許多中華禮節。但見曹濱雙手敬酒，他隨即起身，雙手接過，並用中華話回道：「羅獵是我女婿，我必須要幫助他。」

曹濱之後，便是董彪。董彪的腿傷雖然尚未痊癒，但他仍舊堅持起身，在呂堯的攙扶下艱難站起後，像曹濱一樣，為西蒙神父斟滿了酒杯，然後雙手端起，敬到了西蒙神父的面前：「西蒙神父，啥也不說了，從今天開始，我董彪信主了，發誓要做一名最為虔誠的教徒。」

西蒙神父接過酒來，卻未飲下，而是很驚奇地問道：「為什麼呢？」

董彪正色道：「你西蒙神父沒什麼錢，席琳娜也沒多少積蓄，所以，那主教大人一定不是看在錢的面子上才會答應你的央求的，對嗎？」

西蒙神父點了點頭，道：「主教大人很富有，錢是打動不了他的。」

董彪笑道：「這就說明那主教大人是一個充滿了正義感同情感的好人，就憑這一點，我願意追隨他做一名虔誠的信徒。」

西蒙神父撇了撇嘴，輕哼了一聲，喝掉了杯中的酒水，坐了下來。

接下來，便是呂堯的敬酒，其措辭，跟董彪相差不多。

西蒙神父更是表現出了一副不屑的神情。

董彪忍不住問道：「西蒙神父，你好像對我和老呂很有意見，是嗎？」

西蒙神父說中華話還是有些吃力，乾脆改回了英文，直接懟道：「傑克，為了救諾力，我竭盡所能，可是你卻把功勞歸結於主教大人的正義感和同情感，我能沒有意見麼？我承認，主教大人確實是一個有著正義感同情感的人，但是，我若是拿不出那本羅馬教皇閱讀聖經的筆記，他又怎麼肯干涉法庭審判呢？傑克，你知道，那本教皇的閱讀筆記在教會中意味著什麼嗎？」

教皇在教會中的地位那可要相當於大清朝的太后，她老人家用過的夜壺要是流傳出來，都會被當朝大臣當成神物一般供奉起來，更何況那是一本讀書筆記，而且還是閱讀聖經時做下的筆記。

董彪好奇道：「西蒙神父，你不會騙我吧，你一個小小的神父，怎麼能得到那種稀罕的玩意呢？」

西蒙神父頗為得意道：「我小的時候，嗯，大概只有十二歲吧，我叔叔帶著我去了趟羅馬的救世主大教堂，我貪玩，別人都在禮拜，可我卻不知道溜到什麼地方玩去了，後來肚子疼，便四處找手紙，於是便找到了這本筆記。當時，我就覺得這上面的字寫得特別好看，於是便沒捨得用，就這樣保留了下來。沒想到，等我當上了神父，才知道我當年偷來一直珍藏著的這本筆記竟然是羅馬教皇的。」

曹濱頗為感動，道：「西蒙神父，我知道那本筆記對於神職人員代表著什麼，你為了羅獵，甘願放棄這麼珍貴的物品，我曹濱無以回報……這樣吧，西門神父，在金山市區，你任意挑選一幢住房，我送給你。」

西蒙擺手道：「我就是個假神父，在教會中又不想往上走，那本筆記對我來說也就是值得欣賞而已，送給主教大人，能讓它發揮出更大的作用，倒也是一件好事。至於我幫助諾力，那是我自己的選擇，能喝上你們的酒，吃上這麼美味的菜餚，我已經很高興了。再說，席琳娜的工作地點在唐人街，要是換到了市區去住，她會很辛苦的。」說著，西蒙神父神秘一笑，附在曹濱耳邊小聲嘀咕了一句。

曹濱頓時兩眼放光，驚喜道：「真的麼？」

西蒙神父做出了不滿狀，道：「算起來，你湯姆還是席琳娜的老闆呢，怎麼連自己員工都不關心呢？」

曹濱立刻舉起酒杯，祝賀道：「祝賀你啊，西蒙神父，但願席琳娜能再生出一個可愛的艾莉絲來！」

西蒙神父端起酒杯，卻嘟囔道：「可是，等新艾莉絲長大了，諾力卻老了。」

董彪和呂堯也反應了過來，紛紛向西蒙神父賀喜。

一瓶酒就要喝完的時候，董彪惦記起了羅獵，問道：「西蒙神父，諾力在神學院還好吧？」

西蒙神父美美地喝了杯酒，抹著嘴巴道：「他呀，才剛在神學院安頓下來，你讓我怎麼說他好還是不好呢？不過啊，諾力倒是親口跟我說了，能待在神學院中，至少不會受到失眠症的困擾。」

董彪笑道：「那倒也是！」

曹濱跟道：「有西蒙神父的照應，你還有什麼好擔心的呢？一定是吃得好睡得好，對嗎？西蒙神父？」

西蒙神父得意道：「那還用說嗎？除了每天要參加四個小時的勞動，其他方面，他和別的學員並沒有待遇上的區別。」

董彪又問道：「那他能出來嗎？我的意思是說有特殊情況的時候，他能不能出來一兩個小時？」

西蒙神父吸了口氣，沉思了片刻，道：「這……決定權在神學院領銜主教那兒，另外，還要看是什麼特殊情況。」

董彪不正經道：「比如，我死了，想讓他回來哭兩嗓子。」

曹濱拿筷子敲了董彪一下，道：「西蒙神父，別聽他胡扯，傑克的意思是說能不能把諾力帶回來參加我和他一同舉辦的婚禮？」

西蒙神父驚喜道：「湯姆，你找到你愛的人了？」

曹濱帶著幸福，鄭重地點了點頭。

西蒙神父道：「湯姆，請放心，我一定會竭盡所能說服神學院領銜主教。」

曹濱點了點頭，道：「你可以告訴神學院領銜主教，就說我願意出資一萬美元為神學院建造一幢新的宿舍樓房。」

西蒙神父道：「如果，你還能夠向神學院領銜主教發出邀請的話，我想，成功的可能性會更大。」

曹濱道：「只要你能說服他，什麼樣的條件，多大的代價，我都會答應。」

酒足飯飽，送走了西蒙神父，曹濱剛想跟董彪、呂堯兩位老兄弟喝喝茶聊聊天，便聽到堂口弟兄來報，說是貴客登門，那貴客姓許，名公林。

曹濱急忙出門相迎。

許公林在曹濱的引領下進了門，看到了董彪，不禁一驚，問道：「阿彪，你這腿……是摔的嗎？」

董彪苦笑道：「我要是能摔斷了腿，那你豈不是能咬斷自己的耳朵了？」

許公林知曉董彪的性格，沒跟他計較，轉而對曹濱問道：「究竟發生了什麼？」

曹濱將最近這些事簡單地跟許公林述說了一遍。

當說到那枚玉璽被大火燒毀的時候，許公林連聲驚呼道：「怪不得，怪不得！」驚呼之後，許公林長吁了口氣，接道：「入秋以來，宮中傳出光緒和太后的身子骨逐漸見好，可忽地有那麼一天，此二人便在前後兩日內先後暴斃身亡，看來，應該是那枚玉璽的效應啊！」

來到了神學院的羅獵果然擺脫了失眠症的困擾，吃的雖然一般，尤其是沒有中餐吃，嘴巴更是饞得很，但是每晚都能睡得著，而且睡得還很踏實，因而，那羅獵的精神頭是一天好過一天。天一亮就起床鍛煉的習慣重新養成，再加上每天四個小時的勞動，讓羅獵的身體同樣是一天好過一天。

羅獵被軟禁在神學院的第十天，剛好是農曆的大年初一，這天早晨，羅獵鍛煉歸來，剛想去食堂吃早餐，便見到西蒙神父陪著神學院領銜主教向自己走來。羅獵站到了路旁，規規矩矩招呼道：「主教大人早，神父早。」

主教笑吟吟拍了拍羅獵的肩，道：「諾力，最近表現不錯，放你一天假，跟西蒙回去看看吧，畢竟今天是你們華人在一年中最重要的一天。記住了，晚上八點鐘，必須準時歸來。」主教說完，背著手美滋滋地走了，留下了一臉驚喜的羅獵和滿臉鄙夷的西蒙。

「主教今天怎麼會大發慈悲放我一天假呢？」驚喜之餘，羅獵尚有些驚疑。

西蒙神父沒好氣地回應道：「湯姆花了兩萬美元，一半給神學院蓋房子，另一半裝進了他自己的口袋，還能不大發慈悲嗎？」

羅獵笑道：「這麼說，教區主教把我從牢裡救出來，也是你花了錢的咯？」

西蒙神父聳了下肩，道：「那倒沒有，不過，花的卻是比錢還要珍貴的東西，這幸虧我這三十幾年來一直珍藏著那本教皇筆記，要不然，還真不知道能不能說服教區主教那個老滑頭。」

羅獵早就想到了西蒙神父不可能單靠一張嘴便能請得動教區主教，因而，對西蒙神父的話並不吃驚。「你本來就是個假神父，那什麼教皇筆記對你來說也沒啥值得珍惜的，拿出來把我救出來，不是挺划算的麼？」

西蒙神父撇嘴道：「你知道什麼呀？跟你說吧，教皇的字實在是太漂亮了……嗯，不過你說的更對，能把你從監獄裡救出來，花多大的代價都值得。」

羅獵像是想起來了什麼，急切道：「我們倆在這兒囉裡囉嗦什麼哩？兩萬塊一天假，一分鐘就是幾十塊錢呢，我們還不趕緊出發麼？」

西蒙神父看了下時間，道：「還早，你要不要去換件衣服呢？我跟湯姆約好了，七點半鐘，他開車在神學院門口等我們，現在才七點鐘不到，你還有二十分鐘的時間回宿舍做準備，對了，忘記告訴你了，今天可是湯姆和傑克的大喜之日哦！」

羅獵想了想，卻沒往宿舍的方向去，而是拖著西蒙神父向神學院大門走去，邊走邊道：「我敢打賭，濱哥一定已經等在門口了。」

果然如羅獵所預料，曹濱駕著車早已等在了神學院門口，只不過，並不是曹濱一人前來，車上，還坐著海倫和小顧霆。

羅獵的身影剛一出現，那小顧霆便跳下車向著羅獵飛奔而來，一頭扎進了羅獵的懷中，二話不說，先來上了幾嗓子的嚎啕大哭。

「哭什麼？不想見到羅獵哥哥嗎？」羅獵笑眯眯摸著小顧霆的小光頭，調侃道。小顧霆住了聲，仰臉看著羅獵，道：「小霆兒只有特別高興時才會這樣哭呢！」

又有一輛車疾駛而來，離老遠便朝這邊使勁的按喇叭，待停下來後，董彪斜坐在後排座上嚷道：「不是說好了一同出發一同到的麼？濱哥，你太不講究了吧！」

曹濱回敬道：「你怪誰？要怪你也只能怪老呂車技不佳，跟不上速度。」

呂堯尷尬笑道：「能跟得上你的人有幾個啊？你連拐彎都不帶減速的，要我跟上你，可能嗎？」

董彪嚷過了曹濱後，又衝著羅獵嚷了起來：「臭小子，你今天要是不跟彪哥坐一輛車，彪哥敢死在你面前你信不信？」

羅獵攬著小顧霆，卻徑直向曹濱走去。

曹濱樂道：「阿彪，說話算數唄？」

董彪舉起拳頭，朝著自己的傷腿比劃了一下，然後抱著那條傷腿哎喲了起來。

羅獵繞過了曹濱的車，打了聲招呼：「濱哥，我還是過去坐吧，彪哥小心眼。」

曹濱點了點頭。

海倫卻叫道：「等一下，諾力！」

羅獵站住了，等著海倫走過來擁抱了他。「諾力，謝謝你救了湯姆。」

羅獵笑了笑，道：「海倫，真正救了湯姆的人是你，若不是你，濱哥一定會跟庫柏血拚一場，安良堂弟兄雖然個個不怕死，但也不是正規軍隊的對手啊！」

另一邊，董彪又嚷了起來：「臭小子，你真不過來呀？那我真要下重手了哦！」

董彪的傷腿無法彎曲，只能橫在後排座上，因而，羅獵只能將小顧霆送上了曹濱的車，然後向董彪走去。

董彪不由得裂開了嘴巴。

到了堂口，後廚已經包好了餃子。曹濱、董彪都是南方人，南方人過年的時候不吃餃子，而要吃湯圓，但那兩位老兄想到羅獵是北方人，於是便按照北方的習俗，大年初一包素餡餃子。海倫對這種食品很是驚奇，搞不懂那餃子中的餡是如何被麵包進去的，羅獵一邊暢快地吃著，一邊為海倫做了講解，可是，接著便端上了湯圓，海倫好奇地吃了一顆，剛剛被解了惑而平靜下來的神色再一次驚奇起來。

可惜，對湯圓，羅獵也不甚瞭解。

吃過了早餐，堂口弟兄忙咯起來，今天不光是大年初一，同時還是濱哥彪哥的大喜之日，更是他們二人金盆洗手之日，最晚十點鐘，江湖上各幫各派的領頭人便要前來道喜。

沒想到，九點鐘不到，喬治·甘比諾便帶著四名手下攜重禮登門而至。離老遠便衝著曹濱嚷嚷道：「湯姆，你不夠朋友，害得我輸了好多的錢！」

喬治設盤口的故事早已在江湖上傳開了，便是任性了這麼一回，便把他接手安良堂的賭場生意賺來的錢幾乎全都輸了出去，不過，這並未使喬治感到懊惱，相反，他還四處張揚，就像是他也為曹濱贏的那場官司立下了汗馬功勞一般。

第二個登門的是克拉倫斯。

自從來到金山之後，克拉倫斯便沒回去洛杉磯過。布雷森即將入主加州州政府，做為布雷森先生的核心智囊，他不可能離布雷森太遠，而州首府薩克拉門托市又不夠大，不足以讓他這麼一位優秀律師發揮作用，於是，克拉倫斯便選擇留在了金山，並打算在金山開辦一家律師事務所。

曹濱也是一名律師，而且，還受過歐志明的親自指點，對美利堅合眾國的法律相當熟悉，於是乎，克拉倫斯打起了曹濱的主意，三番兩次要求曹濱做他的合夥人共同經營那家律師事務所。曹濱對克拉倫斯心存感激，對律師職業也頗有興趣，再想到安良堂轉型之後，他便可以閒暇下來，於是便答應了克拉倫斯。

第三位登門的是警察局的副局長孔蒂，孔蒂既往跟安良堂的關係就很融洽，在曹濱深陷埃斯頓魔爪之時，正是孔蒂見縫插針對曹濱的照應才使得曹濱有幸撐了下來。如今老朋友翻過身來，且逢大喜之日，孔蒂必須是親自登門道賀。

再往後，便是各幫各派的頭號人物以及金山市諸多有關聯的部門要員，比如海關警署的尼爾森，或是房產交易管理局布羅迪等。

就在堂口弟兄覺得客人到得差不多了，準備請濱哥彪哥出來做金盆洗手儀式的時候，亞當・布雷森卻親自來到了安良堂的堂口。

這可是加州最為權貴的人物，曹濱、董彪以及羅獵連忙迎了過去。

布雷森和曹濱、董彪二人也僅是寒暄了幾句，但對羅獵卻是極為關心，他已然知曉了羅獵僥倖逃脫了牢獄之災，不過卻要在神學院修行十年的消息。「這個結果很不錯，諾力，你還年輕，十年後還不到三十歲，正是大好年華可以一展宏圖之時，這十年，你就當是對自己的磨煉好了，多讀讀書，多掌握幾門技能，十年後，我仍舊要聘用你做我的私人助理。」

布雷森的到來，將這個江湖聚會不是江湖聚會，婚禮也不全是婚禮的大派對推上了高潮。

洋人為多的場面下，金盆洗手也就簡化到了宣告一聲意思一下，接下來，便是婚禮。在海倫的堅持下，婚禮基本上按照了中式的禮儀，不過也是相當簡化，至少，沒有鬧洞房這麼一說。

婚禮正在進行，又有一位不速之客到訪，駱理龍帶著總堂主的祝福緊趕慢趕，總算是趕在了曹濱、董彪的大喜之禮結束以前。駱理龍到了之後，隨即將曹濱、董彪的婚禮叫了暫停，其理由卻是令人無法拒絕，顧浩然帶著趙大明也來了，不過，他們乘坐的車子在唐人街爆了胎，趙大明要照顧顧浩然，走得慢了些，需要等上個幾分鐘。

熱熱鬧鬧的一天終於結束了，吃完了晚飯，曹濱開車將羅獵送回了神學院，臨下車時，曹濱叮囑道：「堅持住，羅獵，十年的時間，不過是一晃眼的事！」

浦江的風讓羅獵再度回到現實中。

于廣龍取下禮帽，在茶樓坐了，等了一會兒方才見到王金民匆匆趕了過來，這次原本是王金民約他，反倒是王金民遲了，所以王金民一進門就連連道歉：「不好意思，實在是不好意思，于探長，方才我遇到了點事情，所以遲了，失禮，失禮啊！」

于廣龍笑道：「我也是剛到，老弟不必客氣。」他已經先行點了茶水，王金民又要了些點心，兩人寒暄了幾句，就直入正題。

于廣龍道：「王老弟此時約我是不是有好消息了？」在他看來王金民擔任法租界

華探長的位置是理所當然的。

王金民長歎了一口氣道：「于探長還不知道，董治軍接受了委任。」

于廣龍聞言一怔，董治軍這個名字他聽起來有些熟悉，不過一時間想不起是誰？

王金民提醒他道：「羅獵的姐夫，過去一直在虞浦碼頭管事的。」

于廣龍這才將人對了起來，愕然道：「怎麼是他？」董治軍當上法租界的華人探長，不用問就知道是羅獵起了作用，無論羅獵能量如何，最終還是要法國領事萊頓同意的，也就是說羅獵和萊頓之間已經達成了默契。這和于廣龍瞭解到的事情有些偏差，于廣龍沒想到羅獵在那麼短的時間內就已經搞定了新任領事。

王金民道：「萊頓剛剛搬了家，我聽說那棟別墅就是羅獵的。」

于廣龍點了點頭，這個世界上很少有人會跟錢過不去，洋人更加貪婪，羅獵對症下藥，已用金錢腐化了這位新任領事。他想了想道：「董治軍有什麼資格當華董？」

王金民道：「他當然有資格，不知用了什麼辦法現在入了法籍，有法國人給他撐腰，我自然是競爭不過他。」

于廣龍暗忖，如果王金民所說的一切屬實，那麼董治軍的華探長的位置就坐穩了，雖然他是華人，可是法籍，在黃浦這片地方，乃至在目前的華夏大地，洋人高一等已經成為公認的現實，董治軍這種二鬼子也比他們要強得多。

王金民道：「羅獵在法租界的地位固若金湯。」

于廣龍道：「何止法租界，他救了督軍的寶貝女兒，督軍將他當成救命恩人。」

王金民長歎了一口氣，他本以為劉探長死後，自己就可以順理成章地接替他的位子，現實卻讓他大失所望。王金民又不得不服氣，無論人脈還是金錢，自己比起羅獵都差得太多，又拿什麼和人家抗衡？他現在最為焦慮的是在劉探長遇害之後，法租界接連出了不少的大案，這些事最後都要有人背鍋，他有種不祥的預感，自己很可能會淪為不幸背鍋之人。今天約于廣龍來此不是指望他能夠幫上自己，而是想于廣龍幫他想想辦法。

于廣龍道：「新官上任三把火，萊頓這把火沒有燒向羅獵，總不能就此偃旗息鼓。」他從王金民低落的情緒就猜到這廝在擔心什麼，看透不說透，于廣龍之所以能夠在黃浦公共租界屹立不倒，不但因為他的背景，更主要是因為他善於審時度勢。

王金民道：「勞煩廣龍兄為我指點迷津。」

于廣龍道：「王老弟對當今時局怎麼看？」

王金民苦笑道：「我目光狹隘，只求能在黃浦有一小片安身之地，供養老母，庇佑家人，至於時局我還真不敢多想，就算想也想不透。」

于廣龍道：「你以為咱們所在的租界就萬無一失嗎？」

王金民知道他言外之意，搖了搖頭道：「日本人雖然猖狂，可我估計他們再怎樣也不敢進入租界吧？畢竟這裡是洋人的地盤。」

于廣龍搖了搖頭道：「表面上如此，可背地裡呢？日方對中華大地覬覦以久，滿洲就是個例子，誰又能保證今日之滿洲不是明日之黃浦？」

王金民道：「我只是一個小人物，無論誰人掌權，能夠苟活謀生就好。」

于廣龍心中泛起對此人的鄙夷，難怪新任法國領事不待見這廝，他咽了口茶道：「想要活下去也得識時務。」

戚誠義最後一個走出振武門，從師父死去那一刻起，振武門就名存實亡了，前來接管振武門的是劉帳房，這裡原本就是盜門的物業，他是受了羅獵的委託前來接管。

戚誠義認得劉帳房，他將鑰匙遞給了劉帳房，點了點頭道：「幫我給羅獵帶個話，這筆帳我們振武門早晚都要跟他算。」

劉帳房笑道：「哪裡還有什麼振武門？」

戚誠義怒道：「我師父雖然不在了，可是振武門還在，我們師兄弟還在，只要我們在，振武門就永遠都在。」

劉帳房道：「這房這地都是盜門的，梁再軍當初是黃浦分舵的當家，後來勾結叛徒陳昊東，背叛本門，殘害兄弟，到頭來陳昊東惡有惡報，你剛才說要找羅先生算帳，老夫倒是有些不明白了，你找羅先生算什麼賬？他現在所做的一切無非是拿回本屬於門中的東西，難不成他還做錯了？」

戚誠義道：「是他害了我師父。」

劉帳房笑道：「你師父的確是被害，可害死你師父的是日本人，和羅先生無關，你師父泉下有知，若是知道你如此莽撞，不分青紅皂白，只怕也難以瞑目。」

戚誠義道：「你撒謊。」

劉帳房道：「因何要撒謊？你以為你一個人還能做什麼事？看看你的左右，還有沒有一位師兄弟陪著你？」

戚誠義心中黯然，劉帳房說話雖然不中聽，可的確都是實話，就憑著自己，縱然有為師父復仇之心，也沒有能力做成此事，到頭來也只是一場虛妄罷了。

此時一輛黑色轎車來到了振武門前方，羅獵從車內走了出來。

戚誠義看到仇人就在眼前，一雙眼睛不由得紅了，他怒視羅獵，大吼道：「羅獵，你賠我師父命來！」

羅獵看到戚誠義衝到面前，身形微微一晃，躲過戚誠義全力攻向自己的一拳，順勢拿住他的手腕，右拳重擊在戚誠義的肋下，戚誠義被他一招就擊倒在地，痛得躺在地上掙扎，卻無法爬起身來。

羅獵淡然道：「梁再軍總算收了個有血性的弟子，你走吧，今日之事我不跟你計較，你師父的死和我無關，是日本人下的手。」

此時兩輛轎車從對面的街道駛來，也來到振武門的大門前停下，其中一輛車上下來了船越龍一，他的身後還有幾名弟子。船越龍一看了一眼地上的戚誠義，又抬頭看了看振武門的招牌，最後目光方才落在羅獵的身上，微笑道：「羅先生，想不到梁再軍剛死，你就來搶佔振武門。」

羅獵笑瞇瞇道：「我們的事情好像輪不到你這個外人來管。」

船越龍一呵呵笑道：「可振武門跟我其實還是有些關係的。」他拿出一份合同遞給了羅獵：「羅先生請過目，這振武門原是有我的投資，梁再軍雖然死了，可我仍然對這裡的資產擁有權利。」

躺在地上的戚誠義聽得清清楚楚，他此時方才知道師父果然和日本人有勾結。

羅獵看都沒看那份合同就遞給了劉帳房，劉帳房翻著看了，點了點頭，表示確有其事。

羅獵道：「老劉，讓王兆富帶些兄弟過來，把屬於他們的資產都拆了送過去。」

船越龍一道：「羅先生好像沒明白，這裡有一部分是屬於我的。」

羅獵道：「船越先生的話讓人費解，這土地、這房子全都不是你的，現在你居然跟我說這裡有一部分是屬於你的，得！看在你我一場舊識的份上，招牌讓你拆走，裡面的東西除了房子以外你愛拿什麼就拿什麼，這夠了嗎？」

船越龍一搖了搖頭，身後一位律師走了上來：「羅先生，如果你堅持這麼做，我們會起訴你。」

羅獵笑了起來：「一個將強盜邏輯當成天經地義的民族才會生出如此想法，儘管去起訴吧，船越先生，我還要告訴你一件事，這裡你一件東西都拿不走了。」

船越龍一身後一眾弟子準備衝上來，卻被船越龍一展臂攔在身後，他望著羅獵道：「你們中國人選擇對手都不計後果嗎？」

羅獵輕蔑道：「這裡有我的對手嗎？」

船越龍一身後的弟子又叫囂起來，船越龍一卻知道羅獵是在用激將法，他擺了擺手示意大家離去。

劉帳房站在羅獵身邊，望著那兩輛車遠去，憂心忡忡道：「羅先生，這些日本人是不講規矩的。」

羅獵向從地上爬起的戚誠義道：「不想振武門的牌子落到日本人手裡，你自己摘走。」

羅獵走入振武門，看到一位身穿黑衣的女郎站在院落之中，不知此女是何時潛入了振武門，此時正背身望著水池中的遊魚。羅獵道：「這位小姐是不是走錯了地方？」

女郎沒有轉身，輕聲道：「沒錯，我就是來找你的。」她緩緩轉過身來。

因為聲音的緣故，羅獵並沒有第一時間識別出她的身分，可是當她轉身之後，羅獵馬上認出她就是百惠，雖然容貌並無太多變化，可是她的氣質卻明顯和過去不同，眼前的百惠比羅獵初識之時更冷，殺氣更濃。

羅獵想起了被日方囚禁的陸威霖，百惠和陸威霖已經成親，她應該不會對此事一無所知。

羅獵道：「你來找我是為了威霖的事情？」

百惠點了點頭道：「你若是當他是朋友，就退出黃浦，不再過問盜門的事情，不再和我們為敵。」

羅獵望著百惠，彷彿重新認識她一般，在他的印象中，在陸威霖的描述中，百惠不惜背叛組織和陸威霖私奔，甚至不惜犧牲生命去維護陸威霖，可現在卻這樣說，從她的眼中，根本看不到她對陸威霖的關切和緊張。

羅獵搖了搖頭道：「你不是百惠。」

百惠道：「現在我叫邱雨露，我來找你，不是跟你談判，是告訴你應該怎麼做，給你七天，如果七天內，你不將你的勢力全都退出黃浦，交出手上的一切，那麼陸威霖就必須要死。」

羅獵向她微笑道：「看來你真不是百惠，我所認識的百惠可以為陸威霖犧牲性命也在所不惜。」

百惠道：「這世上當真有人會為了他人犧牲自己的性命？哪有人會這麼傻？」

羅獵道：「陸威霖就會！」

百惠感覺心頭一震，意識陷入一片混沌之中。

大正武道館內，船越龍一獨自坐在茶室內，靜靜品味著杯中的抹茶，和外在的表像不同，他的內心翻騰起伏始終無法平息，他感覺自己越來越偏離初衷，再不是過去一心專研武道之人。

外面傳來輕盈的腳步聲，在得到船越龍一的允許後，百惠進入了茶室，躬身行李道：「船越君。」

船越龍一做了個手勢，示意她坐在自己的對面，百惠隨手關上移門道：「羅獵答應離開黃浦。」

船越龍一哦了一聲，他並沒有感到驚喜，甚至也沒有任何的意外，過了好一會兒方才道：「退一步海闊天空，他是為了救人才不得不採取的權宜之計罷了。」

百惠道：「他提出一個條件，讓我們兩天內釋放陸威霖，否則一切免談。」

船越龍一道：「果然是有條件的。」

「船越君打算怎麼辦？」

船越龍一道：「我要考慮一下。」

羅獵回到報社，發現眾人看他的表情透著古怪，羅獵叫過劉洪根詢問發生了什麼事情，劉洪根朝他的辦公室指了指壓低聲音道：「督軍的女兒來了，已經在您辦公室坐了兩個多小時。」

羅獵點了點頭，拍了拍劉洪根的肩膀，然後走入了辦公室。

辦公室內蔣雲袖正坐在他的椅子上看書，聽到動靜抬起頭來，看到是羅獵進來，頓時笑靨如花：「羅獵，你回來了。」

羅獵禮貌性地笑了笑：「蔣小姐來了？找我有事啊？」他當然能夠猜到蔣雲袖來找自己的目的，自從此次救她回來之後，蔣雲袖就視他為英雄，進而生出愛慕之情，至於她已經死去的未婚夫陳昊東早已被她丟在了爪哇國。由此可見蔣雲袖對陳昊東的感情並不深，否則又怎會在這麼短的時間內將未婚夫忘卻，又移情別戀。

羅獵對蔣雲袖是沒有任何想法的，他和葉青虹婚姻幸福，且擁有了一雙可愛的兒女，妻子對他情深義重，他和麻雀之間的事情至今都沒有想起應當如何向妻子解釋，更不會有再招惹一段情孽的想法。

蔣雲袖撅起櫻唇，反問道：「我沒事就不能來找你了？」

羅獵笑了起來，去泡了兩杯紅茶，其中一杯遞給了蔣雲袖：「蔣小姐，你誤會我的意思了，你大駕光臨，我當然歡迎，我和督軍是很好的朋友。」

蔣雲袖接過他手中的紅茶道：「和我就不是朋友？」

羅獵微笑道：「說句托大的話，我的年齡足可以當你的叔叔了。」

蔣雲袖道：「年齡不是問題，我爹比我娘大了十三歲。」

羅獵差點沒把剛剛含到嘴裡的紅茶給噴出來，轉身咳嗽了一聲。

蔣雲袖關切道：「你怎麼了？是不是著涼了？有沒有發燒？」她放下茶盞，來到羅獵身邊，伸手要摸羅獵的額頭，羅獵趕緊向後撤了撤身子，蔣雲袖的主動讓他有點難以消受。

此時外面有人敲了敲門然後就推門走了進來，卻是麻雀，她望著室內的兩人，意味深長道：「我覺得外面攔著我不讓進來，原來裡面藏著貴客啊。」

蔣雲袖俏臉一紅，拿起手袋道：「我也是路過，這就走了，羅大哥，我先走了。」她悄悄遞給羅獵一張事先寫好的紙條。

蔣雲袖匆匆出門，她雖然喜歡羅獵，可畢竟羅獵是有婦之夫，在這裡被人撞破終究是不好。

等到蔣雲袖離去，麻雀反手將房門關上，望著羅獵道：「以為你很忙呢。」

羅獵哭笑不得道：「這件事不是你想的樣子，你聽我解釋……」

麻雀道：「你跟我解釋什麼？我又是你什麼人？你應當去跟青虹解釋。」這番話脫口而出之後，她意識到說錯了話，有些難為情地皺了皺眉頭道：「我聽說你要把振武門送給日本人？」

羅獵點了點頭，證明她的消息無誤，將自己的想法向她解釋了一下。

麻雀道：「就算你答應離開黃浦，我看他們也未必肯將陸威霖放出來，那些日本人是出了名的不講信用。」

羅獵道：「船越龍一這個人還算有些武士精神，你應該比我瞭解。」

麻雀道：「就算過去他有武士精神，可在當前的時局下，他只可能站在本國的立場上，絕不會跟你講什麼道義和信用，如果他還尊重武士精神，就不會做出劫持陸威霖這種讓人不齒的事情。」

羅獵道：「船越龍一的背後還有主謀。」

麻雀道：「你打算這麼做？」

羅獵道：「這件事不用你操心，我有把握將威霖平安救出來。」

麻雀咬了咬櫻唇，她自然認可羅獵的能力，多少次羅獵都力挽狂瀾，可她並不喜歡羅獵現在的態度，羅獵分明是不想讓她介入，麻雀知道羅獵應當是為自己著想，不想自己身涉險境，可儘管如此，麻雀仍然感到難過，她認為羅獵在刻意保持和自己之間的距離，麻雀很想告訴羅獵，自己並不想讓他承諾什麼，自己願意為他做任何事，哪怕是犧牲性命，可這些話她相信羅獵一定是明白的。

麻雀指了指羅獵的左手，剛才蔣雲袖塞給羅獵紙條雖然做得隱蔽，可仍然瞞不過她的眼睛，她當年畢竟得到過福伯的親傳。

羅獵對此並沒有隱瞞，將紙條遞給了麻雀，麻雀展開一看，卻是蔣雲袖邀請羅獵共進晚餐，上面寫了晚餐的地點和時間，麻雀將紙條遞給了羅獵道：「我該走了，你還是去吧，別讓督軍女兒久等了。」

羅獵笑道：「你知道我跟她沒什麼的。」

麻雀道：「就算沒什麼，也不用得罪人家，萬一惹到了她，說不定明天你就會被督軍的兵馬包圍。」

羅獵呵呵笑了起來，他才不相信會有那麼嚴重，不過他還是準備去見蔣雲袖，因為蔣雲袖的表現和過去他所瞭解到的那個督軍女兒有些不同，他總覺得蔣雲袖劫後歸來發生了一些不為人知的變化。

麻雀離開報社時在下雨，她的內心也如這陰鬱的天氣，陰雨綿綿，愁緒無盡，容顏未老，可她的內心卻極其疲憊，這些年她經歷了太多事，也做錯了一些事，從幼稚走向了成熟，她這輩子最大的幸運就是遇到了羅獵，可最大的遺憾卻是錯過了他。

理智告訴她，他們之間的糾纏應當徹底畫一個句號了，她不想給羅獵帶去困擾，更不想影響到羅獵的家庭，她羨慕葉青虹，葉青虹活成了她想要的樣子。

麻雀拉開車門坐了進去，這才想起今天過來其實是向羅獵道別的，她和程玉菲約好了去歐洲散心，後天就要遠航，可剛才居然忘了這最重要的事情，羅獵也未提起，看來他並不關注自己的去向，就算自己在他的世界中消失，想必他也不會在意的，想到這裡，麻雀心中一黯，抬起頭，隔著落雨的車窗看了看羅獵辦公室的窗戶，依稀看到一個朦朧的身影，麻雀提醒自己，只不過是一個幻覺罷了。她咬了咬櫻唇，啟動汽車向遠方駛去。

羅獵此時的確站在窗前，望著麻雀遠去，心中也充滿了惆悵，對於麻雀他始終存在著一種歉疚，他擁有著未來的記憶，他親眼見證了麻雀的衰老，知道麻雀的一生都在孤獨和等待中渡過，這就是她的宿命。可羅獵又清楚他所見證的只是另外一個平行時空所發生的事情，在那條時間線中，自己從西海離去之後就再也沒有回去。

而現在自己回來了，因為兒子的呼喚終於在錯亂時空中找到了本屬於他的世界，可他的回歸又將這一世界的走向改變，羅獵對世界的認識超過了這個世界的多半人，他的經歷也註定了他看問題的角度和別人不同。

麻雀驅車在雨中行進，雨越下越大，她放慢了車速，心中忽然生出莫名的危險，舉目望去，卻見前方一個巨大的黑影正迎面向她撞擊而來，麻雀的預感果然沒錯，她迅速將車切入倒檔，深踩油門，轎車向後方迅速倒去，可是她很快就發現後方強烈的燈光照射過來，卻是一輛卡車從後方夾擊，兩輛卡車一前一後向轎車夾擊而來。小轎車已經無路可退。

麻雀意識到如果自己繼續留在車內，必然會被兩輛襲擊自己的貨車夾成肉餅，她瞬間就做出了決定，推開車門從車內果斷跳了出去，失去控制的小轎車仍然因慣性向後方衝去。

兩輛貨車一前一後撞擊在小轎車上，發出劇烈的衝撞聲，小轎車在兩輛車的碰撞下長度足足壓縮了一半。

麻雀倒吸了一口冷氣，如果自己稍稍猶豫一下，恐怕現在已經被困死在車內。從兩輛貨車上跳下來十多人，他們手拿武器，將麻雀包圍在其中。

麻雀環視那些帶著頭罩只露出一雙眼睛的襲擊者，她並沒有感到害怕，反倒從心底生出一種莫名的激動和興奮，她清醒地意識到這是來自內心深處的殺念，在她感染喪屍病毒之後，雖然羅獵將她治癒，可麻雀卻知道自己的身體似乎發生了某種變化。為此她專門去醫院做過檢查，結果卻證明她的身體無礙，麻雀並不相信這個結果，此番決定和程玉菲一起前往歐洲旅遊還有一個原因，就是想去做一個全面的檢查，在醫學水準方面目前歐洲要遠超國內。

麻雀站在雨中並沒有任何的動作，看似束手待斃，可腦海中卻清晰反應出十六名敵人每個人的位置以及他們所持的武器，其中有一人配備了手槍，不過他並沒有使用手槍，而是手中握著一把日本太刀。

麻雀冷冷道：「日本人？」

那名配槍男子陰惻惻笑了起來：「跟我們走，省得我們動手。」他們這次出擊的任務是殺掉麻雀，不過剛才的第一波攻擊並沒有奏效，麻雀僥倖逃脫，在他們看來，這名雨中的弱女子已經成為待宰羔羊。

麻雀點了點頭道：「好，不過要看你們有沒有這個本事！」她的話一說完，就如同一道灰色閃電般衝向敵人的陣列，麻雀的舉動出乎所有人的意料，他們沒有想到她會不惜性命搏命反擊。

四名殺手迎著麻雀的身影衝去，手中開山刀在雨中閃亮，可他們的迎擊陣型尚未完成，麻雀的身影就如同鬼魅般越過了他們，衝入陣營，陣營中傳來一聲慘呼，卻是一名殺手手中開山刀被奪走，然後刀鋒一轉，割開了他自己的喉嚨，血霧從他的咽喉噴出。

前來刺殺麻雀的殺手們已經完全失去了鬥志，他們轉身就逃，麻雀雙眸寒光凜冽，強大的殺念充斥著她的內心，她絕不會放任何一人逃離。

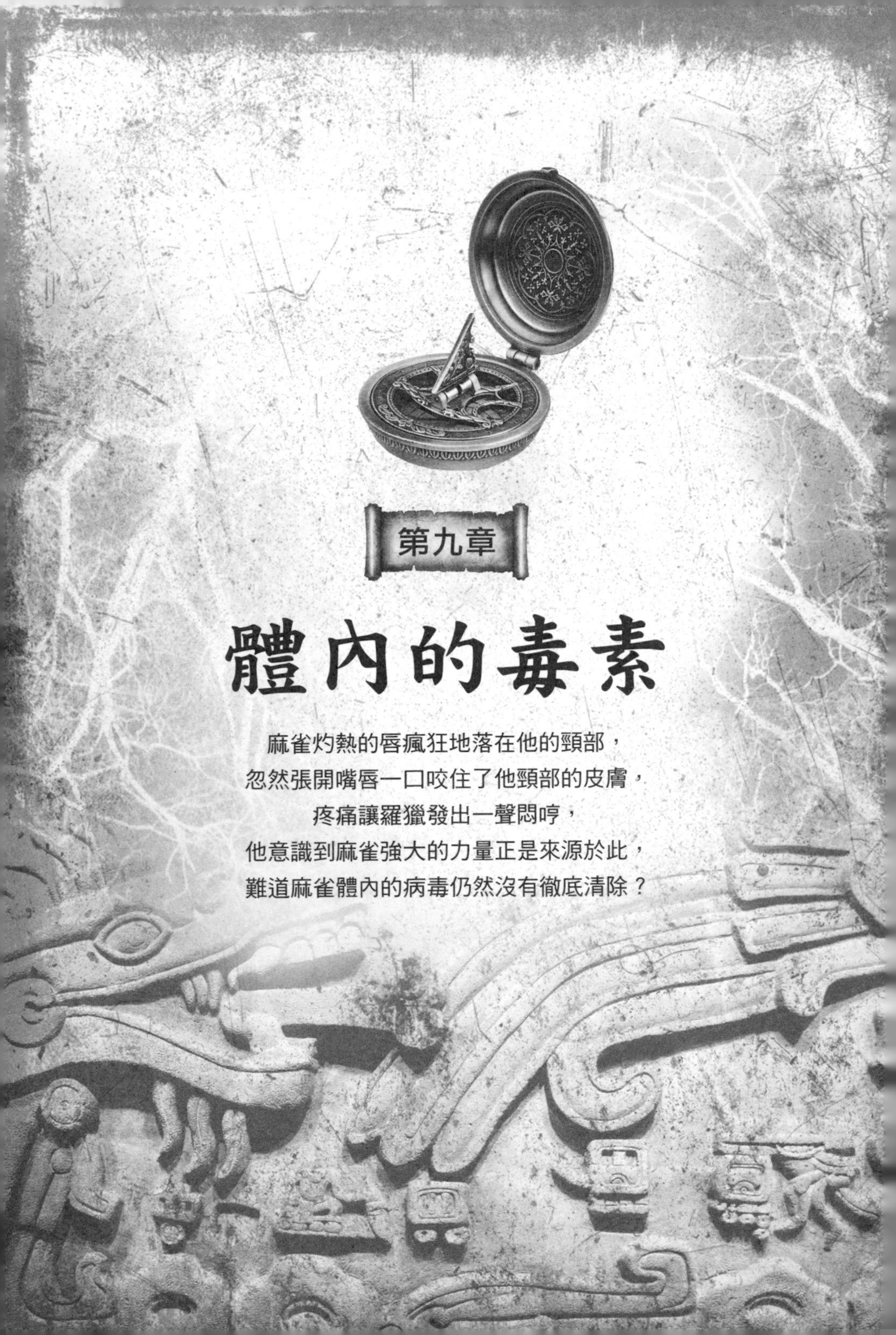

第九章

體內的毒素

麻雀灼熱的唇瘋狂地落在他的頸部，
忽然張開嘴唇一口咬住了他頸部的皮膚，
疼痛讓羅獵發出一聲悶哼，
他意識到麻雀強大的力量正是來源於此，
難道麻雀體內的病毒仍然沒有徹底清除？

羅獵來到約定法餐廳的時候，看到蔣雲袖已經在那裡等著了，他笑了笑，將外衣交給了服務生，然後來到蔣雲袖的對面坐下。

蔣雲袖笑道：「我還以為你會爽約，讓我空等一個晚上。」

羅獵道：「的確考慮過不來，可雨這麼大，如果我不來，蔣小姐始終在這裡等著，未免不近人情。」

蔣雲袖托起俏臉癡癡望著羅獵道：「你還是關心我。」

羅獵道：「你是督軍的女兒，我和蔣督軍是好朋友，於情於理也應該關心你。」

蔣雲袖咯咯笑了起來，她笑起來的時候，雙目異常明亮：「你說話那麼老氣橫秋，好像在教訓一個小孩子。」

羅獵叫來侍者，點了餐，拿起熱毛巾擦了擦手道：「在我眼中你就是一個小女孩。」

蔣雲袖道：「可在我心裡從沒有把你當成長輩看，難道你沒有發現，我已經是個大女孩了？」她說完俏臉微微一紅道：「我早已成人了。」

羅獵岔開話題道：「蔣小姐請我吃飯是為了什麼？」

「你是我的救命恩人啊，別說一頓飯，就是請你吃一輩子我也願意。」

羅獵道：「無功不受祿，我不是你的救命恩人，雖然我答應了督軍要救你出來，可是我沒有能夠兌現承諾，你是自己逃回來的，與我無關。」羅獵所說的都是事實，直到現在，他對這件事仍然感到不解，他不知道蔣雲袖是通過何種方式逃出來的。今天之所以答應赴約，羅獵既不是看在督軍的面子上，更不是對蔣雲袖產生了感情，而是他對蔣雲袖這個人感到懷疑。

蔣雲袖道：「你急著跟我劃清界限啊，難道我就那麼討厭？」

羅獵微笑道：「沒這個意思。」

「那就是我長得不夠漂亮，比不上你的夫人？」

羅獵道：「蔣小姐認識我的太太吧？」

蔣雲袖道：「葉青虹，這麼有名的人物我怎會不認識，我不介意你有太太啊。」

羅獵有些無語了，督軍的女兒居然如此開通，雖然這個時代並不排斥三妻四妾，可以她的身分說出這種話總是不合適的。

蔣雲袖並沒有覺得尷尬，她笑道：「知不知道我為什麼說你是我的救命恩人？」

羅獵深邃的雙目靜靜望著她，蔣雲袖絕非她表現出的那麼簡單，她通過這種方式隱藏了她的真實模樣，以羅獵強大的意識力，很少有看不透的人，而蔣雲袖恰恰是其中之一，羅獵曾經想過對她施展催眠術，可當他和蔣雲袖面對之時很快就打消了這個想法。

蔣雲袖道：「我不喜歡陳昊東，我早就看出他在利用我，你幫我解決了他，當然是我的救命恩人了。」

羅獵意味深長道：「我記得當初督軍反對你們來往，是你非常堅持。」

「只有經歷事情之後才能看清一個人，如果不是經歷了這次的風波，我也不會長大，也不會懂得真正值得去愛的是……你這樣的男人。」蔣雲袖大膽地向羅獵表白。

羅獵端起葡萄酒抿了一口，他的舉動並不紳士，沒有主動和蔣雲袖碰杯，根本是在自斟自飲。

蔣雲袖道：「你不信？」

羅獵道：「你不是蔣雲袖。」

蔣雲袖靜靜望著羅獵，突然呵呵笑了起來：「我不明白你的意思。」

羅獵道：「你明白的，我知道你是誰，你也瞭解我的過去，所以做人還是要坦誠一點。」他將酒杯慢慢放在桌上，身體靠在椅背上，這是他目前和她能夠保持的最遠距離。

蔣雲袖道：「是你不夠坦誠，我對你毫無隱瞞。」

羅獵道：「你被什麼人綁架？」

「陳昊東！」

羅獵搖了搖頭道：「綁架你的人絕不是陳昊東，他沒有那個膽子，也沒有那麼狠的心腸。」

蔣雲袖道：「你的意思是說我在撒謊？我為什麼要撒謊？為什麼要自導自演一齣

綁架事件，要讓我父親擔心？」她雖然在反問羅獵，可她的語氣非常平靜，平靜得異乎尋常，雙目中偽裝的單純此時也一掃而光，取而代之的是充滿挑戰的意味。

羅獵道：「蔣小姐被綁架的事情不假，可中間一定發生了許多事情，對了，你知不知道綁匪綁架你的真正目的？」

蔣雲袖道：「聽說是為了一口棺材。」

羅獵笑道：「知不知道是怎樣的棺材？」

蔣雲袖的眼波蕩漾了起來，呈現出和平素截然不同的嫵媚表情：「當然知道，你不是委託譚叔叔給了我爸爸一個掛件，那掛件不是個小棺材嗎？」

羅獵道：「既然已經得到了，為何還要來找我？」他的話已經接近挑明。

蔣雲袖幽然歎了口氣道：「你真是個聰明人，既然什麼都清楚了，為何不把話說得再明白一些？」

羅獵道：「心知肚明的事情何必白費唇舌？」他已經能夠斷定，眼前的絕不是蔣雲袖，對方的意識力極其強大，甚至可以遮罩自己窺視她的腦域，能夠做到這一地步的人，目前可能的只有一個，那就是艾迪安娜。

明華陽臨死之前曾告訴羅獵，艾迪安娜來到了這個時空，蔣雲袖被劫的事就是她在幕後主使，羅獵再見蔣雲袖就存在著深深的疑慮，隨著時間推移，這種懷疑不斷加深。蔣雲袖接近自己的目的只有一個，那就是從自己手上取得明華陽留下的掛件。

蔣雲袖道：「有沒有發現我們才是最般配的？」

羅獵搖了搖頭道：「我有妻子，這件事無需再提醒你一次。」

蔣雲袖道：「我不介意做小，只要你將那件東西給我，我可以為你做任何事。」

羅獵笑了起來，然後道：「你是艾迪安娜！」

蔣雲袖的眼睛瞬間變成了藍色，然後又迅速恢復成黑色，她小聲道：「如果你不喜歡我現在的樣子，我可以變成你希望的人，不管是林格妮還是龍天心都可以。」

羅獵無動於衷，漠然望著她。

蔣雲袖繼續道：「考慮一下，擁有了我等於擁有了許多個你喜歡的女人，天下間沒有這麼便宜的事情吧？」

羅獵道：「看來這趟時空旅行讓你的精神錯亂，你過高估計了自身的價值，也看低了我的眼界。」

蔣雲袖沒有動氣：「你我之間本不必成為敵人，與我為敵的下場會非常慘烈。」

羅獵道：「你在威脅我？」

「不是威脅，只是在闡述一個事實。在你眼中我沒什麼價值，如同一塊瓦礫，可正因為如此你才應該感到害怕，我一無所有，所以沒什麼可在意的，而你卻擁有家人和朋友，失去任何一個人都會讓你痛苦終生。」

羅獵淡然笑道：「還說不是威脅。」

蔣雲袖道：「你跟我鬥不起的。」

羅獵道：「你後悔了。」

蔣雲袖愕然道：「什麼？」可馬上她就意識到羅獵在說什麼。雖然她可以遮罩羅獵對自己腦域的入侵，可是她的言行仍然暴露了她的內心世界，她後悔了，如果早知如此，她絕不會選擇來到這個時代，沒有人懂得穿越者的孤獨和落寞。

羅獵道：「就算我把你想要的東西給你，你又能做什麼？統治這個世界？就算你成功了，又能得到什麼？」

蔣雲袖被羅獵問住了，她想了一會兒方才回答道：「你不懂！」

羅獵道：「給我一周的時間，我好好考慮你的提議。」

蔣雲袖道：「我不給呢？」

羅獵道：「你應該已經等了不少天，也不在乎多等一周，我既然能夠拿到你想要的東西，就證明我有能力保護它，如果你缺乏耐心，大可向我出手，可我保證，你會遭到百倍的報復。」

「威脅我！」

羅獵道：「是你先威脅我的。」

蔣雲袖道：「七天你又能做什麼？又能改變什麼？」

羅獵道：「這七天裡，我要救出我的朋友，然後離開黃浦。」

蔣雲袖望著羅獵：「我想我應該能夠幫得上忙。」

羅獵趕到巡捕房的時候，麻雀已經做完了筆錄，現在的巡捕房是董治軍當家作主，雖然發生了十六名殺手夜襲麻雀的案件，可整個案情清楚明瞭，在勘查現場採取證據，結合麻雀的證詞之後，當晚就能結案。

羅獵通過董治軍的描述瞭解到了現場之慘烈，他對死者沒有半點同情，真正讓他感到震撼的是麻雀突然暴漲的戰鬥力，羅獵知道這和麻雀此前的遭遇有關，這種能力的產生和自己也有著直接的關係。

董治軍道：「這件案子倒是沒什麼疑問，今晚就能結案，麻雀屬於正當防衛。」說到這裡他不禁苦笑了一聲道：「她藏得很深啊，武功居然這麼厲害，一個人斬殺了十六人，其中一人還帶著槍。」

羅獵道：「是不是有麻煩？」無論起因如何，畢竟有十六人死在了法租界，這對萊頓來說也是一件顏面無光的事情，董治軍剛剛上任就出了這種事，肯定頭大。

董治軍道：「沒事，這種事誰也不能預料到。」

羅獵道：「領事那邊我會去解釋，你只需按照正常程序走。」

董治軍點了點頭道：「你去接她走吧。」

麻雀見到羅獵，不由得笑道：「打擾了你和督軍女兒的約會，真是不好意思。」

羅獵聽出她話裡的別樣含義，歎了口氣道：「約會和你的事情相比不值一提，早知如此我就應當送你回去。」

麻雀認為羅獵這句話一定不是出自真心，可是聽在耳朵裡仍然感到非常受用，如果一個男人願意對你說謊話，至少證明在他心中還是有點在乎你的。她看了看周圍道：「我可以走了嗎？」

羅獵點了點頭，陪著她一起離開了巡捕房，外面仍然在下著大雨，麻雀感到有些寒冷，羅獵觀察入微，脫下自己的外套為她披在肩頭。又撐起雨傘，護著麻雀來到車旁，拉開車門讓麻雀進去，這才繞到另外一邊，上了車。

麻雀看著羅獵啟動了汽車，心中感到一陣溫暖，同時又感到一種說不出的渴望，目光不由自主地落在羅獵的脖子上。

羅獵道：「我送你回家。」

麻雀點了點頭，她說了一個地址，連羅獵都感到陌生，畢竟此前從未去過，麻雀的這一住處距離巡捕房不遠，羅獵駕車不到十分鐘就已經來到了門前。他護著麻雀下了車，準備告辭離去的時候，麻雀道：「我害怕，你可不可以進來陪陪我？」

羅獵猶豫了一下，終於還是點了點頭，跟著麻雀走入了房內，還沒等開燈，麻雀就轉身撲入了他的懷中，緊緊將他抱住，黑暗中羅獵清晰感覺到她的身軀在戰慄，羅獵道：「麻雀，我該走了……」

麻雀灼熱的唇瘋狂地落在他的頸部，忽然張開嘴唇一口咬住了他頸部的皮膚，疼痛讓羅獵發出一聲悶哼，他意識到麻雀強大的力量正是來源於此，難道麻雀體內的病毒仍然沒有徹底清除。

麻雀的櫻唇離開了他，顫聲道：「對不起，我……我……我不想傷害你的……可是我控制不住……」

羅獵捧住她的俏臉寬慰道：「沒事……」麻雀忽然又抱住了他，將他撲倒在了沙發上……

清晨雨過天晴，麻雀揉了揉雙眸發現身邊已經人去樓空，她咬了咬櫻唇，俏臉上泛起兩個淺淺的梨渦，掀起被子，向裡面看了看，俏臉越發紅了起來，呼了口氣，聽到外面的敲門聲，麻雀匆忙穿上睡衣，整理了一下頭髮，來到門前卻聽到外面的聲音是程玉菲的。

麻雀本以為會是羅獵，她讓程玉菲稍等一下，匆匆收拾了一下房間，確信沒有什麼可疑的地方，這才打開了房門。

程玉菲一臉關切道：「麻雀，我方才聽說昨晚的事情，第一時間趕過來了，你有沒有事？」她抓起麻雀的雙手，此時的麻雀如同做賊一般心虛，都不敢正眼看她，小聲道：「我還沒有來得及洗漱呢，你先坐一下，我洗個澡馬上下來。」

走上樓梯的時候，又道：「玉菲，回頭我請你去吃早茶。」

程玉菲望著她的背影一臉迷惑……

麻雀下來的時候已經換了一身衣服，程玉菲仍然坐在沙發上，不過麻雀發現沙發巾被揭開放在了一旁，她頓時意識到了什麼，自己的這位好閨蜜可是黃浦最出色的女偵探，她一定發現了什麼，俏臉不由自主地開始發熱，如果真被她發現了昨晚的秘密，那該有多麼尷尬。

還好程玉菲並未表露出任何的異常，指了指茶几上的咖啡道：「你洗了太久時間，我去煮了咖啡，你嘗嘗。」

麻雀端起咖啡喝了一口贊道：「好香，玉菲，你真是越來越厲害了。」

程玉菲道：「不是我厲害，是你心情好的緣故。」

麻雀聽出她話裡有話：「我心情有什麼好的？」

程玉菲道：「你昨晚竟然殺了十六個人。」

麻雀談到這個話題自然了許多：「我如果不殺他們，就會被他們所殺。」

程玉菲可不是說她殺人太多，而是詫異於麻雀強悍的戰鬥力，看來麻雀此番出海之旅發生了一些變化，甚至連自己這個好朋友都不知道。程玉菲道：「我本來還擔心你受到驚嚇，可現在知道我的擔心是多餘的。」

麻雀來到程玉菲身邊，摟住她的肩膀道：「知道你關心我。」

程玉菲道：「發生了那麼大的事，也不去找我，有個人在身邊說說話也好。」

麻雀道：「是想去找你，可那麼晚了，想了想還是不去打擾你的好夢。」

程玉菲意味深長道：「是擔心我打擾你的好夢吧？」

麻雀啐道：「胡說八道。」起身轉過臉去，避免程玉菲看到自己尷尬的表情。

程玉菲道：「明天咱們就要出發了，你好像還沒怎麼準備？是不是改主意了？」

麻雀道：「沒有，說好的事怎麼可以改變呢？」心中卻浮現出羅獵的身影，充滿了不捨，她昨天明明已經下定決心要永遠離開羅獵了，可是在那場搏殺之後，她內心對羅獵的渴望無比強烈，她也不知道什麼緣故，可一切終究還是又發生了，她不知羅獵心中到底怎麼想，可他們這次似乎無法用上次的理由來解釋了。

程玉菲道：「要不要和羅獵道個別？」

麻雀道：「那你約他一起吃個飯吧。」

程玉菲正想說話的時候電話響了起來，她拿起電話，卻是羅獵打來的，羅獵聽到程玉菲的聲音也有些詫異，不過他很快就恢復了平靜，電話中告訴程玉菲中午安排在南潯樓吃飯，為她們送行。

程玉菲示意麻雀過來接電話，麻雀擺了擺手道：「不必了，有話等吃飯再說。」

程玉菲笑了起來，在電話中答應了羅獵。

萊頓已經預料到了羅獵會來拜訪自己，他不無抱怨道：「羅先生，你推薦給我的這個人才上任就出了這麼大的事，十六條人命，這件事讓整個租界都非常恐慌。」

羅獵道：「兩者之間好像沒有必然的關係吧？領事先生不是說他剛剛上任嗎？」

萊頓道：「我聽說他是你的姐夫啊，你們中國人有句老話，叫舉賢不避親。」

羅獵笑了起來，萊頓果然是個中國通，他點了點頭道：「不錯，舉賢不避親，他若是沒有能力，我當然不會推薦他。」

萊頓道：「就知道你會向著他說話。」

羅獵道：「其實租界的恐慌毫無必要，昨晚死去的十六人如果還活在租界才是莫大的隱患，他們如果不死，還會接連不斷地製造罪惡。」

萊頓雖然知道羅獵是在強詞奪理，可也不得不承認，這十六人的死亡對租界的治安來說只有好處，沒有壞處。他歎了口氣道：「畢竟都是人命啊，這種事情我不想租界再出現了。」

羅獵將一個信封放在他的手中，萊頓苦笑道：「你以為這樣就能夠擺平一切？」

羅獵道：「解決問題總要付出一定的代價，想要迎接新生必然要經過陣痛。」

萊頓想了想道：「你說得的確很有道理，董治軍剛剛上任，工作都沒有完成交接，我看此事應當由王金民負責。」他決定給羅獵這個人情，反正王金民已經夠麻煩了，不介意多讓他背負一件。

羅獵和萊頓接觸的時間雖然不長，可是知道此人的貪婪比起蒙佩羅還要有過之無不及。其實這並不難理解，這些所謂的外交官來到華夏，絕非真心要搞好外交關係，他們只不過是各自利益的代言人，在覬覦中華財富的同時也不忘滿足私欲。王金民在萊頓的眼中根本連螻蟻都算不上，為了利益，萊頓會毫不猶疑地將他犧牲。

羅獵也明白萊頓看重的不是自己，而是自己的財富，他提醒萊頓道：「死去的十六個人中有三名日本人，其中一人應該是首領，他的死因是服毒自殺。」

萊頓怒道：「這些日本人真是猖狂，竟然敢在法租界興風作浪。」身為外交官，他對目前的亞洲形勢非常清楚，中華這頭昔日的雄獅沉睡了太久，東方的近鄰卻在這些年迅速趕上，隨著他們國力的發展，他們的野心同樣茁壯成長，發生在滿洲的事情只是一個開始，絕不是結束。目前國際上統一的認知都是日方想要吞併這體量遠超它的大國，在這一行動中，他國的利益必然受損。

在羅獵眼中，這些人全都是強盜，堂而皇之地留在別人的家中，掠奪著他人的財富，他們的矛盾只是因為分贓不均。

羅獵道：「根據有人死前交代，他們的背後主使是大正武道館。」

萊頓道：「可是死無對證啊。」

羅獵微笑道：「莫須有！」

羅獵並無證據，麻雀雖然留下了一名活口，可是她並沒有問出幕後指使，在她準備逼問之前，對方就已經服毒自盡。很多時候並不需要確實的證據，羅獵和船越龍一約定一周的期限並不是沒有原因的，他要在一周內採取主動進擊。

程玉菲在和麻雀同去餐廳的路上突然改了主意，她說還有要事去辦，麻雀知道程玉菲明顯只是藉口，應該是故意給她和羅獵創造一個單獨相處的機會。

麻雀來到餐廳時，羅獵已經提前到了，他點好了餐，兩人目光相遇，麻雀的俏臉瞬間紅了起來，她感到害羞又有些內疚，忽然覺得自己昨晚扮演了不光彩的角色。

羅獵相對坦然得多，他先將一封信遞給了麻雀。

麻雀以為是寫給自己的，帶著忐忑的心情拿起一看，這封信卻是葉青虹寫給羅獵的，麻雀猶豫了一下，畢竟看他人的信件有種偷窺他人隱私的感覺，可好奇心仍然驅使她讀了下去，既然羅獵將這封信給她看，就應當有足夠的理由。

雖然是葉青虹寄給羅獵的信，可其中的內容卻提到了自己，麻雀看完之後，她咬了咬嘴唇道：「青虹姐她……」

羅獵道：「青虹離去之前留下了這封信。」

麻雀紅著臉道：「她真的可以接受我？」

羅獵道：「也許你應該親自去見她。」

麻雀有些難為情道：「咱們的事情她知道了？」

羅獵搖了搖頭道：「哪有那麼快，我還以為你體內的喪屍病毒仍未肅清。」

麻雀道：「別說了，討厭！」她甚至不敢回憶昨晚發生的事情。

羅獵望著麻雀，看到麻雀臉上的嬌羞和幸福，他意識到自己雖然犯了一個錯誤，可這個錯誤對麻雀來說並非壞事，麻雀的命運已經完全改變了。

麻雀調整了一下自己的情緒，低聲道：「羅獵，我發現我的身體發生了變異，我變得嗜血好殺。」

羅獵點了點頭，他知道，在麻雀接連斬殺了十六名刺客之後，幾乎所有人都發現了麻雀的變化，羅獵瞭解的比其他人更多一些，麻雀在殺人之後會長時間處於狂躁和興奮中。

麻雀道：「我……我會不會變成一個惡魔？」

羅獵道：「不可能！」

「你幫我啊……」麻雀螓首低垂，宛如一個做錯事的孩子。

羅獵伸出手去拍了拍她的手背，麻雀將他的手抓住，小聲道：「你不用管我的，我不會影響你的生活。」

羅獵望著麻雀，想起另一個時空中孤獨老去的她，心中無限感慨，只要眼前的她能夠幸福就好，其他的別無所求。葉青虹早已看出了麻雀對他的情愫，否則也不會留下這封撮合他和麻雀的信。

艾迪安娜的出現讓羅獵心中蒙上一層濃重陰影，他必須要將她除去，否則會給這個世界帶來無窮無盡的災難。羅獵道：「你的實力非常強大，可必須要學會控制。」

麻雀點了點頭道：「我以後一定會多多控制。」

羅獵道：「我想你去歐洲之後馬上去找青虹。」

麻雀誤會了他的意思，還以為羅獵要讓自己獨自去面對葉青虹說明他們之間發生的事情，紅著臉道：「我……我怎麼好去見她？」

羅獵道：「我擔心有人會對她不利，現在我又無法抽身離開黃浦，而且你去歐洲散心是早就定下來的事情，也不會引起懷疑。」

麻雀這才明白羅獵的意思，她鄭重道：「你放心吧，我一定保護好青虹姐他們。」她又有些擔心羅獵，張長弓他們都不在，自己又走了，羅獵身邊缺少得力的幫手，從昨晚來看他所面對的敵人實力雄厚，這讓她怎能放心得下。

羅獵看出她的顧慮，安慰她道：「你放心吧，我完全可以照顧自己，只有你幫我解除了後顧之憂，我才可以放手去救陸威霖，徹底解決黃浦的事情。」

麻雀道：「我可以去，不過，有件事你須得答應我。咱們之間就當任何事都沒有發生過，我不想因為這件事而讓青虹姐困擾。」

羅獵點了點頭：「好，我答應你。」這件事還是自己親自向青虹說明的好。

船越龍一的大正武道被巡捕查封，他雖然申明自己擁有外交豁免權，可是對方似乎並不買帳，船越龍一也只能接受現實，查封一事的背後主事人直指羅獵，整個武道館上上下下群情激奮，若非船越龍一阻止，他的這些弟子早已衝去找羅獵拚命，船越龍一知道此事和他們無關。

他和羅獵約定一周的期限，剛剛開始就發生了這麼多的事情，船越龍一不由得擔心接下來的時間內形勢還不知會惡劣到何種地步。

想要解決眼前的狀況，最直接的辦法是去找法國領事萊頓，如果他不點頭，這些巡捕是不敢堂而皇之地查封武道館，船越龍一決定親自去走這一趟。

船越龍一在萊頓那裡吃了閉門羹，由此能夠確定萊頓在這件事上堅定地站在了羅獵一方。

回到住處，發現百惠已經在等著了，船越龍一點了點頭，邀她進入房內，百惠道：「船越君，已經查清昨晚襲擊麻雀的那些人都是雇傭殺手，其中兩名是流浪武士，他們是自由身，和任何組織都沒有關係。」

船越龍一皺起了眉頭，也就是說除了他們之外還有人在攻擊羅獵身邊的人，這對他們來說可不妙。

百惠道：「羅獵將這件事算在了我們頭上，我看最好還是儘快向他解釋一下。」

船越龍一冷冷道：「有必要嗎？就算我去解釋他會相信嗎？」

百惠沉默了下去。

船越龍一道：「有人在故意挑起我們和羅獵之間的爭端，恨不得我們雙方拼個你死我活，他才好坐收漁利。」

百惠道：「船越君以為會是誰？」

船越龍一道：「無論是誰，我都會把他查出來。」

王金民的內心是崩潰的，他最終還是背了黑鍋，這位法租界領事萊頓徹底被羅獵收買，在昨晚的刺殺事件發生後，案件迅速了結，不過對辦案不利的王金民進行了解職處理，王金民此前還特地求教于廣龍，根據于廣龍的分析，他最多也是被降職，建議他儘快調離，可王金民還沒有來得及辦，就遭遇了麻煩，這次想翻身已沒有可能。

王金民沒有回家，而是去了一個相熟的舞女紅玉那裡，他背著老婆偷偷包養了這個舞女，舞女的吃穿用度全都是他在承擔，王金民將之視為知己，遇到心情不快的時候，寧願向她傾吐。

王金民到了地方卻看到人去樓空的場面，口口聲聲會和他同甘共苦的舞女將所有值錢的東西席捲一空，王金民真正體會到福無雙至禍不單行的道理，其實世態炎涼早就應該看透，他這些年也沒做過多少好事，今日的結果也算是報應了。

王金民坐在沙發上落寞寂寥，一時間不知自己將要何去何從？自己之所以落到現在的地步全都要拜羅獵所賜，如果不是他，自己應該早就接了劉探長的位子，如果不是羅獵又怎會中途殺出一位新的探長？按理說董治軍才是正職，昨晚的事情就算追究也應該追究到他的身上，為何自己背了黑鍋？

王金民越想越是憤怒，恨不能殺了羅獵，人在情緒低落的時候容易產生偏激的想法，他就是如此。

王金民憤憤不平之時，突然聽到一個聲音道：「王探長現在的心情不好受吧？」

王金明心中駭然，他在這裡已經待了快一個小時，都不知道除了自己之外還有人在，他匆匆掏出手槍，衝著聲音傳來的角落道：「什麼人？給我出來！」

一個灰色身影緩緩走出，對方穿著長衫，帶著灰色禮帽，帽簷壓得很低，看不到他的面目。

王金民槍口對準了這位不速之客：「你是誰？舉起手，抬起頭來。」

對方伸手摘下了禮帽，卻沒有舉手，抬頭望著王金民道：「王探長，別來無恙。」他帶著一張銀色的面具，一雙深邃陰冷的眸子冷冷望著王金民，這剃刀般的目光讓王金民感到不寒而慄。

王金民畢竟偵探出身，從對方的聲音中感到了幾分熟悉的味道，他仔細想了想，很快就想起了一個名字，低聲道：「穆天落……」

穆天落就是白雲飛，白雲飛繼承穆三壽的產業一度稱雄法租界，可後來又被葉青虹討回財產，最終淪落成為階下囚，這起案件當年也震動黃浦，王金民雖然沒有負責過他的案子，可是在白雲飛最風光的時候也跟他有過一些交往，那時候白雲飛正值春風得意，眼中是看不起他這個小小巡捕班頭的。

王金民很快就想起白雲飛並非刑滿釋放，而是越獄逃亡，內心中不由得警惕起來，他為何出現在這裡？難道想報復自己？王金民又想到自己好像沒什麼得罪他的地方，白雲飛就算去復仇也應當去找羅獵，而不是自己。出於自我保護，王金民仍然沒有放下槍，厲聲道：「你好大的膽子，越獄之後居然還敢在黃浦現身。」

白雲飛不屑笑了一聲，他來到沙發上坐下了，抬頭看了看王金民手中的槍歎了口氣道：「你總這樣舉著難道不累？」

王金民道：「你是打算自首還是讓我把你押回去？」

白雲飛道：「就算你把我交上去，法國領事會給你官復原職嗎？王金民，你只不過是一顆棄子罷了。」

「你住口！」王金民怒吼道。

白雲飛道：「我來找你是想告訴你，你被免職並不代表一切都已經結束，如果你現在回家，馬上就會被人抓起，你已經被列為謀殺劉探長的重點嫌犯。」

「你胡說！」王金民的聲音顫抖了起來。

白雲飛道：「對你這樣的人，我沒必要撒謊，也沒興趣撒謊。」

「不是我……我沒做過，我沒做過！」

白雲飛道：「萊頓才不會在乎事實真相呢，他想要的只是一個交代，只要有人背鍋，能夠維持法租界的現有平衡，其他的都不重要，他根本不想要什麼真相。」

王金民知道白雲飛所說的全都是實情，手中的槍緩緩垂落下去，頹然坐了下去，如果白雲飛所說屬實，那麼他已經走投無路了。沉默了好一會兒，他方才道：「我想打個電話？」

白雲飛點了點頭。

王金民往家裡撥了個電話，電話鈴響了數聲之後，終於有人接電話，電話那頭傳來妻子驚慌失措的聲音：「老公，你怎麼還不回來，家裡來了好多人，他們不讓我們出門，讓你趕緊回來……」

電話被人奪了過去，一個陰沉的聲音道：「王金民，限你一個小時內回來，否則後果自負。」

王金民倒吸了一口冷氣，白雲飛沒有騙他，自己果然被徹底放棄了，這次遇到麻煩的不僅僅是他，還有他的家人。

王金民抬起頭望著白雲飛道：「我……我該怎麼辦？」他知道就算自己現在回去也是自投羅網，根本救不了家人。

白雲飛道：「以其人之道還治其人之身，萊頓既然敢抓你的家人，你同樣可以這樣做。」

王金民苦笑道：「我就算想這麼做，可是我也沒有那個能力。」

白雲飛打開隨身的一個木盒，其中放著一支針劑，向王金民道：「這裡面是化神激素，只要你打上一針，你的能力就會呈數十倍的增加，就可以隨心所欲去做事。」

王金民望著那支淡綠色的針劑，心中忐忑，他無法確定白雲飛是不是在騙自己。

白雲飛看出他的猶豫，將開啟的木盒蓋上，冷冷道：「選擇權在你的手裡，我想你已經沒有了太多的選擇。」

王金民道：「我注射之後又該怎麼做？」

白雲飛道：「你在跟我談條件？那好，如果你按照我說的做，我可以保證你的家人平安。」

王金民呆呆看著白雲飛，他雖然不相信，可目前的確沒有了其他的選擇。他終於下定了決心，點了點頭道：「幫我注射，我要所有害我的人都付出應有的代價。」

船越龍一沒有料到羅獵會主動登門，看到羅獵臉上的笑容，船越龍一認為這笑容中充滿了掌握主動的意味，他冷冷道：「羅先生以為封了我的大正武道，就有了和我討價還價的本錢？」

羅獵搖了搖頭，看了看左右，船越龍一揮了揮手，示意那群對羅獵怒目而視的弟子全都散去。

和室內只剩下他們兩人，船越龍一道：「飲茶嗎？」

羅獵道：「不渴。」

「怕我下毒？」

羅獵笑了起來：「以船越先生的境界應該不會做這種宵小之事。」

船越龍一道：「那就嘗嘗我的茶藝。」

羅獵點了點頭，船越龍一轉去一旁為客人燒水沏茶，而羅獵則饒有興致地望著他的舉動，不由得想起最初去滿洲的時候和船越龍一相識的情景，船越龍一的身上還是有著傳統武者的氣質和堅守的，只是這個時代卻在默默改變著人。

船越龍一沏茶的手法非常熟練，他將沏好的那杯抹茶雙手奉送給羅獵，羅獵恭敬接了過去，向他鞠躬致意。

船越龍一看到羅獵飲下抹茶，嚴峻面孔上出現了一抹微笑：「味道如何？」

羅獵道：「清香宜人。」

船越龍一道：「我們的抹茶源自於大宋，不過隨著歷史的發展，已經形成了自身獨特的風格，貴國茶道注重茶味，殺青之意在去除茶中的草氣，而我們的抹茶卻強調這種青草的自然氣息，所以形成了獨特的本土茶文化，羅先生更喜歡哪種？」

羅獵道：「春蘭秋菊各自擅長。」

船越龍一微笑道：「羅先生的評價頗為中肯。」

羅獵道：「中華多戰亂，有些文化在歷史的傳承中逐漸消亡。」

「中華文化博大精深，我國的國人對中華文化喜歡得很，愛惜得很。」

羅獵反問道：「因為喜歡就要據為己有嗎？」

船越龍一沉默了下去，停頓了一下又道：「政治上的事情我不懂，身為子民理當報效國家，忠於天皇。」

羅獵道：「無論你怎麼想，最終你們必敗無疑。」他早已知道了結果。

船越龍一沒有被羅獵的話激怒，他平靜望著羅獵道：「羅先生此來就是為了說這番話？」

羅獵道：「我過來的目的是找你要人，陸威霖是我的朋友，我希望船越君不要為難他，如果可以的話，我願意用自己和他交換。」

船越龍一道：「你退出黃浦，了結這裡的一切，我自然會放了他。」

羅獵道：「昨晚死的那些人和船越君沒有關係對不對？」

船越龍一聽他突然提到了這件事不由得一愣，然後點了點頭道：「我當然不會做這樣的事情。」心中暗自奇怪，羅獵既然知道暗殺事件和他們無關，為何又要說服萊頓動用巡捕來查封自己的武館？看來是要利用這件事給自己壓力，最終的目的還是逼迫自己放了陸威霖。

羅獵道：「我也不會找人刺殺自己的朋友，所以有人想在你我之間製造矛盾，希望看到鷸蚌相爭漁人得利的場面。」

船越龍一雙眉一動：「羅先生是不是查到了什麼？」

羅獵道：「船越君知不知道白雲飛這個人？」

船越龍一當然知道白雲飛，他聽出了羅獵的言外之意，是白雲飛在背後製造文章，挑起他們之間的爭端。

羅獵道：「船越君也應該知道追風者計畫的事情。」

追風者計畫一度是日方的機密，參與計畫的核心人物大都已經死去，藤野俊生、平度哲也、福山宇治，船越龍一雖然參與過這個項目，但是他始終並未進入核心。他本以為這件事會成為永遠的秘密，再也不會有人提起，想不到羅獵又提起了這件事。

船越龍一想起了松雪涼子，洩露秘密的那個人應該是她吧。

羅獵道：「追風者計畫其實就是人體改造計畫，通過反人類的手段改造人的基因，強化人的身體，貴國本想將之用於軍事，可最後因為藤野家族的私心沒有成功，這也算得上是不幸中的萬幸，如果一旦成功，後果將不堪設想，這些改造會帶來極其嚴重的副作用，不但損害他們的身體還會改變他們的意識，讓他們喪失理智，你有沒有想過，如果有一天我們所生存的世界被這些改造人所佔領，將會是怎樣的局面？」

船越龍一並非沒有想過，他也曾經擔心過追風者計畫所產生的後果，知道羅獵不是在危言聳聽。他搖了搖頭道：「一切都已經結束了，追風者計畫以失敗告終。」

羅獵道：「船越君並不知道藤野家族從中華得到了一本《黑日禁典》，這其中記載了許多的秘密，我可以斷定有許多的秘密已經流失了出去。」

船越龍一道：「你是說白雲飛掌握了一些秘密？」

羅獵道：「前些日子，督軍女兒失蹤，我們前往尋找，在途中一個荒島之上遭遇了一件讓人恐怖的事情。」

船越龍一道：「什麼事情？」

羅獵道：「有人感染了喪屍病毒，這種病毒的傳播速度極其迅速，可以通過血液和體液傳播，一旦被病毒攜帶者咬傷或抓傷，就會馬上感染，我有理由相信，白雲飛和他的同夥已經掌握了這種病毒，並準備將它擴散開來。」

船越龍一倒吸了一口冷氣，如果羅獵所說的屬實，那麼兩國之間的戰爭已經不再重要，他們或將面對一個人類生死存亡的問題。船越龍一道：「如果他們掌握了病毒，為何至今尚未使用？」

羅獵道：「因為他們無法控制這種病毒，擔心一旦擴散，最後會反噬其身。」

船越龍一望著羅獵道：「你有對抗的方法？」

羅獵道：「最好的辦法就是在病毒還未爆發之前將之扼殺於萌芽狀態，一旦擴散開來，速度之快將超乎你的想像，到時候想回頭收拾已經沒有可能。」

船越龍一道：「我們應當怎麼做？」他終於被羅獵說服了。

羅獵道：「我們目前最有利的條件，就是他們認為你我處於對抗，因為昨晚的事情，他們認為我和你之間已經徹底撕破臉皮，所以我們不妨將戲演下去，白雲飛不會找我，可是他應該會找你。」

「何以見得？你認為他會覺得我更好騙？」

羅獵道：「你我可以聯手解決這個隱患，但是我要船越先生向我保證陸威霖的安全，在此事結束之後，馬上給他自由。」

船越龍一想了好一會方才道：「我可以保證他的安全，可是第二個條件我目前還無法答應你。」

萊頓夫人並不喜歡黃浦這座城市，雖然這裡同樣擁有巴黎的繁華，可浮華之下卻是暗潮湧動，這裡最多的就是冒險家和麻木不仁的百姓，她也不喜歡這裡的天氣，自從她抵達黃浦之後，多半的時間都在下雨，好不容易迎來了一個風和日麗的天氣，這樣的天氣必須要出門走走。

萊頓夫人喜歡在河邊漫步，羅獵提供的別墅位置很好，走出不遠就到河邊，沿著河邊一路向南，不久就能夠走到外白渡橋，為了她的安全考慮，萊頓給她配備了四名保鏢，只要是出門，這四名保鏢都會跟在她的身邊，警惕地望著周圍的情況。

這也是萊頓夫人厭煩的原因之一，法蘭西是個崇尚浪漫和自由的國度，在這裡她有種時刻被人監視的感覺，雖然身邊的四個人目的是為了保護她。

「你們可不可以給我一點自由呼吸的空間？」望著如影相隨的四名保鏢，好脾氣的她終於動怒了。

四名保鏢點了點頭，雖然拉開了一點距離，可是仍然沒有離開太遠。

路邊的長椅上坐著一個人，因為坐在那裡一動不動，乍看上去如同一尊雕塑，四名保鏢頓時警惕了起來，還好萊頓夫人並沒有繼續前行，因為被步步緊跟，原本的好心情完全被破壞了，與其這樣走下去還不如打道回府，至少在家裡不需要被人這麼盯著，還能享受一下自己獨處的空間。

萊頓夫人回頭的時候，那個人忽然道：「萊頓夫人！」

萊頓夫人心中一驚，四名保鏢慌忙將她護在中心，他們的手不約而同去摸槍，這是一種本能的反應。

那名男子緩緩站了起來，萊頓夫人認得他，此人來過自己家中拜會而且不止一次，他是法租界的代理華探長王金民，認出王金民之後，萊頓夫人鬆了口氣，示意保鏢們不要緊張，她用並不熟練的中文道：「王先生，這麼巧。」

王金民的臉上帶著笑，不過笑容顯得詭異且僵硬：「夫人還記得我。」

萊頓夫人道：「我還有事，該回去了。」

王金民道：「回什麼地方？法蘭西嗎？」

萊頓夫人感覺他的語氣頗為怪異，心中有些發毛，她也聽說了王金民被免職的消息，難道此人因為這件事受到了刺激，她決定儘快離開這裡，萊頓夫人再也不跟王金民答話，她加快了腳步。

王金民舉步向前，卻被兩名保鏢攔住，王金民道：「好狗不擋道！」

其中一名保鏢伸手抵住王金民的胸膛，粗暴道：「滾開！」

王金民望著這狗仗人勢的傢伙，冷冷道：「你再說一遍！」

「滾開！」

對方的話剛剛說完，他的手就被王金民握住，強大的力量拗斷了他的腕骨，另外那名保鏢看到勢頭不妙，慌忙舉槍準備瞄準王金民，可是王金民出手的速度驚人，不等他扣動扳機，就已經抓住了槍膛，硬生生將手槍奪了過來，調轉槍口對準了他的額頭，沒有絲毫的猶豫，就扣動了扳機。

此時還是清晨，周圍行人不多，四處寂寥，這聲槍響越發顯得觸目驚心，王金民的雙目蒙上了一層血色，他搶下保鏢的手槍射殺了一名保鏢，然後抬腳將那名已經被他折斷腕骨的保鏢踹倒在地上。

剩下的兩名保鏢看到王金民冷血凶殘的出手，慌忙舉槍射擊，兩人雖然都瞄準了王金民，可是子彈射出之後，目標卻倏然失去了影蹤，兩人尋找目標的時候，王金民如鬼魅般出現在他們的身後，雙手抓住兩人的頸部，用力一擰，喀嚓脆響，兩名保鏢的頸椎就被折斷，軟癱在了地上。

萊頓夫人在王金民開槍之後就意識到不妙，她沒命地向遠處逃去。

王金民瞬間幹掉了三名保鏢，最先攻擊他的那名保鏢被他先折斷了手腕，然後又踢了一腳昏倒在地，王金民並沒有繼續追殺他，而是向萊頓夫人奔去。

萊頓夫人回頭張望，只見她的四名保鏢全都被擊倒，不知是死是活，心中惶恐到了極點，她尖叫道：「救命！救命……」

王金民連續幾個起落已經攔住了她的去路，伸手就抓住了她的咽喉，萊頓夫人被扼得發不出聲音，一張臉孔由紅變紫……

萊頓得知妻子失蹤，馬上就中斷了會議，第一時間趕到現場，在他之前，董治軍率領所有巡捕已經傾巢而出，還動用了警犬，四名負責保護萊頓夫人安全的保鏢死了三個，還有一人倖免於難，他將發生的事情斷斷續續說了出來。

萊頓聽聞王金民竟然綁架了自己的妻子，簡直是怒不可遏，他對董治軍發了一通火，勒令董治軍馬上破案，如果二十四小時內不能將妻子安全帶回來，就主動辭職。

萊頓離去之後，羅獵方才姍姍來遲，董治軍從羅獵到來的時機就猜到他應該是故意迴避萊頓，董治軍把自己目前掌握的情況向羅獵說了一遍，苦笑道：「這華探長真不是人幹的，萊頓給我一天的時間，我做好了辭職的準備。」

羅獵道：「真是王金民幹的？」

「那還能有錯？有目擊證人。」

「人呢？」

董治軍歎了口氣道：「受傷了，送醫院去搶救了。」

羅獵道：「王金民真有這麼厲害？」

董治軍道：「反正說得跟神仙附體似的，一個人空手幹掉了四名訓練有素的保鏢，還殺了三個，活著的那個手腕被他硬生生給掰斷了。」

羅獵點了點頭，他能夠斷定王金民的身上一定發生了某種不為人知的變化。他安慰董治軍道：「姐夫，你別急，按照程序該怎麼查就怎麼查，我去想想辦法。」

董治軍道：「能有什麼辦法？」

羅獵拍了拍他的肩膀，有些事就算對他也不能說。

羅獵離開之後就去了督軍府，蔣紹雄並不在家，蔣雲袖一個人在花園中畫著畫，傭人將羅獵引到花園，羅獵示意傭人不必叫她，緩步來到了蔣雲袖的身後，看到蔣雲袖正在畫園中的花卉，她的畫技嫻熟且高超。

蔣雲袖早就預知了他的到來，輕聲道：「你是無事不登三寶殿吧。」

羅獵笑道：「蔣小姐是聰明人，我來幹什麼，你心中清楚。」

蔣雲袖道：「我又不是你肚子裡的蛔蟲，我怎麼知道你想幹什麼？你不說我還以為你喜歡我，專門來追我呢。」

羅獵道：「萊頓夫人的事情聽說了嗎？」

蔣雲袖道：「不熟！」

「她今晨被王金平給劫持了。」

蔣雲袖道：「你以為這件事是我做的？於是算在了我的頭上，專程找我來要人？」她將畫筆放下，有些生氣地瞪著羅獵道：「你有證據的話大可去告我！」

羅獵道：「我可沒說是你，今天前來是想你幫我分析分析案情，看看能不能發現一些線索。」

蔣雲袖笑道：「有求於我？那好辦，你把棺材給我，我幫你救出萊頓夫人。」

羅獵道：「我要是真把它給了你，肯定要死更多的人。」

蔣雲袖道：「那就別談了。」

羅獵道：「有沒有想過回去啊？」

「回得去嗎？」

羅獵道：「就算我把棺材給了你，就算你可以統治這個世界，又能證明什麼？」

蔣雲袖道：「我高興。」她望著羅獵道：「你是怎麼回來的？」

羅獵道：「通天塔，只要找到兩個相對的通天塔，就能進行時空穿梭。」

蔣雲袖的雙目一亮，顯然被羅獵的這番話打動了，她想了想道：「你在騙我吧，你連那掛件都不願意交給我，難道肯告訴我這麼大的秘密？」

羅獵道：「我騙你幹什麼？你對我而言就是瘟神，能把你送回原來的世界，我求之不得，你想禍害誰，只管回去禍害，千萬別禍害這個世界。」

蔣雲袖道：「聽起來好像有些道理。」她讓羅獵等著，轉身去裡面洗手換衣。似乎在故意考驗羅獵的耐性，足足等了一個小時，方才看到沐浴後的蔣雲袖回來。

羅獵認為她在這一小時的時間內應該已完全考慮清楚，微笑道：「考慮好了？」

蔣雲袖道：「我還是要那個掛件，你給我掛件，我幫你找回你想要的人。」

羅獵道：「一手交人一手交貨。」

蔣雲袖道：「此事和我無關，不過我知道是誰。」她淺笑道：「我帶你去找。」

羅獵道：「你是督軍的寶貝女兒，身嬌肉貴，我怎麼可以讓你冒險。」

蔣雲袖道：「你心中巴不得我早點死。」她將事先寫好的紙條遞給羅獵：「今晚十點你準時到這個地方接我。」

羅獵接過紙條，心中暗忖，此女狡詐多變，決不可相信，她的所作所為更像是當年的風輕語，按照龍天心所說，艾迪安娜是她一手製造出來的生命體，或許其中融入龍天心的不少意識和惡念。

第十章

最大的幸福

麻雀站在葡萄園內，眺望著腳下湛藍如寶石的日內瓦湖，
心曠神怡，綠色的葡萄園梯田洋溢著生命的綠色，
她的手輕輕落在微微隆起的小腹上，
心中充滿了滿足和欣慰，既然愛過又何必在乎擁有，
只要知道心上人開心快樂，就是自己最大的幸福。

萊頓夫人在黑暗中瑟瑟發抖，她應該被關在這裡有半天的時間了，想起王金民殺死保鏢劫持自己的情景，內心中仍然驚恐不已，她不明白為什麼一個人可以擁有如此強大的力量，簡直是惡魔。

遠處的牆壁似乎有光透進來，她掙扎著向那道牆上的縫隙移動，好半天才移動到縫隙旁，這條縫隙長約半寸，寬還不到一指，儘管如此，已經讓她惶恐的內心安穩了許多。

萊頓夫人心中充滿了懊悔，她不該來這裡的，如果不是為了丈夫的野心，她說什麼都不會陪同他來到萬里之遙的東方，也不會遭到如此噩運，她心中暗暗下定決心，如果這次能夠僥倖出逃，自己一定會離開這裡。

她的目光適應了外面的光線，透過這縫隙可以看到有限的外景，她看到堆積如山的貨櫃木箱，越發肯定了自己剛才的判斷，不知過了多少時候，總算看到兩個身影從前方經過，萊頓夫人定睛望去，其中一人是王金民，原來這惡魔一直都沒有走，就在附近看守著她，另外一人因為角度的緣故看不清面容。

萊頓夫人屏住呼吸，生怕自己的一舉一動驚動了他們，那人此時轉臉向這邊看來，嚇得她慌忙將頭縮了回去，可馬上又意識到對方不可能看到自己，重新湊在縫隙前，當她看清對方容貌的時候，感覺喉頭彷彿被一雙無形的手給扼住了，她萬萬沒有想到，和王金民一起的人竟然是羅獵。

當晚十點羅獵準時來到蔣雲袖約他的地方，岩谷貨倉距離羅獵的物業虞浦碼頭不遠，岩谷貨倉位於公共租界，又是日方投資的貨倉，羅獵將車停在路邊，並沒有看到蔣雲袖的身影，抬起手腕看了看時間，已經比約定時間過了五分鐘，羅獵對此早有了心理準備，以蔣雲袖的狡詐不排除她會設局的可能，不過羅獵對此也留有後手，他已無意耽擱，畢竟耽擱的時間越久形勢就會變得越不利。

過了半個小時，羅獵看到迎面走來一道黑色的身影，窈窕的身姿說明她是個女人，不過從身高上來看應該超過蔣雲袖，羅獵心中有些奇怪，難道蔣雲袖爽約，派了其他人過來？又或是此女只是偶然路過？

那女子來到羅獵的車前停下，揭開頭巾，抬頭向車內的羅獵望去，羅獵內心一震，路燈之下，這女子的容顏清晰出現在自己的面前，竟然和顏天心生得一模一樣，羅獵知道顏天心絕無可能回到這個時代，眼前的女子就是艾迪安娜，時空的變換並沒有影響到艾迪安娜自如變化形體外表的能力，所以她變化而成的蔣雲袖可以輕易瞞過眾人的眼睛，甚至連親生父親蔣紹雄也能騙過。

艾迪安娜來到車前拉開車門進入其中，一雙美眸盯住羅獵，柔聲道：「我現在這個樣子你喜不喜歡？」她甚至連聲音腔調都模仿的一模一樣。

羅獵冷冷望著她道：「不喜歡。」他明白艾迪安娜這樣做的動機，她是在故意刺激自己。

艾迪安娜幽然歎了口氣，低下頭，再度抬起頭的時候，卻又變成了林格妮的樣子，充滿幽怨道：「當初你為何要離開我遠走？為什麼不救我？」

羅獵心中的痛苦往事被她成功勾起，不過理智卻告訴羅獵眼前的一切皆是幻象。

羅獵道：「如果你不想合作，現在就可以離開。」

艾迪安娜呵呵笑了起來，扭過頭去，再回頭竟然變成了葉青虹的樣子，她的強大在於不但瞬息萬變，而且她的樣子維妙維肖，幾乎能夠以假亂真，單從外表和聲音上就算是羅獵也很難區分出來。

羅獵道：「的確很厲害。」

艾迪安娜道：「如果我願意，我可以變成任何人。」

羅獵道：「你又是誰呢？」

艾迪安娜被他問得一愣：「什麼？」

羅獵道：「你可以變成這個世界上的任何人，可你唯獨不知道自己是誰？」

艾迪安娜的內心如同被人用刀猛刺了一下，一雙美眸迸射出幽蘭色的光芒，羅獵的這句話直戳她的內心，她不得不承認，在來到這個時代之後，發現這個時代遠不如當初想像中的美好，羅獵無疑是瞭解她的，正如自己知道他的弱點一樣，羅獵也清楚自己的弱點所在。

艾迪安娜雙目之中怒火燃燒，死死盯住羅獵道：「你雖然很有本事，可我一樣能夠讓你身敗名裂，讓你在黃浦，不！讓你在這個世界上再無容身之地。」

羅獵微笑道：「我相信你有這樣的能力，可你應該不會那麼做。」

艾迪安娜咬了咬嘴唇，她甚至懷疑羅獵看透了自己的內心，應該沒可能的，自己將腦域保護得很好，他沒那麼容易侵入自己的腦域，讀到自己的意識。可能是基於自己行為的判斷吧，羅獵是個極其厲害的對手，艾迪安娜不止一次領教過，她忽然意識到一個可怕的現實，自己對羅獵沒有那麼強烈的殺心，而羅獵卻不可能忘記林格妮的血債。

艾迪安娜道：「如果你現在就死，我該多麼寂寞啊。」她並沒有說謊，在這個時代，也許只有羅獵才知道她來自何方，只有羅獵才和她有著同樣的經歷，雖然他們是敵人，可又擁有著太多的相似經歷，這正是讓她矛盾的地方。

在羅獵的眼中，艾迪安娜只不過是龍天心製造出來的悲劇，是一個集聚龍天心陰暗心理的投影，她不知道存在的意義是什麼？甚至不知道自己究竟是誰？羅獵道：「你幫我救人，我把東西交給你。」

艾迪安娜笑了起來：「我改主意了。」

羅獵有些詫異地望著她，她的出爾反爾並不讓人意外，可在這種時候又改主意對他可不是什麼好事。

艾迪安娜道：「我要你陪我去找通天塔。」

羅獵點了點頭：「沒問題。」

艾迪安娜笑了起來：「那好，我幫你救人。」

羅獵問道：「難道你不怕我騙你？」

艾迪安娜道：「不怕，你不是那種人。」她推開車門走了下去。

羅獵也從另外一側下車，下車的時候，目光迅速掃過對側教堂的鐘樓。

教堂的鐘樓之上潛伏著一名男子，此人正是船越龍一，他也是在經過一番深思熟慮之後決定與羅獵合作，雖然他對羅獵所說的喪屍病毒並不全信，可是在他們擁有一個潛在共同敵人的問題上，兩人達成了共識。

羅獵今晚的行動並沒有動用手下的任何人，也沒有告知朋友，不過他通知了船越龍一。

船越龍一事先在鐘樓上埋伏，艾迪安娜上車之前，他通過望遠鏡看到了她的樣子，當艾迪安娜再次下車的時候，已經變成了一個金髮藍眼的白種美女，船越龍一幾乎不敢相信自己的眼睛，難道羅獵在其中動了手腳。

不過他全程緊盯，現場並沒有第三人在。

艾迪安娜指了指岩谷貨倉道：「人就被關在裡面，他們有很多人。」

羅獵道：「咱們只有兩個，看來需要叫支援。」

艾迪安娜道：「如果想她活著，最好不要這樣做。」她說完，快步向前方走去，突然縱身一躍，身軀飄飄然已經登上了足有三米的圍牆。

羅獵在艾迪安娜啟動之後，也縱身跳起，不過他沒有艾迪安娜那麼強勁的彈跳力，先是利用雙手攀附然後才爬了上去。

艾迪安娜小聲道：「你身手變差了好多。」

羅獵道：「從那麼遠的地方回來，總會受一些影響。」

艾迪安娜暗忖，看來是時空穿梭的緣故，羅獵的身手遠沒有過去那麼厲害。

羅獵蹲在牆頭上居高臨下望去，卻見貨場內雖然貨物堆積如山，可並沒有人在，只有靠近大門處負責看守貨場的小屋仍然亮著燈，其他的地方全都黑漆漆一片，連個鬼影子都沒有。

羅獵低聲道：「哪有什麼人？真是危言聳聽。」

艾迪安娜笑道：「騙你的，你居然就信了。」她率先從圍牆上跳了下去，宛如一朵黑色的雲一般飄飄蕩蕩落在了地上，連一點聲息都沒有發出。

一直在後方觀望的船越龍一不由得倒吸了一口冷氣，此女的身手實在了得，難道她注射過化神激素，看來羅獵果真沒有欺騙自己。

艾迪安娜向前走了幾步，意識到羅獵仍然沒有跟上來，轉身瞪了他一眼，又朝他招了招手，羅獵沒有直接跳下，先用雙手攀著牆頭然後滑了下來，雖然也沒發出什麼聲息，可是和艾迪安娜相比，身手明顯相差許多。

艾迪安娜小聲道：「以你現在的身手，只怕連自保都不能夠。」

羅獵懶得跟她廢話，低聲道：「人在什麼地方？」

艾迪安娜指了指西北角的貨倉：「那裡面。」

羅獵聽她說得如此篤定，心中越發斷定這一切必然是她一手製造，不然她何以在這麼短的時間內找到萊頓夫人？這也證明自己的判斷沒錯。

兩人悄悄來到艾迪安娜所指的貨倉前，發現周圍並無防守，羅獵甚至懷疑今晚有撲空的可能，正準備進入貨倉的時候，羅獵心中警示忽生，抬頭望去，卻見貨倉上方立著一道身影，那身影雖然是人形，卻周身覆蓋著密密麻麻的鱗甲，月光之下，鱗甲泛起大片青綠色的反光，已經看不清他本來的面目，雙目血紅，雙手十指尖尖，如同十把寒光凜冽的尖刀。

羅獵最初接觸的變異者就是方克文，在方克文和多名變異者死於西海之後，他認為此事已經告一段落，沒想到在他回歸之後仍然存在這樣的變異者。

艾迪安娜悄悄向後方退去，彷彿她和眼前的事情並無關係。

站在貨倉屋頂的鱗甲人並沒有馬上向羅獵發動進攻，一雙血紅的眼睛死死鎖定了羅獵，咬牙切齒道：「羅獵，是你害我的！」

羅獵從對方的聲音中聽出了幾分熟悉的味道，他想起了王金民，劫持萊頓夫人的王金民，難道這個鱗甲人就是王金民，他已經變成了這個鬼樣子。

羅獵的出手極其果斷，一柄飛刀射向屋頂的王金民，飛刀劃過一道雪亮的弧線，撕裂了仿若濃墨浸染的夜空。

王金民揮動右手，右手的利爪準確擊中了飛刀，啪的一聲火花四濺，飛刀被他擊落在了地上，然後他騰空躍起，從屋頂俯衝而下，揚起如刀十指向羅獵的胸口插去。

已經退到遠處觀戰的艾迪安娜瞳孔驟然收縮，因為剛才羅獵一路上的表現，她有些失去信心，不由得擔心羅獵會不會被王金民宛如雷霆萬鈞的一招殺死，正在猶豫是不是出手阻止的時候，卻見羅獵掏出了手槍，瞄準王金民的額頭就是一槍。

艾迪安娜暗罵蠢材，他當真以為子彈能夠擊穿王金民刀槍不入的鱗甲？正準備出手相助的時候，卻見身體尚且處於半空中的王金民頭顱被子彈擊中之後整個炸裂開來，無頭的屍體直墜而下。

艾迪安娜被眼前的所見驚呆，她馬上就意識到羅獵的子彈必有地玄晶的成分，這些變異的追風者都有弱點，尋常的子彈雖然殺不死他們，可是地玄晶製造的子彈卻可以輕易將他們射殺。

羅獵處變不驚，射殺王金民之後，然後將手槍插入槍套之中，看都不看艾迪安娜道：「你是不是想看著我被他殺死？」

艾迪安娜歎了口氣道：「不知道多想，可你要是那麼容易死就不是羅獵了。」

羅獵來到王金民的屍體前方，看到王金民周身的鱗甲緩緩消失，在死亡之後，他又變成了原來的模樣。艾迪安娜也走了過來，嘖嘖歎道：「真慘，我還以為他沒那麼容易死。」

羅獵道：「你把他變成了這個樣子？」

艾迪安娜無辜地搖了搖頭道：「與我無關。」

羅獵哪裡肯信，來到貨倉大門前，將大門打開，艾迪安娜打開手電筒，照亮裡面，羅獵定睛望去，看到裡面蜷曲著一個女人的身影，雖然看不清她的面目，不過從金色的頭髮就能推斷出應該是萊頓夫人。

羅獵走到她身邊，伸手拍了拍她的肩頭道：「萊頓夫人。」

萊頓夫人本來已經睡著了，聽到有人呼喚她，睜開惺忪的睡眼，當她看到眼前是羅獵的時候，明顯吃了一驚，嚇得往草垛裡縮去。

羅獵道：「夫人莫怕，是我。」

萊頓夫人心中暗忖，就是你我才害怕，她日間看到羅獵和王金民在一起，心中已認定幕後指使人就是羅獵，當然害怕，不知羅獵此時出現是不是要跟自己攤牌了？

羅獵道：「我是來救您的。」

萊頓夫人暗想，莫非他並不知道已經暴露，她點了點頭，臉上露出感激的樣子：「太好了，太好了，謝謝你羅先生。」

羅獵從萊頓夫人瞬間變化的表情已察覺到此事有些不對，今晚的事實在太過順利，他幫萊頓夫人解開繩索，萊頓夫人充滿疑慮地望著艾迪安娜：「你是……」

艾迪安娜道：「我是誰並不重要，重要的是你獲救了。」

萊頓夫人茫然點了點頭，她看了看周圍道：「只有你們兩個？為何沒有巡捕？我先生呢？」

羅獵道：「夫人放心，我們馬上送您回去。」

此時外面忽然傳來警笛聲，艾迪安娜瞪了羅獵一眼，顯然是責怪他報警。

羅獵心中詫異，他並沒有報警，只是通知了船越龍一配合行動，難道是船越龍一報了警？這裡並非法租界，而是公共租界，前來行動的應該是公共租界的巡捕。

果不其然，很快就看到公共租界的華探長于廣龍率隊來到了這裡，將現場圍住，于廣龍率領十多名荷槍實彈的巡捕走了進來，看了看裡面的幾人厲聲道：「把他們全都抓起來。」

羅獵道：「于探長，你什麼意思？我們是特地前來營救萊頓夫人的。」

于廣龍冷笑道：「我卻聽說有人劫持了萊頓夫人，並將她藏匿於此。」

萊頓夫人忽然向于廣龍跑了過去，馬上有巡捕將她和羅獵兩人分隔開來。

萊頓夫人到了安全的地方，方才道：「是他們劫持我，劫持我的人就是羅獵。」

羅獵朝艾迪安娜看了一眼，艾迪安娜眨了眨雙目道：「你別這麼看著我，此事與我無關，我什麼都沒說，什麼都沒做過。」

羅獵道：「萊頓夫人是不是誤會了？劫持你的不是王金民嗎？」

萊頓夫人大聲道：「他和王金民是一夥的，我親眼看到他們在一起交談。」

于廣龍道：「王金民已經死了。」他朝羅獵笑了笑道：「羅先生，他應該也是被你殺掉的吧？」

羅獵沒說話，一旁的艾迪安娜點了點頭道：「是又怎樣？」她分明是把羅獵往溝裡再推一把。

羅獵此時表現得頗為淡定，輕聲道：「既然如此，勞煩于探長一切按照程序來辦，我會請律師，也會將所有的證人和證據坦然相告。」

于廣龍讓手下過來給羅獵和艾迪安娜上了手銬。

被押解前往公共租界巡捕房的途中，羅獵忍不住向艾迪安娜道：「你設下這樣一個局，陷我於不義，究竟有何意義？」

艾迪安娜歎了口氣道：「今晚的事情跟我毫無關係，指控你劫持的是萊頓夫人，你怪我又有何用？」

羅獵道：「萊頓夫人看到的並不是我。」

艾迪安娜笑道：「所以你懷疑我偽裝成了你的樣子？」

船越龍一目送遠去的警車，臉上的表情極其複雜，在他的身邊站著一個身影，那人帶著銀白色的面具，正是白雲飛。白雲飛道：「人的一生中總要面臨許多選擇，如果一步走錯，恐怕很難翻身。」

船越龍一道：「你的目的已經達到了，現在可以放了我的弟子們。」

白雲飛桀桀笑道：「你難道對我沒有一丁點的瞭解？我的父母死於日本人之手，我當初雄踞津門，統領安清幫，何其風光，又是你們日本人害得我一無所有，誣陷我殺死德國領事，還害死了我的師父，你以為我會真心跟你們合作？」

船越龍一道：「這些事和我無關。」

白雲飛道：「這就是你們的嘴臉，你的那些弟子全都被我關在了虞浦碼頭。」

船越龍一聞言準備離開前去營救弟子，卻聽白雲飛道：「別急，稍等一下。」

船越龍一道：「等什麼？」

白雲飛道：「在你的國度一定看過所謂的花火吧？」他指了指虞浦碼頭上方的夜空：「你看！」

蓬！一朵絢爛的花火綻放在虞浦碼頭的上方，緊接著又聽到一聲驚天動地的爆炸，火光染紅了虞浦碼頭上方的夜空，船越龍一目眥欲裂，他怒火道：「魔鬼，你做了什麼？」

白雲飛道：「把你所有的弟子炸得粉碎，希望他們的靈魂能夠找到回家的路。」

船越龍一抽出太刀，怒吼一聲衝向白雲飛，他要不惜代價將這個惡魔殺死，可他的出手在白雲飛的面前根本不值一提，白雲飛蒼白的拳頭猶如一道閃電，擊中了船越龍一寬厚而健碩的胸膛，輕易洞穿了他，白雲飛帶血的手掌從船越龍一的後背暴露出來，銀色面具下傳來一聲詭異的笑聲：「沒有人可以利用我！」

艾迪安娜和羅獵被關在了同一所囚室，于廣龍派人嚴防死守，他已經將這兩人定性為綁架萊頓夫人的要犯，不容有失。

于廣龍親自護送萊頓夫人返回了她的住處，得到消息的萊頓已經在家門口等待，看到妻子平安歸來，萊頓迎上去緊緊將她擁抱在懷中：「哦，達令，你受苦了。」捧著妻子的面孔道：「有沒有受傷？」

萊頓夫人搖了搖頭，她含淚道：「是羅獵綁架了我。」

萊頓點了點頭，他示意傭人先護送妻子去休息，對於這次營救妻子的大功臣于廣龍，萊頓深表感激，請于廣龍來到客廳內，為他倒了一杯威士忌親自送到他的手中。

于廣龍將今晚事情的經過簡單說了一遍。

萊頓雖然聽妻子一口咬定是羅獵所為，可是他對此存疑，和女人的感性思維不同，他要理性許多，羅獵做這件事究竟有什麼好處？

萊頓道：「于探長是如何得悉這件事的？」

于廣龍沒有隱瞞：「我得到了報案，是大正武道的船越龍一，他最近一直都在秘密跟蹤羅獵，是他第一時間發現了情況並彙報給了我。我在得到消息後，第一時間組織全部警力前往營救夫人，還好夫人沒事。」

萊頓點了點頭道：「辛苦于探長了，羅獵怎麼說？」

于廣龍道：「他當然不會承認，不過請領事先生放心，我一定會讓他說實話。」

萊頓道：「此事發生在公共租界，一切就拜託于探長了。」

于廣龍笑道：「應該的，應該的。」

此時一名巡捕匆匆走了進來，于廣龍看出他有事，點了點頭道：「說吧，領事先生不是外人。」

那巡捕道：「探長，剛剛虞浦碼頭發生爆炸，現場死了許多人都是大正武道的日本武士，還有武道館的館主船越龍一的屍體被發現在岩谷貨倉附近的路上。」

于廣龍聞言慌忙站起，他的第一反應就是羅獵還有同黨，匆匆告別萊頓離去。

羅獵向艾迪安娜道：「不如你變成蔣雲袖的樣子，這樣咱們就能離開了。」

艾迪安娜翻了一個白眼，沒有理會，過了一會兒道：「你好像一點都不擔心。」

羅獵道：「事情都發生了，又有什麼好擔心的？至少你這個元兇還陪著我。」

「和我無關！」艾迪安娜再次強調道。

羅獵道：「既然與你無關，那這一切又是誰所策劃？」

艾迪安娜歎了口氣道：「白雲飛，我低估了他。」

羅獵心中暗忖，今天的一切還真像是白雲飛的手段，自己當初讓白雲飛失去一切淪為階下之囚，以白雲飛睚眥必報的性情，極有可能以同樣的手段來對付自己，只是艾迪安娜到底是真的被白雲飛設計，還是和白雲飛聯手，一時間難以判斷。

艾迪安娜道：「萊頓夫人一口咬定你就是幕後真凶，看來她應該是看到了你，不過她所看到的你絕不是我。」

羅獵道：「你是說這個世界上除了你之外，還有人擁有變形的能力？」

艾迪安娜歎了口氣道：「我不知道，可我想不出其他的解釋。」她向羅獵靠近了一些：「咱們必須同心協力，儘快從這裡逃出去。」

「逃？」

艾迪安娜點了點頭。

羅獵道：「從這裡逃走，我就從法租界華探督察長徹徹底底變成了一個全國通緝的逃犯，是不是就遂了你的心願？」

艾迪安娜道：「留在這裡你難道不怕只有死路一條？」

羅獵道：「要逃你逃，反正我不打算走。」

艾迪安娜道：「白雲飛手中有喪屍病毒。」

羅獵聞言心中一驚，他望著艾迪安娜道：「這麼重要的東西，你會隨隨便便交給別人？」

艾迪安娜道：「想要利用別人就得付出代價，白雲飛那麼狡詐的人又怎麼會輕易答應跟我合作？」她咬了咬嘴唇道：「咱們只有逃出去儘快找到白雲飛，才能將這場危機化解。」

說話的時候，外面傳來嘈雜的腳步聲，兩人停下說話，沒多久看到于廣龍臉色鐵青地走了過來，隔著鐵柵欄，于廣龍大吼道：「羅獵，你最好給我交代清楚，你還有什麼同黨？」

羅獵沒有搭理他。

艾迪安娜搶著道：「我知道，我知道，我若是說出來，可不可以放我出去？」

于廣龍道：「你若是肯說，我可以幫忙減輕你的罪責，至少可以保住性命。」

艾迪安娜顫聲道：「我告訴你……」她小聲說了句什麼。

于廣龍並沒有聽清楚：「大聲一點！」

艾迪安娜道：「你可不可以走近一點？」

于廣龍看到她帶著手銬腳鐐，認為現在她不可能對自己構成任何的威脅，於是向前走近了兩步：「說！」

艾迪安娜道：「同黨就是你！」

于廣龍怒道：「賤人，我看你是不要性命了！」他的手伸了出去，一把就抓住了艾迪安娜的頭髮，用力向前拖拽，艾迪安娜的臉重重撞擊在鐵柵欄之上，于廣龍咬牙切齒道：「你知不知道這是什麼地方？在這裡只有我說了算！我讓你們生就生，我讓你們死就得死。」

艾迪安娜咯咯笑道：「希望你說得出做得到。」

于廣龍抽出手槍抵住艾迪安娜的額頭，向羅獵大吼道：「說，還有沒有其他同黨？我給你半分鐘的時間考慮，不然我就讓你親眼看著這女人死在這裡。」

羅獵道：「于探長，你要殺就殺何必威脅我，她的性命跟我毫無關係。」

艾迪安娜怒道：「羅獵你夠狠。」

于廣龍冷笑道：「你以為我當真不敢殺她？」

羅獵道：「你根本就殺不了她，她激怒你的目的就是要讓你接近她，不然她怎麼有機會對你下手？」

艾迪安娜歎了口氣道：「這個世界上瞭解我的只有你。」她突然開始啟動了，原本困住她的手銬和腳鐐形同無物，一把就抓住了于廣龍握槍的手，于廣龍只覺得一股強大的力量將他向裡面帶去，他還沒有來得及開槍，手槍就被艾迪安娜奪了過去，然後槍口就頂住了他的腦袋，艾迪安娜輕聲道：「真不明白，你這樣的身手究竟是如何當上的探長？」

于廣龍面如死灰，他怎麼都不會想到艾迪安娜會在轉瞬之間就逃脫束縛，變被動為主動，這下自己反倒落入了她的控制中，自己的生死全都在她的一念之間了。

艾迪安娜道：「讓他開門！」

于廣龍怒道：「休想……」話沒說完，艾迪安娜已在他肩膀上開了一槍，這一槍雖然沒有擊中他的骨骼，可是肩頭的肌肉也被打了個血洞，鮮血瞬間染紅了他的肩頭衣服，于廣龍嚇得魂飛魄散，再不敢違逆她的意思，慌忙道：「開門，趕緊開門。」

羅獵搖了搖頭，事情鬧到這種地步，他只怕是跳到黃河也洗不清了，艾迪安娜正在製造一起劫持人質逃獄事件。

巡捕慌忙打開了牢門，艾迪安娜轉身看了看仍然無動於衷的羅獵道：「你真想在這兒待一輩子？」

羅獵慢慢站起身來，艾迪安娜厲聲道：「所有人把槍給我扔下，然後去找一輛車過來。」

于廣龍顫聲道：「你們逃不遠的……還是放棄吧……」艾迪安娜用手槍照著他流血的肩頭捅了一下，于廣龍痛得慘叫一聲。

羅獵道：「那就勞煩于探長送我們一程吧。」

艾迪安娜將一把手槍踢給了羅獵，羅獵撿起手槍。朝一名巡捕笑了笑道：「都是她的意思，跟我沒關係，去，把我的槍拿來。」

外面已經準備了一輛警車，當晚值班的巡警全都在周圍嚴陣以待，可是因為于廣龍落在羅獵他們手裡，他們也不敢輕舉妄動，羅獵率先上了警車，檢查了一下車輛沒有任何問題，艾迪安娜押著于廣龍上了車，催促道：「開車！」上車之前不忘向巡捕房另外的兩輛汽車輪胎開了幾槍。

羅獵道：「去什麼地方？」

艾迪安娜道：「先離開這裡再說。」

羅獵驅車迅速駛離了巡捕房，那些巡捕雖然想跟蹤追擊，無奈車輪被毀，其實他們就算跟上也沒什麼作用，畢竟于廣龍在羅獵他們的手上，他們投鼠忌器。

于廣龍轉身向後方望去，發現後面竟然沒有一個人跟上來，心中暗歎，這些手下全都是廢物。

羅獵道：「今晚什麼人報的警？」

事到如今，于廣龍也沒必要撒謊，低聲將事情交代了，船越龍一報警羅獵並不稀奇，可是聽到船越龍一已經被殺還是吃了一驚。

艾迪安娜道：「聽到了沒有？今晚的事不是我出賣你，你是被日本人出賣了。」

于廣龍道：「羅先生……你我畢竟相識一場，我也是身在其位不得已而為之，我真不是針對你啊。」

羅獵道：「于探長針對我也不是第一次了。」

于廣龍陪著笑道：「您只管放心，這件事我也發覺其中必有蹊蹺，我向您保證，回去之後一定徹查真相，爭取早日為羅先生洗刷清白。」

艾迪安娜咯咯笑道：「羅獵，你信不信他？」

羅獵自然是不會相信，艾迪安娜道：「我也不信。」說完她照著于廣龍的脖子就是一記重擊，然後推開車門，將已經昏迷的于廣龍從高速行進的汽車上推了下去。

羅獵看到她出手如此狠辣不由得皺了皺眉頭，于廣龍這下不知是死是活。

艾迪安娜道：「到前面把車扔了。」

羅獵按照她的建議將車丟在了僻靜的街道，如果繼續開車行進目標實在太大，艾迪安娜擁有變幻外表的能力，她想要躲開追捕實在是再容易不過，今晚發生的一切將所有矛頭都指向了自己，無論這個局是不是艾迪安娜所設，自己都已經惹下了天大的麻煩。

艾迪安娜並沒有跟他分道揚鑣的意思，向羅獵道：「你一定以為我害了你，心中非常恨我對不對？」

羅獵道：「沒那麼嚴重，現在我最該恨的人是白雲飛。」

艾迪安娜道：「去萊頓家。」

羅獵不明白她的意思，搖了搖頭道：「沒用的，萊頓夫人不可能為我作證。」

艾迪安娜道：「她被注射了喪屍病毒，如果我們再晚一刻過去，恐怕已發作。」

羅獵心中一冷，如果當真如艾迪安娜所說，這件事要比他預想中可怕得多，望著艾迪安娜，他的目光有些怪異。

艾迪安娜道：「為什麼這麼看著我？」

羅獵道：「總覺得你不像好人。」

艾迪安娜笑道：「我何時承認自己是好人了？」

羅獵心中卻有種奇怪的感覺，此時的艾迪安娜更像是當初的龍玉，難道是自己的錯覺？還是龍玉始終陰魂不散？

萊頓憂心忡忡地站在門外，妻子回來之後不久就開始發燒，他將家庭醫生緊急招來，醫生正在給萊頓夫人檢查，他取下聽診器道：「應該是著了涼，又受了驚嚇，我先給夫人打一針退燒。」

萊頓點了點頭。

醫生準備好退燒針，準備給萊頓夫人注射的時候，萊頓夫人忽然睜開雙目，一把抓住了他的手腕。

醫生道：「夫人，您不要緊張，我只是為您打一針退燒。」

萊頓一旁安慰道：「是我，我在這裡。」

萊頓夫人的表情開始緩和，握住醫生的手慢慢放鬆，就當醫生以為她的情緒重新穩定下來的時候，萊頓夫人忽然一把搶過了針筒，揚起針筒以迅雷不及掩耳之勢狠狠插入了醫生的右目之中，變故來得實在太快，醫生根本來不及反應，發出一聲惶恐的慘叫，他掙扎著想要逃走，可是萊頓夫人沒有放開他的意思，臉上浮現出前所未見的凶殘表情，撲到醫生的身上，張開嘴巴一口咬住了醫生的頸部。

萊頓被眼前發生的一切嚇了一大跳，他萬萬沒想到自己的妻子竟然變成了一個嗜血狂魔，他走過去想要將妻子拉開，可是萊頓夫人猛然轉過身來滿口鮮血形容恐怖，她伸手去抓萊頓。

萊頓這才意識到不妙，放棄了接近她的打算，轉身向門外逃去，衝出門外，和前來送水的傭人撞在了一起，熱水灑了萊頓一身，萊頓顧不上皮膚被燙傷的疼痛，爬起身來繼續向樓下逃去。

萊頓夫人風一樣衝出了房門，那名可憐的傭人還沒有來得及爬起身就被她撲倒在了地上，一口咬住了傭人的脖子。

身後的慘叫聲讓萊頓肝膽俱寒，他一腳在樓梯上踏空，從樓梯上滾了下去，萊頓摔倒在客廳方才停止住滾動的勢頭，他的腳在滾落的過程中受了傷，無力爬起，只能依靠雙臂的力量向大門爬行，一邊爬一邊呼救。

外面的兩名警衛聞聲衝了進來，萊頓夫人從二樓飛撲而下，將兩名警衛撲倒在地，萊頓掙扎著站起身來，轉身望去，卻見滿身是血的醫生和傭人也晃悠悠站起身來，沿著樓梯向他走來。

萊頓惶恐到了極點，妻子變成了吸血殭屍，被她咬過的那些人全變成了殭屍。

萊頓一瘸一拐地來到沙發旁，從沙發底部摸出了一把事先藏在這裡的手槍，他舉槍瞄準了走向自己的傭人，一槍射中傭人的頭部，他雖然沒有遭遇過吸血殭屍的經歷，可是卻無數次聽說過這方面的故事，知道應該瞄準殭屍的頭部射擊。

傭人腦漿迸裂，栽倒在了地上。

萊頓夫人被槍聲驚醒，拋下兩名警衛，萊頓舉槍瞄準夫人，握槍的手顫抖不已，終於他還是移動槍口瞄準了一旁的醫生，蓬！子彈準確無誤地射中了醫生。當他再次尋找妻子身影的時候，卻發現她從眼前消失了。

萊頓一顆心陷入恐懼中，直覺告訴他妻子就在他的身後，萊頓似乎看到自己悲慘的命運，他和妻子都變成了喪屍。

萊頓夫人從後方向萊頓撲去，眼看就要抱住萊頓的時候，一條繩索從後方飛來，套住了她的頸部，萊頓夫人發出一聲尖叫，被對方拖倒在了地上。

兩名警衛晃悠悠站起身來，他們尚未來得及發動攻擊，兩道刀光就洞穿了他們的額頭。

萊頓驚魂未定地轉過身去，看到羅獵和一個金髮女郎就站在他的身後，金髮女郎手中牽著繩索，繩索的另外一端繫在他妻子的脖子上，剛才出刀剷除兩名已經變成喪屍警衛的是羅獵。

萊頓從一開始對羅獵綁架他妻子的事情就抱有懷疑，看到眼前的一幕已經徹底打消了對羅獵的懷疑，他擦了擦額頭的冷汗道：「羅獵，到底發生了什麼？」

羅獵道：「尊夫人被綁匪注射了喪屍病毒，他想在黃浦製造一場空前的災難。」

萊頓道：「是誰？」

艾迪安娜道：「白雲飛，是他綁架了你老婆，然後嫁禍給我們，連你他也沒想放過。」

萊頓怒道：「這個惡魔。」他的目光落在妻子身上，看到妻子口吐白沫，臉色發青，喉頭發出嘶嘶的怪叫，古怪到了極點。看到妻子如此模樣不由得心中難過，他哀求道：「羅獵，你幫我救救她，你一定有辦法的對不對？」

艾迪安娜也看著羅獵，目光中充滿了得色，她知道羅獵有辦法，明華陽將抗病毒血清交給了羅獵，羅獵當然有辦法救她。

羅獵道：「希望還來得及。」他並不放心艾迪安娜一個人留在這裡，倒不是為了她的安危擔心，而是擔心艾迪安娜再生出其他的陰謀，萊頓一個人是無法應付她的。

此時法租界的巡捕在董治軍的帶領下趕來，董治軍看到眼前一幕也吃了一驚，在沒有搞清狀況之前，也只能佯裝大公無私，將羅獵和艾迪安娜包圍起來。

萊頓走過去低聲向董治軍耳語了幾句，董治軍點了點頭，示意眾人收起武器，羅獵來到他身邊低聲交代，務必將萊頓夫人嚴密監視，如果發生緊急狀況，可以將之當場射殺，當然這些話都是背著萊頓所說。

離開之前，萊頓特地跟羅獵握了握手，他低聲道：「你放心，我會為你洗清罪名，無論結果如何。」

羅獵拍了拍萊頓的手，低聲道：「我會盡力而為。」

萊頓道：「找出兇手，務必要幹掉他，絕不可以讓喪屍病毒流傳出去。」

離開萊頓的住處，艾迪安娜故意道：「現在是不是要去拿抗病毒血清了？」

羅獵道：「你很想要啊？」

艾迪安娜點了點頭道：「過去想過，可現在突然又不那麼想要了，不過有人一定很想得到。」

羅獵知道她說的那人就是白雲飛，輕歎了口氣道：「你猜他會不會跟蹤我們？」

艾迪安娜甜甜笑道：「一定會，他比我更想得到那口棺材。」

羅獵點了點頭道：「既然他那麼喜歡，我就送一口棺材給他。」

艾迪安娜道：「這次的事情辦完之後，你要帶我去通天塔，絕不可以騙我。」

羅獵道：「如果你認為我在騙你，又為何跟我合作？」

振武門已失去往日的熱鬧，諾大的宅院空空蕩蕩，羅獵推開大門，門軸傳來吱吱嘎嘎的聲音，在靜夜中格外刺耳，艾迪安娜道：「你將那麼重要的東西藏在這裡？」

羅獵道：「**每個人眼中重要的東西都不一樣，對你重要的東西，對我可能一錢不值。**」

艾迪安娜道：「有道理。」

羅獵來到庭院內，右手探入魚池之中，摸索了一會兒，從中就撈出了那橄欖形狀的掛件。

站在羅獵身後的艾迪安娜突然出手，抽出一柄彎刀從羅獵的後心刺了進去，這一刀透胸而出，因為事發倉促羅獵竟然沒有任何防備，他捂著胸口，摔倒在了地上，指著艾迪安娜道：「你……」

艾迪安娜咯咯笑道：「兵不厭詐，這麼簡單的道理你都想不明白？」她從羅獵的手中拿起掛件，湊近看了看道：「到最後還不是落在了我的手裡？」

羅獵滿臉悲憤。

艾迪安娜道：「你可以出來了，人我交給你。」

一道灰色的身影從暗處走了出來，銀色面具在月光下閃閃發光，白雲飛陰冷的雙目死死盯住地上的羅獵，陰惻惻道：「羅先生怎會如此大意？英雄難過美人關。」

艾迪安娜道：「白雲飛，你要的人我給你了，東西呢？」

白雲飛將一個黑色布袋扔給她，艾迪安娜伸手接過，打開看了看，收了起來。

白雲飛一步步走向羅獵，咬牙切齒道：「羅獵，你當初害我之時，有沒有想過今日？」

羅獵胸口滿是鮮血，整個人躺在了血泊之中，望著白雲飛慘然笑道：「我早就應該看出，你們原本是一夥的。」

白雲飛道：「看出卻看不破還不是一樣。」他揭開銀色的面具，露出滿是疤痕的可怖面孔。

艾迪安娜道：「白雲飛，你本來是不是打算將我一起除掉？」

白雲飛皺了皺眉頭道：「以你的本領自然可以功成身退。」

艾迪安娜道：「那為何不能多等一刻，等我全身而退之後，你再下手？」

白雲飛道：「計畫不如變化，你已經得到想要的東西，今後你我井水不犯河水，再無干係。」

艾迪安娜點點頭道：「好！」她轉身向門外走去，又反手將房門關上。

白雲飛從腰間緩緩抽出一柄長刀，刀刃在月光下如同一泓秋水，他輕聲道：「羅獵，其實你我本可做朋友，可你偏偏要和我作對。」

羅獵道：「我和你不可能成為朋友，你做事不擇手段，毫無下限。」

白雲飛呵呵笑道：「你有沒有看到這是怎樣的時代？公理？道義？對錯？你跟誰去講？能夠活下來已經很不容易，哪還顧得上考慮其他？你知不知道自己錯在哪裡？錯在你婦人之仁，錯在你太容易相信人，太容易騙。」他一步步向羅獵逼近。

羅獵道：「她能夠騙我自然就能夠騙你。」

「我不在乎！」白雲飛揚起長刀，他決定不再等，要親手結果了羅獵的性命。

羅獵道：「我給你出刀的機會！」

白雲飛揮刀怒斬，可是當他舉刀刹那，發現羅獵的一雙眼睛突然變得精芒四射，這樣的目光本不該屬於一個瀕死的人，白雲飛意識到不妙的時候，已經來不及了，他沒有看到羅獵出刀，可是一道刀光卻從他的後方疾電般射來，射穿了他的顱骨，飛刀穿透了他的腦部，從他的前額飛出，然後羅獵如同獵豹般從地上一個翻滾就爬了起來，抓住白雲飛的手腕，奪下他的長刀，調轉刀鋒，長刀刺入了白雲飛的心口。

白雲飛的臉上充滿了不可思議的表情，他明明看到艾迪安娜一刀刺穿了羅獵的身體，可是怎麼也不明白，羅獵因何又站起身來。

振武門的大門緩緩被推開，已經變化成龍天心模樣的艾迪安娜走了進來。

「為什麼……」這是白雲飛一生中最後的話。

艾迪安娜輕聲笑道：「你長得太醜，我自然要幫英俊的那個。」

白雲飛死不瞑目，他做夢都想不到艾迪安娜出賣自己的理由居然是因為自己長得太醜。

羅獵望著死去的白雲飛，不由長歎了一口氣，艾迪安娜將那棺材掛件扔給了他：「你這個騙子，居然又弄了一個假的糊弄我。」

羅獵道：「你現在的樣子並不適合出現在這裡，趁巡捕到來之前儘快離開吧。」

「偏不！」艾迪安娜笑盈盈望著羅獵道：「你是不是特別害怕看到我這個樣子，是不是感到特別心動？」

羅獵道：「你放心，答應你的事情我不會反悔。」

「你不敢！」

萊頓夫人在注射羅獵帶來的抗病毒血清之後情緒漸漸平復了下去，董治軍讓巡捕清理了現場，凡是參與此事的巡捕都嚴加警告，勒令他們不得洩密，儘管如此，羅獵還是採取了更為保險的措施，悄悄侵入這些人的腦域抹去了他們關於這一段的記憶。

董治軍留下四名巡捕保護領事的安全，率領其他人離開，羅獵坐在客廳中，等了一會兒，看到疲倦的萊頓一瘸一拐走了下來，萊頓在他身邊坐下，打開雪茄盒抽出一支遞給了羅獵。

羅獵點燃了雪茄，萊頓也點燃了一支，他用力抽了一口雪茄，吐出一團濃重的煙霧道：「沒事了，謝謝你。」

羅獵道：「白雲飛死了，董探長前去處理這件事，今晚所有的事情都可以推到她和王金民的身上。」

萊頓點點頭：「真的結束了？」他仍然驚魂未定，不相信發生的事情都是現實。

羅獵道：「放心吧，不會再有危險了。」

萊頓苦笑道：「我太太仍然認為是你綁架了她，她說看到你和王金民在一起。」停頓了一下道：「我知道，不可能是你，我相信你。」

羅獵道：「您不用擔心，回頭我會跟夫人解釋。」最好的解釋就是抹掉她腦域中關於自己的記憶。

萊頓道：「那女子是誰？我好像從未見過她？」

羅獵想了想道：「一個賞金殺手。」

萊頓哦了一聲，他將信將疑地望著羅獵，今晚的事情之後，他意識到羅獵的實力強大到他無法想像的地步，這樣的人留在黃浦對他來說絕對稱不上什麼好事。

羅獵看穿了他的想法，輕聲道：「我準備離開了。」

萊頓愣了一下：「為什麼？」

羅獵道：「我有太久沒有見過我的家人了，這些年漂泊在外，我累了也倦了，只想平平淡淡過日子。」

萊頓道：「你這樣的人又豈會甘於平淡？為何不做一番轟轟烈烈的大事，在歷史上留下你的名字。」

羅獵微笑道：「歷史是註定的，我改變不了，你也一樣。」

陸威霖醒來的時候，已經躺在了船上，他坐起身來，看到夜空中繁星滿天，船頭坐著一個熟悉的身影，分明是他的妻子百惠，陸威霖的心中一怔。

百惠轉過身來，雙眸中充滿了淚水，望著丈夫，她的內心中充滿了歉疚：「對不起！」她跪在陸威霖的面前深深一躬，連她自己都不知道為什麼會出賣自己至親的丈夫，還好羅獵喚醒了她，在今晚船越龍一行動的同時，百惠也展開了營救行動，成功將陸威霖解救出來。

陸威霖用溫柔的目光望著妻子，他輕聲道：「我不怪你，我永遠不會怪你！」

百惠抿了抿嘴唇，勇敢地撲入了他的懷中。

黃浦這一夜發生了許多變故，先是法租界領事夫人被劫，然後又發生了大正武道館師徒被殺事件，又聽說劫持領事夫人乃法租界華探督察長羅獵聯手前代理探長王金民所為，而後又闢謠，又聽說羅獵才是領事夫人的救命恩人，據稱此事的真正幕後主使乃是昔日稱雄法租界的穆天落。

一時間眾說紛紜，版本不一，第二天清晨已經傳遍了整個黃浦灘，街頭巷尾幾乎都在談論這件事。

不過最新刊印的明華日報刊載了萊頓夫婦的獨家聲明，在這份聲明中為羅獵證實了清白，指出最近一系列惡性事件的策劃和製造者都是穆天落，而穆天落就是昔日隱姓埋名的白雲飛，他曾經是安清幫幫主，還曾經刺殺德意志領事。

因為白雲飛過去和日方的恩怨，所以並不難解釋他為何要屠盡大正武道館師徒眾人，至於嫁禍羅獵，也得到了合理的解釋。

羅獵已經向萊頓正式遞交了辭呈，萊頓在明華日報刊載獨家聲明也算是對他的一點小小回報，一時間明華日報供不應求，洛陽紙貴。

在所有輿論焦點都集中在羅獵身上的時候，他一個人悄悄收拾著行裝，他還欠艾迪安娜一個承諾，帶她去找通天塔。

外面傳來敲門聲，羅獵起身去開門，前來拜訪他的卻是譚子明。

譚子明看到房內的情景不由得一怔：「怎麼？你要出門？」

羅獵點了點頭道：「想離開一段時間。」其實他心中已經拿定了主意，以後興許不會再來黃浦了。

譚子明道：「出去散散心也好。」他的目光向周圍望去。

羅獵看出他此來一定有事，笑道：「你只怕不是來找我的吧？」

譚子明笑道：「當真什麼都瞞不過你。」他歎了口氣道：「小姐離家出走了，沒

說什麼原因，只留下一封信，責怪督軍害死了陳昊東，信中說永遠也不會原諒他。」

羅獵一聽就明白這只是艾迪安娜脫身的藉口，她應該是厭倦了蔣雲袖的角色扮演，又或是繼續演下去已經毫無意義。羅獵道：「她不在我這裡。」

譚子明歉然道：「我也不是懷疑你，只是督軍急得不得了，凡是有可能的地方我都要找找，畢竟小姐是喜歡你的。」

羅獵淡然笑道：「她真正喜歡的只有她自己。」

「什麼？」譚子明愕然，他並不知道羅獵口中的她所指的其實是艾迪安娜。

譚子明臨行之前又想起一件事，他將蔣雲袖留下的那封信遞給羅獵道：「你見多識廣，幫我看看這信上的古文字是什麼意思。」

羅獵拿起那封信看了一眼，卻發現那信上寫著九幽秘境。內心不由得一沉，艾迪安娜何以知道九幽秘境的事情？他不露聲色，將這封信還給了譚子明。

譚子明道：「上面寫的什麼？」

羅獵道：「我從未見過這樣的文字，或許是督軍他們父女之間的暗號。」

譚子明點了點頭，歎了口氣道：「此事辦完之後，我也打算離開了。」

羅獵望著譚子明，想不到他也看透了現實，準備離開。

譚子明猶豫了一下還是道：「記不記得我爹留下的那幅藏寶圖？」

羅獵當然記得，因為那幅藏寶圖是他親手交給譚子明的。

譚子明道：「你願不願意和我一起去尋寶，只要找到了寶藏，我和你均分。」

羅獵搖搖頭，輕聲道：「不值得，**其實人生中有太多的東西比寶藏更加重要。**」

譚子明道：「我看重的也不僅僅是寶藏，我爹既然留下了這件東西給我，就希望我有一天能夠去找到它完成他的遺願。」

羅獵聞言暗歎，早知如此自己還不如將這件事隱瞞，其實譚天德的遺願或許不是讓譚子明前去尋寶，譚子明是譚天德唯一的後人了，如果譚天德在天有靈，興許只希望這個兒子平平安安就好。

艾迪安娜沒有前來找羅獵，仿若人間蒸發，在羅獵內心深處，只希望她永遠也不出現才好，他獨自去了一趟滿洲，沒有驚動任何人，甚至連身在滿洲的張長弓都未去拜訪。

就在羅獵來到蒼白山的當日，九幽秘境所在的天脈山開天峰發生了火山爆發，附近百姓全都疏散轉移，羅獵遙望著濃煙滾滾的開天峰，心中暗忖，也許一切冥冥之中自有定數。

正逢巴黎的雨季，葉青虹打著雨傘帶著兒子來到家門前，她習慣性地看了看郵箱，除了報紙並沒有期待中的信件，有些失望的搖了搖頭，兒子卻從傘下跑了出去，葉青虹正準備斥責這頑皮的小子，卻發現在遠處，一個身穿黑色風衣的男子靜靜站在雨中，微笑望著他們母子。

葉青虹扔下了雨傘，不顧一切地向羅獵奔去，中途就將兒子甩在了身後，搶在兒子之前撲入羅獵的懷中，羅獵緊緊擁抱著妻子，晚來一步的小平安只好停下腳步，滿臉喜悅地看著久別重逢的父母……

麻雀並沒有前來尋找葉青虹，她在前來歐洲的途中想透了一個道理，她這一生最大的幸福就是看到羅獵幸福，她無意去破壞羅獵完美的家庭，葉青虹的幸福正是她所期待的，雖然葉青虹可以接受她，但是麻雀認為，羅獵心中的真愛始終都只有一個，由始至終沒有改變，羅獵喜歡自己，疼愛自己，甚至會為自己不惜性命，但是她絕非是羅獵的真愛。

一個人在經歷那麼多的風浪和挫折之後，總會慢慢成熟起來，維沃的這場雨終於停了，麻雀站在葡萄園內，眺望著腳下純然一色湛藍如寶石的日內瓦湖，心曠神怡，綠色的葡萄園梯田洋溢著生命的綠色，她的手輕輕落在微微隆起的小腹上，心中充滿了滿足和欣慰，既然愛過又何必在乎擁有，只要知道心上人開心快樂，就是自己最大的幸福，更何況，自己的人生如此豐富，自己的未來也不會孤獨……

《替天行盜》全文完

替天行盜 II 卷16 穿越孤寂 大結局

作者：石章魚
發行人：陳曉林
出版所：風雲時代出版股份有限公司
地址：10576台北市民生東路五段178號7樓之3
電話：(02) 2756-0949
傳真：(02) 2765-3799
執行主編：劉宇青
美術設計：許惠芳
行銷企劃：林安莉
業務總監：張瑋鳳

初版日期：2022年10月
版權授權：閱文集團
ISBN ：978-626-7025-71-0
風雲書網：http://www.eastbooks.com.tw
官方部落格：http://eastbooks.pixnet.net/blog
Facebook：http://www.facebook.com/h7560949
E-mail：h7560949@ms15.hinet.net
劃撥帳號：12043291
戶名：風雲時代出版股份有限公司

風雲發行所：33373桃園市龜山區公西村2鄰復興街304巷96號
電話：(03) 318-1378
傳真：(03) 318-1378
法律顧問：永然法律事務所 李永然律師
北辰著作權事務所 蕭雄淋律師

行政院新聞局局版台業字第3595號 營利事業統一編號22759935

定價：290元

國家圖書館出版品預行編目資料

替天行盜 第二輯 ／石章魚 著. -- 臺北市：風雲時代出版股份有限公司，2022.02- 冊；公分

ISBN 978-626-7025-71-0（第16冊；平裝）

857.7 110022741